인생을 사랑하는 것은 가장 깊은 마음에서 솟구치는 가장 순수한 정열

벌거벗은
나를 바라보라

| 박경기 모듬창작집 |

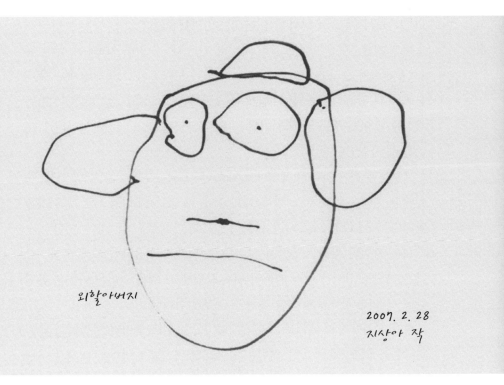

외할아버지

2007. 2. 28
지상아 작

한누리미디어

작가의 말

　우리는 모두 언젠가는 한 줌의 흙으로 돌아가야 합니다. 그래서 우리는 그 이전의 실체, 즉 삶이라는 과정에 대해 많은 것을 생각하게 합니다. 일찍부터 삶, 그 의미를 캐고 파악해 보려는 숱한 사람들의 노력에도 불구하고 그 진정한 뜻을 분명히 밝히는 데는 미진했습니다.

　우선 지금, 이 순간에도 삶의 과정에 있는 나 자신이 그러하며, 많은 종교인, 철학자 그리고 시인과 예술가 등 숱한 사람들이 그 명제에 매달려 애를 태우다 갔습니다. 물론 지금까지 그런 분들의 노력으로 그럴 것이라는 가설들이 어느 정도 줄기와 가닥을 잡아 그것을 믿고 집착하는 사람들도 많은 게 사실입니다.

　그렇듯 우리가 하나의 생명체로 태어난 그 시간부터 그 사람의 인생, 즉 삶이란 여정을 따라 어느 한 군데도 같을 수 없는 제 나름대로 길을 가야 합니다. 그에 따라 서로 다른 삶들이 인생의 다채로운 의미를 부여합니다. 그것은 자신의 삶을 뒤돌아볼 수 있는 언덕배기에 올라설 때까지 참으로 많은 시련을 겪어야 했기 때문입니다. 그런데 그 길을 걸어온 이들은 한결같이 '삶이란 참으로 공허한 것이다'라고 말합니다.

　성자나 철학자의 얘기도 그랬습니다. 또한, 이미 죽어간 사람들이 남긴 말씀들을 읽고, 앞서 삶을 엮어온 사람들의 얘기를 들어봐도 대개가 허무하다는 얘기들이 대부분입니다. 허무한 삶을 '누가? 왜? 무엇 때문에?' 살아야 하는가를 물을 때 우리는 또 다른 의문에 휩싸이기 마련입니다. 아마도 그것은 철학자들의 영원한 몫일는지도 모를 일입니다. 고해라는 속세, 끝없는 투쟁, 꿈, 연극, 귀로 없는 여행. 그런 표현으로 삶의 의미를 매기려고만 드는 것은 우리를 슬프게 하는 일입니다.

다시 말하거니와 인생은 반복이나 재현이 없는 과정임은 분명합니다.

그래서 우리는 '인생이 무엇이냐'라는 명제에 얽매이는 것보다 '어떻게 살아갈 것이냐'는 현실적 문제에 더 힘을 싣는 것이 가치 있는 일일 것입니다.

여기에 삶의 과정에서 있을 수 있는 직접 보고 주위들은 몇 가지 얘기들을 모아 보았습니다. 사실 앞서간 사람들의 말처럼 삶이란 멍에나 굴레를 쓰고 험난한 길을 가야 하는 어렵고 힘든 길임을 느낄 수 있습니다. 그 길 위에는 반드시 밟고 지나야 할 가시밭길이 수북이 쌓여있어 걸음이 더디거나 일정이 빠듯해지기 마련인가 봅니다. 아무튼 정해진 사회적 규범을 따르며 더불어 사는 모듬 생활 속에서 혼자만의 독특하고 아름다운 삶을 꽃피우려는 참다운 노력이 요구되는 것이 삶의 과정입니다.

누가 말했듯이 '향 싼 종이에 향내 나고 생선 싼 종이에 비린내 난다'라는 평범한 진리를 터득할 수 있어야 합니다.

'마음은 미래에 사는 것

현재는 언제나 슬픈 것

모든 것은 순간에 지나가고

그리고 지나간 일은 모두 그리워지나니.'

푸시킨의 속뜻을 새깁니다. 인생을 사랑하는 것은 가장 깊은 마음에서 솟구치는 가장 순수한 정열이라는 말을 생각해 봅니다.

글쓴이 **박 경 기**

일상에서 쉽게 접할 수 있는 생활불교의 전형(典型)

박경기 작가는 경남 남해 태생으로 일찍이 부산대학교 화학공학과를 졸업하고 동 대학원에서 공학박사 학위를 취득한 분으로서, 관련분야에서 특히 1970년대에는 조국근대화의 역군으로서 산업일선에서 정열을 바쳐 근무하였으며, 이후 중견기업체 CEO로서, 또 관련 대학교 교수로서 봉직하다 정년퇴임을 하시고는 평생 꿈으로 간직해 왔던 문인의 꿈을 이루려 문학 창작에 매진하여 80의 연치에 우리『한국불교문학』을 통하여 시, 수필, 소설 등 세 장르의 신인상을 수상하며 문단에 화려하게 등단한 분이시다.

이른바 순수문학 전반을 섭렵하시고 이번에 작품집을 내시겠다고 문의해 오셨는데, 작품 구성을 어느 특정 장르로 제한하지 않고 독자들이 각자 취향대로 골라 읽을 수 있도록 적당량의 시, 수필, 소설을 안배하여 엮어보자는 것이었다. 다소 의외의 제안이긴 하였지만 요즈음 전반적으로 문학 책이 서점가에서 팔리지 않아 천대를 받고 있는 형편이고 보면 같은 책 한 권이라도 다양한 장르의 작품을 싣고 있으면 적어도 해당 독자들만큼은 관심을 가질 것 같아 필자도 흔쾌히 동의하고 모듬창작집이라는 형식으로 '벌거벗은 나를 바라보라' 라 이름하여 출간하게 된 것이다.

우선 95편의 시를 1부에 배치하였는데 통상의 시집 한 권 분량이다. '한국불교문학' 신인상 당선작 5편을 필두로 해서 사랑을 주제로, 자연과 관련된 시 계절별로 10편씩 40편, 연인과 이웃 친구 등 사람과 관련된 시 10편, 어릴 적 추억과 향수 등 고향과 관련된 시 10편, 행복한 삶과 일 등 인생과 관련된 시 10편, 인연과 수행 등 부처님과 관련된 시 10편, 지구촌 여행과 세계에 관련된 시 10편 등이다.

특히 신인상 심사평에서도 언급하였듯이 박경기 시인의 시는 시편마다 일상에서 쉽게 접하는 자연과 환경에 생명을 불어넣으며 나름대로 기승전결을 기반으로 메타포 처리하여 읽기 쉽고 깔끔한 뒷맛을 남긴다. 정서적인 면에서도 식물의 일생을 화자의 일상과 아름답게 병치시켜 동일시한다든가, 흙과 더불어 살다가 함께 흙이 된다는 자연의 법칙, 그러면서 계절이 바뀌면 새 생명으로 돋아난다고 일체화시키며 불교의 윤회사상도 소환하는데, 불교의 기본교리라 할 수 있는 무소유를 노래하며 자리에 연연하지 않는다고 스스로를 다짐하는 모습 등이 매우 감동적이다.

2부에서는 수필 18편을, 3부에서는 서간 7편에 답글과 후기 등을, 4부에서는 단편소설 4편 등 산문을 실어 시를 좋아하지 않는 독자들을 배려하였다. 사실 박경기 작가는 공학자로서 문학과는 다소 거리가 있는 분야에서 평생 동안 근무하느라 순수문학과는 인연이 없을 듯 보이지만 이미 30년 전에 서정성이 듬뿍 담긴 수필집《한 겹의 허울을 벗고》를 상재하며 역량 있는 수필가로 공인 받은 바 있다.

본서에 실린 수필과 단편소설도 박경기 작가께서 비교적 적당한 길이에 나름대로 서정성을 담고자 노력한 흔적이 돋보인다. 회사 중간관리자로서의 애환이라든지, 잠시 근무했던 교직생활의 경직성, 그리고 가난했던 시절의 인간애, 특히 교육공무원으로서의 도리를 자신의 경험에 비추어 매우 담담하게 술회하였는데 시의적절하고 긴요한 내용들이어서 감동적이다. 무엇보다 작품마다의 기저에 깔려 있는 측은지심과 자비로 연결되는 인연의 미학을 쉽게 접할 수 있어 생활불교의 전형(典型)임을 느끼게 된다.

다시금 박경기 작가의 모듬창작집《벌거벗은 나를 바라보라》의 출간을 축하드리며, 부디 독자들로 하여금 많이 읽히고 오래도록 회자되어 작가 또한 한국문단에 역량 있는 종합 문필가로서 우뚝 자리하길 기대해 본다.

문학비평가, 정치학박사, 한국불교문인협회 회장 **김 재 엽**

Contents

I. 시

1. 신인상 당선작

2. 자연을 사랑하며 − 봄, 여름, 가을, 겨울

〈봄〉

Contents

7. 세계를 사랑하며 – 여행, 견문, 지구

II. 수필

Contents

III. 서간문

IV. 단편 소설

I
시

벌거벗은 나를 바라보라

I
시

신인상 당선작

산딸기를 따면서

6월 초가 되면 산딸기가 익어간다.
지난해 수확 이후
늙은 가지는 쳐내고, 거름 주고 북돋우며
그들을 위한 나의 발걸음은 헤펐다.

어느새 농익은 고운 자태가
푸른 잎새 사이로 성숙함을 드러내면
가시에 찔리는 아픔은 있어도
따 담는 바구니 속에는 보람이 꽃핀다.

방금 따고 뒤돌아서면 또 익어 드는 것을 보면서
내가 거두는 이 작은 생물들도
우주를 품는 힘든 시간이었음을 어찌 모르랴?

대지에 뿌리를 내리고
줄기를 통해 생명수와 영양을 나르고
빛과 공기를 받아 호흡하면서
조화와 균형으로 탄생시킨 생명체이거늘

흙과 더불어 살다 흙이 될
나와 네가 하나임을 어찌 모르리.

감사받아 마땅한 하늘과 땅에
사랑을 외친다.

삶을 위한 메아리

젓갈 사이소!
싱싱한 멸치 사이소!

우리 동네는 한 달에 두서너 번씩
이런 마이크 소리가 울린다.
애잔한 아줌마의 목소리를 녹음해서 마이크로 외치고 다니는
반 트럭에서 나는 소리다.

비좁은 골목길을 누비고 언덕길도 오르내리다가
동네 회관 공터에서 잠시 머물기도 하지만 그렇게 길지는 않다.

어떤 때는 고등어고
어떤 때는 갈치다.

젓갈 사이소!
싱싱한 멸치 사이소!

동네 개들이 짖는 소리에 쫓기듯
오늘도 늘 가던 길을 돌아서
마을을 빠져나가며 메아리를 남길 즈음
어릴 적 먹었던 멸치 쌈밥에 대한 그리움은 다가오는데

정작 고객이 되어 반겨야 할 주인공들은
장터에 나가려 마을버스를 기다리고 있다.

더 싱싱하고 값싼 것에 대한 여인들의 갈구가
비린내를 풍기며 살아야 하는 아픔을 외면하는가?

비움

소임을 다한 스님이
앉았던 자리에 연연함이 없는 새처럼

인연의 고리를 접고
또 다른 수행처로 떠난다.

삶의 소멸을 일깨우듯
손가방 하나 달랑

생과 사의 시작이 빈손이듯
무소유란 이런 건가?

내가 만약 떠난다면
무엇을 챙기려나?

주먹 한 번 쥐었다
살포시 펴 본다,

동심

외갓집에 온
열 살짜리 외손자와
텃밭에 앉아 김을 맨다.

왜 뽑느냐는 질문에 잡초이기 때문이라 답한다.
그냥 두면 안 되나요?
의문의 꼬리를 단다.

고추밭에서는 고추만,
상추밭에서는 상추만 키워야 하니
나머지는 다 잡초임을 가르친다.

필요와 불필요의 판단에 따라
죽이고 살리는 자연의 이치를 알리며
잡초 같은 사람이 안 되길 바라는데….

잡초는 왜 나지요?
꼭 없애야 하나요?
원인도 따지고 결과도 묻는다.

무성한 잡초와의 전쟁이 힘들듯
손자의 수많은 질문에 곤욕을 치른
한낮이 길었다.

향수

치자꽃 피고
유자 향기 그윽한 그곳

태어나 20여 년을 주인공으로,
늙어서도 그러리라 꿈이 서린 곳

오늘, 여기 돌아와 느끼노니
마치 서부극에서
권총 차고 말 탄 낯선 이방인이 되는 것은

삶의 무게에 짓눌려
잊어버린 것인가?
빼앗긴 것인가?

차라리 총이라도 있어
하늘을 향해 축포처럼 쏘아댄다면
향수에 찌든 그리움은 박살이 날까?

아버지의 아버지, 그 아버지가 그랬듯이
누구나 비껴갈 수 없는 그때가 되면
나와 같은 노래를 부르는 자 있으리.

그래도 거기에는
여전히 치자꽃이 피어나고
그윽한 유자 향기도 번져나겠지.

일상에서 느껴보는 생활불교에
깊이 천착한 가편(佳篇)

『한국불교문학』편집부의 예심을 거쳐 본심에 넘어온 박경기 시인의 작품 중 〈삶을 위한 메아리〉 〈산딸기를 따면서〉 〈비움〉 〈동심〉 〈향수〉 등 5편을 신인상 당선작에 선하기로 의견을 모았다. 사실 박경기 시인은 지난 봄호에 수필가로 등단한 문인이다. 뿐만 아니라 이미 30년 전에 수필집 《한 겹의 허울을 벗고》를 상재하였고, 또 몇 권 분량의 수필과 단편소설을 저술한 역량 있는 문필가이시다.

무엇보다 시를 쓰고 싶은 시심이 충만하여 금년 들어 써 모은 시편들을 모아 응모하였다는데, 시편마다 일상에서 쉽게 접하는 자연과 환경에 생명을 불어넣으며 나름대로 '기승전결'을 기반으로 표출하여 읽기 쉽고 깔끔한 뒷맛을 남긴다.

우선 〈삶을 위한 메아리〉를 보면 한 달에 두어 번 들르는 행상트럭의 안타까운 현실을 담담하게 대변하면서 구석진 삶의 애환을 노래하고 있다. "젓갈 사이소!/ 싱싱한 멸치 사이소!"라 외치는 마이크 속 여인의 목소리는 "동네 개들이 짖는 소리에 쫓기듯/ ……/ 마을을 빠져 나가며 메아리를 남길 즈음/ 어릴 적 먹었던 멸치 쌈밥"을 그립게 만드는데 "정작 고객이 되어 반겨야 할 주인공들은/ 장터에 나가려 마을버스를 기다리"는 현실을 직시하며, "더 싱싱하고 값싼 것에 대한 여인들의 갈구가/ 비린내를 풍기며 살아야 하는 아픔을 외면하는" 세상인심을 안타까워 한다.

〈산딸기를 따면서〉에서는 정적인 식물의 일생을 화자의 일상과 병치시켜 동일시하는 삶이 아름답게 묘사되어 있다. 흙과 더불어 살다가 함께 흙이 된다는 자연의 법칙, 그러면서 철이 되면 새 생명으로 돋아난다고 일체화시키면서 불교의 윤회사상도 소환하고 있다. 산딸기의 "농익은 고운 자태가/ 푸른 잎새 사이로 성숙함을 드러내면/ 가시에 찔리는 아픔은 있어도 / 따 담는 바구니 속에는 보람이 꽃핀다"고 설하면서 산딸기를 키우면서 함께한 일상이 너무나 보람되고 아름다워 "감사받아 마땅한 하늘과 땅에/ 사랑을 외친다"고 결론 짓는다.

〈비움〉에서는 불교의 기본교리라 할 수 있는 '무소유'를 노래하였는데 자리에 연연하지 않고 탄생부터가 빈손이었듯 "주먹 한 번 쥐었다/ 살포시 펴" 보는 것으로 스스로를 다짐하는 모습이 매우 감동적이다.

"10살짜리 외손자와/ 텃밭에 앉아 김을" 매면서 '잡초'에 관해 설명하다 쩔쩔맨 상황을 노래한 〈동심〉이라든가 "치자꽃 피고/ 유자 향기 그윽한 그곳" 바로 고향의 애틋한 심상을 노래한 〈향수〉 또한 잘 짜여진 시편으로서 가슴 시린 감동을 안기는 바 박경기 시인의 대성을 기대해 본다.

(심사위원 : 홍윤기 · 박중선 · 오대혁)

　호랑이 담배 피우던 시절의 얘기를 들으며 할머니 품에 안겨 잠들던 손주 녀석이 이젠 스타워즈나 원더 우먼의 무용담으로 되려 할머니를 일깨우려 드는 세상으로 변했다.

　어쩌면 차원을 달리하는 세대와의 공존은 날이 갈수록 심화되고 순수한 인간성마저도 인간이 만든 로봇에게 뺏길 가능성은 단순한 기우로 치부할 일이 아니라고 생각된다. 인간만이 가진 지혜와 감성이 언젠가는 그것마저 장악되고 마는 날이 오지 않을 것이란 보장이 없다. 이미 숫자와 언어표현은 점령당한 지 오래다. 인공지능이 사전에 입력된 수많은 자료와 표현으로 시와 소설을 쓰고, 아름다운 그림을 그리는 현실로 나타났다.

　그동안 역사적으로 보면 인간의 영적 또는 감성적 고찰을 통해 우주를 포함한 자연과 신의 영역까지 아우르며 구술이거나 언어로 표현된 인문학적 수단으로서의 시와 노래가 인류의 정신적, 감성적 개혁을 주도하고 새로운 문화 창조에 구심적 역할을 해 왔는데, 4차 산업시대를 맞으면서 인공지능의 발달에 따라 감성의 빈곤이나 소멸의 위기 현상이 대두되는 물질만능시대를 피할 수 없게 됨으로써 앞으로는 이들 문학적 장르는 과연 어떤 변화와 탈바꿈을 하게 될 것인가를 상상해 보지 않을 수 없다.

　나는 인류가 살아 있는 한 시문학을 포함한 인문학은 사라지지 않고 영속성을 지닐 것이라고 본다. 누군가 말했듯이 우리가 추구하는 이상세계를 향해 나가는 과정에서 일어나는 혼란과 무질서 속에서 캐어낸 보석처럼 시문학은 감성적인 언어로 시공간을 아우르는 인간 본연의 생명력을 내재하기 때문이다. 또한, 진실하고 아름다움을 담아 그것이 바로 인간의 감성을 울리는 언어적 표현인 동시에 인류적 사명과 생명력을 가지기 때문이다. 또한 시인은 언어의 마술사가 아니라 시대에 걸맞는 창조적이고 계시적인 감성표현으로 독창적 개성이 내재한 작품을 창작하는 선구자이기 때문이다.

나는 어릴 적부터 시나 글쓰기, 그리고 그림 그리기를 좋아했다. 인생을 살면서 모든 것을 다 이룰 수는 없다. 여기까지 오면서도 아쉬웠던 점은 내가 발 딛고 살아 있는 이 순간의 우주적 존재로서의 만물이 지닌 가치와 역할이 무엇인가를 망원경이나 현미경으로 확대하거나 미세하게 들여다보는 학문적 꿈을 실현하는 일에 반평생을 보냈으나, 궁극적인 삶의 의미를 종교적, 정신적 차원에서 나를 찾는 것에 소홀했음을 뒤늦게 알았기 때문에 할 수 있는 한 인생이란 소풍이 끝나는 날까지 대자유를 향해 동시대를 살아가는 여러분과 더불어 하늘을 나는 새처럼 따스함을 전하는 바람처럼 보살의 마음으로 사랑을 전하는 시인의 길을 걷고 싶었다.

그게 황혼을 바라보며 시를 짓고 노래하고 싶은 마지막 바람이었는데, 오늘『한국불교문학』에서 '신인상 시 부문 당선'이란 큰 선물로 소원을 이뤄주었다.

감사한 마음 여러분과 함께 나누면서 좋은 작품으로 답하리라.

박경기 합장

I
시

자연을 사랑하며

| 봄 |

입춘(立春)

동구 밖 어귀에서
시신을 보았다는 소문은 없네.

아무도 술 취한 밤을 보내지 않았나 보네.

소한(小寒), 대한(大寒)의 그 지독한 추위도 이겼는데
봄의 문턱에서 얼어 죽었다는 말은
이젠 전설일 뿐인가?

이제 새벽의 빗장을 열고
열기 머금은 태양이 얼굴을 내미네.

아침에 깨어남이 무겁게 느껴지는 자여!
어제가 버겁던 이들이여!

마음의 문에다 입춘대길(入春大吉)의 소망을 거세나.

겨울이 가는 것도
봄이 오는 것도
다 내 마음의 조화 속일세.

봄의 서곡

따스한 양지쪽에 앉아
봄의 기운을 느낀다.

흑색의 농담으로 채웠던 수묵화는
더는 그리지 않아도 되겠다.
이젠 필요한 건 수채화를 위한
초록 물감을 고를 때다.

자연은 늘 신비스럽다.

같은 땅에서 자라고 살면서도
풀은 죽어야 하고
나무는 살아남는다.

그런데 죽어 없어진 것은 씨로
살아 있는 것은 뿌리로
생멸의 윤회를 거듭한다.

생멸의 길이와 조건도 다르지만
자연의 순리에 따라 지금 내 곁에 와
희망을 속삭이고 있다.

수묵화를 그릴 때는
남겨진 여백이 감상자의 몫이었건만
초록으로 채색할 수채화에는
약동하는 생명을 어찌 표하랴.

입춘방(立春榜)

뭇 생명을 땅속에 잠재우고
긴 장송곡으로 이어온 시린 날들
겨울을 닮은 하심을 익히며
모든 것을 내려놓았던 시간,

수천 번 죽어 켜켜이 쌓아 이룬 생명이
이제 봄을 알리는 전령사들을 앞세워
내면의 숨소리와 기지개를 켜며
우주의 율동과 생명의 질서를 따라
희망의 찬가 머금고 회향의 길로 나선다.

대문에는 입춘대길
마음에는 초발심
새 입춘방을 내걸고 대춘(待春)의 문을 연다.

우수(雨水)

봄비 내리는 날 오후
커피잔을 들고 창가에 앉아
눈과 귀와 마음을 연다.

테라스 위에 떨어지는 빗방울 소리
유리창을 타고 내리는 빗물의 율동
그리고 은은하게 피어나는 커피의 향
그런 낭만적인 풍경화는 그릴 수 없다.

비에 젖어 흐려진 유리창 밖은
계절을 망각한 드센 비바람으로
어린 봄을 뭉개어버릴 듯
울타리를 탐스럽게 채워가던
노란 꽃들과 분홍빛 꽃망울들을 흔들어댄다.

이웃집 마당가에선
키 큰 감나무 위의 까치집도
억지 춤사위에 불안해 보인다.
빗속 저 먼 산들은 밤사이 하얀 눈 모자까지 썼다.

이제 막 태동을 시작한 어린 봄이
때 잃은 몸살감기로 제철을 잊을까 걱정스럽다.

꽃이 되어

나 이쁘고 아름답나요?

나는 자유롭고 누구에게나 사랑받고 싶어요.
내가 당신의 뜰 안에 있다고
당신의 소유물이 되고 싶진 않아요.

당신이 내게 주는 진정한 사랑으로
당신과 더불어 살고 싶어요.

그리고 잊지 마세요.
당신과 나
이 세상을 위해 태어난 생명임을!

그럼, 당신도 나처럼 사랑받을 수 있어요.

5월의 찬가

5월의 초원에 나와
탁 트인 파란 하늘 머리에 이고
초록으로 물든 땅 디디고 서니
따뜻한 햇볕
시원한 바람
이 넓은 하늘과 땅
내가 다 갖는다고 해도 막을 사람 없네.

5월의 숲속에 드니
새들의 자유로운 날갯짓과 지저귐
낮은 곳을 찾느라 도란거리는 계곡 물소리
숲길을 잇는 예쁜 꽃들의 하늘거림
내가 다 누려도 막을 사람 없네.

벗이여!
그대 지금 어디 있는가?
계절의 여왕 5월이 베푸는
대자연의 향연과 찬가 들으며
이 행복한 시간을 함께하고 싶네.

춘일(春日)

시끄러운 도심을 벗어나 김해쪽 교외로 나가 보았소.
공항으로 가는 길 10여 리는 샛노란 개나리로 물들었고,
야산 들녘에는 봄의 전령사인 진달래가 피어나기 시작하더이다.
뚝길 강변로를 따라 손에 손을 잡은 아베크족들이 줄을 잇고,
달래, 빼뿌쟁이, 쑥이랑 하여 봄나물을 캐는 여인들도 드문드문,
먼 신어산 모롱이를 감돌아드는 춘심을 일구는 아지랑이 물결하며
그것은 한 폭의 그림이었소.
내 어린 시절의 때 묻지 않은 마음의 고향이었소.
이제 무겁던 어제까지의 짐을 벗어던지고,
한결 홀가분한 차림새로 이 계절의 여인 앞에 나서고 싶소.

봄나물

한 해를 묵힌 봄나물들의 엑기스를 걸러내며
담겨진 그릇에 붙은 이름표를 보니
지칭개, 쇠뜨기, 엉겅퀴, 쇠비름, 방가지똥
뽀리뱅이, 질경이, 민들레, 쑥 등

제각기 머금은 색과 향과 맛
그리고 나름대로의 약성들이 녹아있어
봄나물들의 또 다른 변신을 본다.

이른 봄날에 들과 야산에 널려 있는
흔해 빠져 귀염 받지 못하는 산야초들이지만
한 잎을 따 담고 한 뿌리를 캐면서
모진 겨울 이겨내고 언 땅을 헤집고 나온
그들의 끈질긴 생명력에서 우주의 기운을 느낀다.

해마다 때맞추어 발효액과 담금주 담기를 즐긴 것은
봄풀은 약 아닌 게 없다는 옛말을 믿어서가 아니라
봄의 향취도 즐기고 소일거리 삼아서였다.

올해도 그러려고 그릇을 비우건만
세월 이기지 못하는 몸이 봄나물의 변신을 닮아
오래 묵힌 산골 생활의 맛을 앗아감을 어쩌랴.

대춘(待春)

어제는 괜스레 짜증스러운 소식을 전했던가 보오.
세상을 살다 보면, 모르는 게 약일 수도 있었는데 말이오.
그러나 이해해 주리라 믿소.
그 도가 진하거나 묽거나 할 뿐
누구나 저마다의 번민을 갖게 마련 아니겠소.

저 창밖에 피어나는 샛노란 개나리를 보며
아무도 말릴 수 없는 세상사를 생각하오.

지구의 종말이 오기까지는
더 짧게는 내 생명의 샘이 다 마르는 날까지
고뇌의 숲을 헤어나지 못하는 자가 있는가 하면
삶의 열기에 충만되어 일순간인들 놓칠세라
짜릿한 삶을 엮는 자들도 많음을 알아야 하오.

용기 없는 자는 하늘을 탓하고
무력한 자는 포기를 앞세워 운명이거니 여기며 사는가 보오.

따뜻한 말 한 마디, 그게 설혹 도움이 안 될지라도
'봄은 온다' 라고
봄은 언제나 기다리는 자를 위해 온다는
진정 사랑 어린 복음이 되게 말이외다.

5월이 오면

그리운 이로부터 전해 올 말들이
서른 날을 헤는데도 아직이다.

꽃잎 분분히 날아 새 풀잎으로 갈아입기에
좋은 소식 한 아름 안고 올까 바랐건만
먼 산 돌아가는 아지랑이처럼이다.

언젠가는 오고야 말 시간이지만
계절의 여왕처럼 내 삶도 그러리라 믿어
진한 그리움을 토해내고 있다.

기다림에 보채는 내 마음은
푸르름이 가득한 들판에
가르마 같은 신작로를 낸다.

나는 기다림에 지치고 그리움에 울어도
정녕 봄은 4월의 오솔길 따라
5월의 짙은 숲속으로 사라져 가려나?

I

시

자연을 사랑하며

| 여름 |

초여름 밤비 속에

가랑비 촉촉이 대지를 적시는 어두운 밤
낙숫물 소리 더 또렷해지고

가까운 들녘의 무논에서는
무수한 개구리들의 코러스

슬픈 의미의 애가(哀歌)인지?
기쁜 의미를 담은 찬가인지는 몰라도
밤이 머물다 가는 온 시간 녘을
개골개골로 지새운다.

잠을 잊은 밤에 창을 열고
숱한 상념의 나래를 펴니
그리움에 젖은 그대 빗속을 걸어온다.

그대 마중을 위해
비를 맞고 뛰쳐 나갈까?
우산을 챙겨 나설까?

그리움은 빗속에 젊어 들건만
밤은 빗속에 늙어 든다.

어느 여름날의 풍경

소나무 그늘진 언덕에 앉아
초여름의 풍경을 마음속 액자에 담아본다.

원근을 달리 하는 푸른 하늘과 바다를
검푸른 산이 갈라놓은 듯
심도가 다른 푸름의 아름다운 조화

열기 품은 창공을 뭉게구름 떠가고
바닷물에 발 담근 저 산의 푸르름 따라
시원스러운 물결 위로 펼쳐지는 갈매기의 곡에

하늘과 산, 그리고 바다를 배경으로
보리 익어가는 누른 들판에
춤추는 벌 나비들까지
여름이란 캔버스에 함께 담고 싶다.

보리가 자란 들판에는

황록색이 물결치는 들녘을 거닐어 본다.

하루가 다르게 웃자란 보리알이 눈을 부릅뜨고
강렬한 태양의 세례를 받으며 황야를 누렇게 물들여 간다.

시방이 농민들에게는
그런대로 한가한 안식의 절기(節氣)이려니
풍요를 예견하는 터전 위에
초하(初夏)의 평화로움이 가득하다.

그러나 몇 날 아니 가면
이 조용한 대지가 소란스러울 것임을
잘 자란 보리 이삭들이 이야기해 주고 있다.

티 없는 청명한 하늘을 이고
따사한 햇살을 안으니
홀가분한 마음으로 풀을 뜯는 소를 닮는다.

고삐도 없고
주인도 없는
계절의 심연 속으로 내 마음이 내닫는다.

복날에 생각나는 일

목에 건 멍에에 피멍이 들도록
채찍질에 못 이겨 힘든 쟁기를 끌며
갈고 썰며 무논을 누비던 누렁소
여물통의 지푸랭이로 보상받던
고단한 시절을 알까?

복(伏)날에
동네 어귀 큰 나무에 매달려
숨이 끊어지던 복술이
힘든 농사철 끝낸
농부들의 보신을 위한 제물이 되던
그 고단한 시절은 가고

트랙터, 로터리, 콤바인, 드론 등이
소와 사람을 대신하는 농사일

좋은 생활환경 속에서
질 좋은 사료를 되새김질하는 소들
반려동물로 사랑받는 견공들

생명의 존엄성을 보장받은 그들도
그 선조들의 아픔을 알까?

초하(初夏)

파란 하늘에 흰 구름 몇 조각
진초록 가득한 산 아래
연초록 양탄자처럼 보리 팬 들판

수양버들 늘어진 강둑을 따라
누렁소를 몰고 가는 꼬마둥이
그 뒤를 따르는 신난 검둥이

봄 한철 키워 놓은 꽃풀들을
따스한 눈빛으로 보듬는 햇살

계절의 여왕이 오는 길목에
초여름의 열기가 물씬거린다.

나의 너에게

뜨거운 여름 햇볕을 피해
바닷가 숲 그늘을 찾아 나섰다.

미알진 사념(思念)을 다리 놓아
얕게 흐르는 계절의 시내(川)를
마음 모아 건넌다.

조약돌을 매만지는 말간 물살에 마음을 적시며
조잘거리는 음조에 연가(戀歌)를 띄운다.

타는 듯한 열기도 잊은 듯
푸른 바다 위를 나는 온 몸짓

그리움을 토하듯 하얀 물새의 나래짓으로
너를 기다림에 한철을 산다.

내 마음의 임자여!
한낮이 너무 길어 있구나.

여름날의 부둣가

부둣가 주막에 앉아 술을 마시며
다부진 삶에 대한 술주정

구욱 구욱 갈매기가 떼 지어 날고
파도는 발밑에 다가와 물방울을 튕긴다.

때 묻은 작업복, 찌든 기름 손에
잔 부딪치는 잠시의 즐거움 속에
인정이 넘치는 인생의 노래가 들린다.

술이 마음을 데울 때 정이 넘쳐나고
가슴 깊숙이 똬리를 트는 사랑

뭍을 떠나며 남기는 인사와
또 오리라는 기약에 손잡는 곳
그래서 풍겨 드는 사람 사는 냄새

그런 이별과 만남이 맞닿는 항구는
밤낮없는 희로애락이 파도를 타는 곳

철썩철썩
묶여있는 뱃전을 파도가 핥고 지날 때마다
긴 여름날의 열기도 식어간다.

휴가가 끝나는 날의 아쉬움

올 여름날의 피서지 휴가는
이제 서서히 막을 내려야 한다.

내가 머문 이 자리
누군가가 와서
모래톱에 누워 일광욕이나
물장난도 치며
뜨거운 태양과 시원한 바닷물과의
소란한 담금질로 열기를 식히겠지만,

나 떠나고 나면
이 발밑에 와 닿는 물살처럼
아예 나와는 무관한 그런 일들뿐

언젠가는 비워주어야 할 자리
그것을 알면서도
거기에 앉아
주제넘게끔
한숨을 쉬다니

전화(戰話)

태양이 이글거리는 정글을 누비며
삶과 죽음의 순간을 담보로
정열의 피를 토하며 싸우는
친구가 전해 오는 전쟁의 아픔

총과 생명과 사랑이 한 머무름 되어
핏빛 서린 터전 위에 큰 울음 함은
태양과 조국과 나와의 대화가
아니 시든 때문에선가?

포성(砲聲)이 울고 간 언덕 위에
폐허는 화려해도
전사(戰士)는 말이 없고
평화와 만세를 부르짖던
최후의 언어는
아직도 폐진 속에 역력한데
역사는 전화(戰話)를
위해서만 있는 것일까?

젊은 그들

여름 방학을 앞둔 시간,
최루탄이 날고, 화염병이 난무하는 캠퍼스
이 땅을 이어받아 살아갈 그들 눈에는
불의를 보고도 탓하지 못하는 기성세대들이 한심스러워
그들에게 주어진 최대의 수단으로
항변과 주장을 목이 터지라고 외치며
눈물 콧물의 범벅 속에 길거리를 방황하나니
그들은 과연 누구의 자손들인가?

이 땅의 어른임을 자칭하는 나 먹은 이들이여!
우리 이제 가면을 벗자.
역사는 진실을 갈구하고 목이 메는데
일세의 영달을 위해 안간힘으로 버티려는 무리 탓에
그들을 바라보고 살아온 백성은
이미 지쳐버린 지 오래거늘
아 어쩐단 말인가?

아우들이여! 너희들의 말도 맞는다만
결국, 조국의 미래는 너희들 몫이 아니겠니?

I
시

자연을 사랑하며

| 가을 |

가을의 기도

긴 장마 속에 잊고 살았던 계절을 되찾은 시간
닫혔던 육감이 문을 연다.

눈에 비치는 풍치와 귀에 들리는 찬가
코 끝에 와닿는 내음과 혀 밑에 감도는 풍미
그리고 온몸에 느껴지는 풍요로움
이 모든 것이 새롭다.

늘 그러했듯이
권태로움 없는 세월 기리며
행복한 삶이 이어지길 바랐건만
여느 해와는 달리
물, 불과 바람의 3재와 그리고 역병으로
누더기가 된 2021년의 지구촌

이제 맑게 갠 하늘을 보며
번뇌가 보리라는 가르침인 양
상실과 아픈 기억들
머물지 않는 마음으로 지나가고 싶다.

아 청명한 가을이여!

낙엽

뜨락에 수북이 내려앉은 낙엽을 쓸며
또 다른 사념에 젖는다.
푸르던 날의 기운은 사라지고
식어가는 대지 위를 감싸는 낙엽들
낙엽은 그대로 아름답다.

한창 꽃피우고 푸를 때는
시들 날과 흙으로 돌아갈 생각은 없었으리

그들의 생명은 누구의 소유일까?
그들의 생명을 거두는 자는 누구일까?
그들 자체의 소유가 아님은 분명하다.

빗질을 당할 낙엽들의 몸부림을 외면한 채
그들을 쓸어 모아 버리는 나는 누구의 하수인인가?

분명한 것은 하나
나도 그들과 같은 삶을 살고 있음이다.

가랑잎의 몸짓

가을이 머물다 간 그곳엔
낙엽이 뒹굴고

그들은
가야 할 곳
머물러야 할 자리를 찾는
저문 날 먼 길 가는 나그네

또한, 그들의 몸짓 속에는
새 옷을 갈아입는 여인처럼
새 생명을 잉태한 산부처럼
가냘픈 미소와 희망을 보듬고

청량한 바람에 수줍은 듯
종종 걸음마로 떠나갈
모습이 아련하다.

삶의 흔적

몇 년 전 터 잡아 심은 나무들이
올해도 철 따라 색동옷을 갈아입더니
지금은 잎을 잃고 나목인 채로다.

낙엽을 쓸면서 내 삶의 궤적을 더듬어 본다.
나무, 그들은 1년을 주기로 철 따라
같은 변신을 되풀이하건만
그들 옆에서 생명줄을 이어가는 나는
눈에 띄는 변신을 못하는 것은
한 자리를 지키지 못하는 이유에선가?

자연이 가르치는 이치를 알면서도
오늘 이 시간 이 자리에서 낙엽을 쓸며
나를 생각하려 드는 것은
나의 어리석음 때문일 것이다.

한순간을 살아도 매듭 있는 삶을 살라는
위대한 자연의 깨우침을 읽는 시간이다.

가을이기에

너무나 버거운 사랑
그러나 마음은
너랑 영원을 외고
불변을 읊고

한 잎
두 잎
낙엽의 몸부림처럼

지울 수 없는 추억에
너를 묻고
너를 안고

낙엽이 가르치는 것들

겨울 초입이라 나목들이 늘어간다.

파란 움 틔우고 작은 꽃망울로 시작해
상큼한 향기와 아름다운 색깔로 물든 꽃잔치로
봄의 찬가를 구가하더니

어느새 한량없는 푸르름으로
따가운 햇볕을 가려주기에
자연의 이치보다는 생명의 신비로움에 젖었다.

그런데 벌써 올해 단풍도 끝물이라
하염없이 흩날리는 낙엽을 쓸며
비움의 의미를 읽는데
난데없이 부는 바람에 흩어지는 낙엽들이
생은 순환임을 일깨운다.

봄, 여름, 가을 그리고 겨울
모든 게 한 순간의 일

이제 마음의 틀을 허물고
자연과 하나 되는 시간이어야겠다.

산기슭의 한밤

아닌 밤중에 닭이 운다.
덩달아 마루 밑 복실이도 짖어댄다.

흔하지 않은 일이라 헛기침하며 창문을 열어보니
칠흑 같은 어둠이 산기슭을 덮었다.

마당가에 둘러선 나뭇가지 위로
달빛이 고요하고
큰 별 몇 개가 하늘을 지킨다.

멀리 큰길 따라 줄지어 선 가로등 아래로
이따금 기어가는 차들의 불빛이 보인다.

한 울타리 속에 사는 온 식구가 단잠을 깬 이유는
밤 사냥을 나온 산짐승의 행차였나 보다.

잠옷 사이로 10월의 밤바람이 스며든다.

해운대 백사장의 아침

비 갠 백사장
하얀 모래톱 위엔
물새들의 수많은 발자국이
이쁜 그림을 그렸다

파도 일렁이는 모래톱엔
부서진 조개껍질들이
멱을 감는다.

멀리 이어지는
두 연인의 다정한 발자취가
끝없이 이어지는 모래톱을 따라간다.

갈매기의 곡예가 아름다운
7월의 아침이다.

동백섬에 올라

8월의 하늘이 이리도 푸르고
바다가 저처럼 시원스레 펼쳐 보이는 건
태양이 바람을 잠재웠기 때문인가?

솔바람 머물다 가는 동백섬 오솔길 옆 망루에서
시절의 오고감을 읽는다.

저기 벤치에 사지를 늘어뜨리고
풀죽어 잠들어 있는 넥타이 차림의 신사와
내 앞을 지나가는
비렁뱅이의 행복해 보이는 웃음 띤 얼굴에서
잠시 삶의 의미를 헤아리고 앉았다.

삶이란
지친 듯 보이는 신사처럼 고뇌의 연속인가?
아니면 방금 내 앞을 스쳐 지나간
가진 것 없어도 행복한 미소 지을 수 있는
비렁뱅이의 자유스러움일까?

저 바닷물과 바람이 만나 이루는 파도처럼
무상한 춤사위와 끝없는 반복성을 지닌
번뇌와 고통의 늪을 외면 못하는 게 인생일진대

너른 바다 안고 해운과 벗하며
천년세월을 노래해 온
이 해운대 동백섬의 기품을 닮고 싶다.

가을비

낙엽의 냄새 피어오르던
늦가을 한 자락에 비가 젖네.

무심한 가을비 돋는 소리에
채색(彩色)이 버겁던 시야가
무너져 내리네.

숲은 단풍에 덮이고
길은 낙엽에 흐려도
긴 사연 또렷해
빗속에 하염없네.

아— 지열(地熱)로 승화한 낙엽의 계절이여!
화려한 매듭은 이를 이름하느냐?
구르몽 시구가 빗속에 운다.

I
시

자연을 사랑하며

| 겨울 |

입동(立冬)

가을이 잠시 머물다 간
그 자리엔 낙엽이 뒹굴고 있다.

세월을 보듬고 앉아
되돌릴 수 없는 추억들만 뒤적이는 시간이 길어간다.

따스했던 봄날에 이어
유난히도 별났던 지난 여름
태풍으로 찢고 폭우로 쓸어버린 삶터

저 하늘을 이고
이 땅을 딛고 사는 생명체들에게
그 아픈 생채기가 아물 새도 없이
계절은 우리에게 모든 것을 망각하라 이른다.

가을이 되어 고운 단풍을 긁어모아
지난날의 시련을 추스르며
추억의 모닥불을 피워 보려 했었는데
벌써
저만치 서둘러 오는 동장군의 외치는 소리가
아물거리는 내 기억들마저 앗아간다.

봄, 여름, 가을
또 너를 겨울의 눈 속에 묻어야 하나 보다.

계절의 가르침

초겨울의 길목이다.
청청한 소나무는 그대로건만
활엽수는 건강한지 옷도 벗었다.

봄에는 신록
여름에는 눈부신 초록
가을에는 오색 단풍
겨울에는 나목
그런 변신으로 생장을 거듭한다.
우리네 인생도 나무를 닮았다.
상록수처럼 살 것인가?
활엽수처럼 살 것인가?

시인은 시로
화가는 그림으로
철학자는 사색으로
농부는 농사에 맞춰 현상만을 노래한다.

청청(靑靑)함만 나무의 본질이 아님을 생각하며
낙엽이 깔린 길 위를 걷는다.

겨울 풍경 속에

언덕 위 내 집에는 남으로 향하는 작은 창이 있다.
그 창틀에 겨울이면 한 폭의 먹물로 채색된 수묵화가 그려진다.

정원엔 잎을 죄다 떨궈 버린 키 작은 나무들이 시린 발돋움하고 서 있고
그곳 넘어서는 빛바랜 흙색의 넓은 들판이다.
들판이 끝나는 곳부터는 생기 잃은 검푸른 나무들을 앞세운
원근과 높낮이가 다른 산들이 능선을 그리며 수묵화의 조화를 이룬다.

가을 추수가 끝나고 휴면에 든 빈 논들은
잘 정리된 바둑판처럼 드러나 보인다.
들판을 가로질러 마을로 들어오는 큰길에는
드문드문 차들이 움직일 뿐,
길을 걷거나 논밭에서 일하는 사람은 보이지 않는다.

온기가 없어서인지 겨울의 산야는 생동감이 없다.
봄이 올 것이라는 희망마저 없다면 겨울은 절망을 안기리라.

갑자기 잿빛 하늘에 검은 갈까귀 떼들이 나타난다.
반은 전선에 앉고 반은 논바닥에 내려앉으니
삽시간에 검은색으로 변해 장관을 이룬다.
흑백의 수묵화가 동영상으로 바뀐 듯 생동감을 준다.
해마다 찾아오는 빈객들에게서 희망의 날갯짓을 본다.

그래서 잠시일망정 작은 창을 통해 자연이 주는 깨달음에 젖는다.
봄을 잉태한 겨울의 산고가 끝나는 날
내 집 작은 창틀엔
다시 생기 넘치는 한 폭의 초록빛 수채화가 그려질 테니….

연말연시

사람들은 해가 바뀐다고 야단들이다.
365일 해가 지나다니는 그 하늘을 쳐다보니
그 흔한 발자국 하나 남아 있지 않다.

아무것도 보이지 않는 속에 시간의 궤적

하긴 언제부턴가 계절이 바뀔 때마다
그에 맞는 옷을 갈아입어야 했던 기억들과
무겁기도 하고 가볍기도 했던 삶의 무게를 느끼곤 했다.

나는 밥그릇을 비우며 무상의 수저도 씻어 보고
찻잔 속에 묻어나는 무념의 향기를 느끼면서
나는 지금 어디로 가는지를 생각하는 시간도 가졌었다.

보이는 것들이 내게 전염되어 몸살을 앓을 때
어둠과 허무의 종노릇에서 해방되는 꿈을 꾸며
무당의 나래짓을 하느라 허둥대기도 했었다.

이맘때면 언제나 그랬듯이
사람들은 무언가를 정리하고, 또 무언가를 계획한다.
어깨에 진 짐이 무거웠던가? 아직도 가져야 할 게 많은가?

그러나 나는 내일도 오늘처럼 꿈속에 있을 것인가를
스스로 묻고 있다.

백설(白雪)을 밟으며

주기적이던 자연현상마저 헛도는 건
온난화에 병든 치매증세일까?
아니면 그 속에 사는 인간들이 미워서일까?

초봄을 알리는 춘분(春分)이란 절기에도
남녘의 산야(山野)가 흰 눈에 묻혔다.
담장을 타고 내린 노란 개나리며
마당가에 서서 새봄을 노래하던
하얀 목련과 분홍 복사꽃마저도
눈 속에 묻혀 온데간데 없다.

눈이 그치고 녹을 때까지 꼼짝없이 갇힌 시간
침묵은 생각의 모닥불을 지핀다.

하긴 나도 이런 세상이 싫다.
하얀 눈으로 덮고 덮어 영원히 가두고 싶은 일들이 오죽 많은가?
그런 일을 잠시나마 하늘이 대신해 주는 건가?
아님, 더러운 세상임을 일깨우기 위한 계시인가?

참뜻마저 잃고 변질한 외침은 끝장이 없다.
진정, 이 땅에 복음을 전할 자가 없는가?
시절 잊은 하얀 눈
너만이라도 탓하지 않으려니
이 세상 하얗게 뒤덮어다오.

폭설

하룻밤을 자고 나니 세상이 바뀌었다.
온 천지가 백설에 덮여 순백 그 자체다.

원근이 드러나던 산도
높낮이가 다른 수목들도 온통 하나다.
낯익은 길도 지워졌다.
한 순간에 갇힌 자신을 발견한다.

온 세상이 적막강산이다.
지금, 이 순간 내가 할 수 있는 일은 무엇인가?

폭설이 바꿔 놓은 일순간의 세상
모든 것이 하나 됨을 일깨운다.

모든 것을 비워버린 경지가 아니라
채워서 없앤 공백의 가능성을 본다.
이 순간의 느낌이 바로 깨우침이리.

설경(雪景)

원산(遠山) 앞 산마루가 밤사이에 눈에 덮여
노송(老松)이 머리 새어 백의(白衣)로 나앉으니
건너편 산엽 마을이 옹기종기 모여 있네.

사방이 눈빛이라 해가 뜨니 눈부시다.
동네 앞 빈터에는 개구쟁이 다 모였고
날뛰는 견공(犬公)들도 제멋 겨워함일세.

온 세상 한 가지로 천년 두고 이러소서
더럽고 속 타는 일 눈빛처럼 바래고자
정한 맘 고이 가셔 눈 녹듯이 다정하리.

시작은 늘 끝이다

시작은 언제나 끝을 품는다.
인생이 그렇고 역사가 다 그랬다.
내가 숨 쉬고 있음도
나의 삶도 또한 시작의 연속이다.

어제의 끝이 오늘이듯이
내일의 끝은 그 훗날이다.
그래서 시작은 항상 연습일 수도 있다.

인생을 시작하면서
인생을 연습처럼 살면서
인생의 끝을 스스로 보기는 어렵다.
그러나 언젠가는 끝이 있다.

지난날의 걸음마
오늘의 뜀박질
그리고 먼 훗날의 휴식 속에도
끝은 늘 기다리고 있다.
그래서 시작이 늘 빠른 것으로 생각한다.

만남의 의미도 그렇고
헤어짐의 의미도 그럼을 알자
분명한 사실은 시작이 늘 끝과 함께이다.

영광과 그 후

서울 코리아!
그것은 우리 역사 속에 하나의 장을 여는 외침이었다.
세계인이 함께하는 한판의 신나는 굿판이 있었다.

인종도, 종교도, 전쟁도 잠시 잊고
지구촌의 평화를 갈구하는 성화 아래서
손에 손 잡고 신명 나는 어깨춤에 덩실거렸다.
인간의 이상을 향해 더 높고 더 멀리 뛰어올랐다.

그런 화려했던 축제가 막을 내린 후
아직도 그날의 뜨거운 열기와 함성이 귓가에 쟁쟁한데
아— 대한민국
우리는 또 다른 외침으로 흥분하는가?

떨떠름한 뒷맛을 풍기며 시작된 제5공화국의 명분
그리고 민주화를 위한 거센 피바람이 불었던 광주사태
그 주인공들에 대해 개운치 못한 죄와 벌

진정 소리 없는 아우성으로
역사의 뒤안길로 사라져 갈 수 있을까?

한 해가 다하는 뒤안길에서

찬 바람이 매섭다.
앙상한 가지에 매달린 잎새들의 울음이 진하다.
하얀 눈발도 날린다.

몇 장 남기지 않은 낱장의 달력 뒤엔
두툼한 새 달력이 차례를 기다리고 있다.

분명 나름대로는 많은 셈을 치렀다.
그러나 잊어버리는 것이 시간의 셈이다.
시간의 개념을 잊고 사는 것은
365를 맴돌고 쳇바퀴 삶 때문이다.

올해는 정미년이었다.
나는 선생님이었다.
그 여인과의 사랑은 계속이었다.

그러나 끊어질 뻔한 괴로운 일들도 있었다.
그리고 집에서 부모님과 같이 살았다.

결혼도 독촉받았다.
군대도 뒤로 미뤘다.
별로 남긴 일없이 산 시간이었다.

웃는 시간과 웃지 않은 시간의 합이 영(零)이었으나
웃지 못하는 울어야 하는 시간도 있었다.

그러나 또 그렇게 가야 한다.
서서히도 가고 빨리도 가고 알게도 가고 모르게도 가야 한다.
그것은 오직 나만의 선택일 뿐이다.

I
시

사람을 사랑하며

| 연인, 친구, 이웃 |

그리움/ 연모/ 망월

아담과 이브/ 환영/ 비가/ 사랑의 아픔

욕정/ 모상/ 작별

그리움

어디든지 가고 싶다
그대 머무는 곳에

하루를 헤면 또 오는 하루
그대 따로 있는 곳을 향해
그리움이 줄달음질치네.

설사 그대 외면할지라도
항상 내 번민 속에 산다네.

가면 시간이, 오면 그날이
사랑이 소망의 꽃이 되어
내게로 올 시간이 멀기만 하여

오늘도 기도드리네
세월이 가면 다 변한다지만
우리의 사랑은 늘 봄날이기를

아— 기다림이 길어, 기다림이 짙어
그리움만 더하네.

연모(戀慕)

못다 부른 네 이름을 현판(懸板)으로 걸었다.
성업(盛業)이었다.

어제가 그랬듯이 오늘이 그랬고
또 내일도 그러리라
그러나 내 혼자만의 치다꺼리로는
너무도 버거운 짐이 되었다.

사랑이 하나의 업(業)이 될 줄은 미처 몰랐다.
그러나 그 어느 날부터
내 마음 속에서 쉽게 떠날 수 없는
사랑으로 자리 잡았다.

세월은 우리의 사랑을 시샘해 칼질했다.
숱한 흔적을 남긴 사랑을 잃은 이별의 아픔
되돌릴 수도 지울 수도 없는
사랑의 역사가 때 묻음에 가슴 시릴 때

술인가?
벗인가?

망월

거울 같은 달이 떴어요.
그대 얼굴을 비춰주세요.

그대 모습 보일 때까지
난 달이 질 때까지 기다릴게요.

그대 웃으면 나도 웃고
그대 손 흔들면 나도 그럴게요.

달이 질 때까지
안녕이라는 말은 하지 말아요.

내일도 달은 떠오를 거예요.
꼭 이 시간에
나 여기 나와 기다리겠어요.

아담과 이브

에덴의 동산에 올라
두 연인은 아담과 이브라 이름하네.
영원할 수 없다는 너와 나의 관계를 알면서도
그 금단의 과일이 맛이 있음에랴.
둘이 하나이기 위한 오랜 갈구 속에서 키워 온
정열의 노예가 되어
순간과 영원을 그리며
애정의 애드벌룬을 띄운다.

가리지 않은 마음은
가릴 필요가 없었던 의상처럼
먼 이야기가 된다.
사랑을 따는 원죄가 금단의 문을 넘어서 있다.

더 할 수 없는 밀어의 산실에서
촌각을 다투는 사랑의 잉태를 보는
나 아담과 너 이브여!
에덴의 동산에서 쫓겨나는 그 시간까지 만이라도
이런 주문을 외자.

사랑했노라
사랑하노라
사랑하리라

환영(幻影)

먼 훗날 애기가 그럴까 봐
가던 길 머물고 생각는다.

사랑이 죄였다면 그건 몰라도
아무런 죄 없다고 여겨 사는데
마음은 부질없이 애를 태운다.

멀어져 가는 시간 따라 살쪄오는
잊으려면 도리어 생각나는
사랑은 오직 한 길 열병이런가?

달이랑 별이랑 또렷한 밤을
멀어져 간 그대 따라가고 싶어라.

비가(悲歌)

창밖에 비가 내린다.
내 마음에 비가 내리듯

내가 주고받던 사랑의 주인공은
지금은 남이 되기 위한 마음의 작정에 애쓸까?

사랑의 역사가 슬퍼
다시는 사랑을 않으리라는 내 마음은
물같이 흘러버린 허전한 옛일을 더듬으며
오늘도 이런 주문을 외우는 걸까?

사랑해 주세요.
사랑하마.

시작을 같이한 사랑의 얘기가
종말을 달리한 지점에서 에트랑제가 되다니

기다리겠어요, 언제까지나
잊어버리기에는 너무도 큰 부채를 멍든 미련 속에서
가만히 지니고 살아가야 할까?

마지막 빛나던 눈동자에

함초롬히 맺히던 구슬을
때 묻은 손수건으로나마 눌려주지 못한 것은
내 가슴을 적시는 비가(悲歌) 때문이었을까?

사랑은 가도 마음은 남는 것
눈물은 흘러도 정은 씻기지 않는 것
아— 첫사랑 못 잊어 창밖에 비가 내린다.

사랑의 아픔

외로이 울며 나는 물새여!
너는 꿈이 있어 그러련만
뜻 모르는 내게는
너의 날갯짓이 서글픈 정취를 안기는구나.

암벽에 부딪히고 흩어지는 파도도
변함없는 율동으로 춤을 추듯 하건만
갈피 없는 이 심정은 어디에다 비길까?

어이해 맺어진 인연이길래
고달픈 사연들만 쌓이는가?

사랑하면서도 눈물짓고
사랑을 못 잊어서 상처만 되니
저 단단한 바위를 닮지 못할 바에야
차라리 파도처럼 부서지고 싶다

순수한 사랑의 무지개를 꿈꾸며
너와 나의 영혼을 아름답게 가꾸고 싶었는데
그게 나의 지나친 욕망이었던가?

욕정

촛불이 꺼지면 모든 여인은 아름다운 법
어둠이 가리는 장막 사이로
여인의 살 내음 풍기면
사랑과 또 사랑의 가식을 몰고 온
숨 가쁜 고동을 듣는다.

동정(童貞)의 핏빛마저도 앗으려는
잔인한 순간은 역사의 시작도 종말도
셈할 겨를이 없고
이성(理性)은 욕정에 밀려
어느 골목길에서 멈추어 선다.

순결을 셈하는 여인도
정과 욕의 갈등에 안겨
고단의 고비를 가며
희미한 작정에 버거운 나래를 편다.

사랑이라는 이름으로
마지막 주문을 왼다.

촛불이 꺼지고 나면
모든 여인은 아름다운 법
사랑의 허울 속에 나비가 된다.

모상(母像)

은혜로우신 어머님이시여!
나는 당신의 핏덩어리였습니다.
나는 당신의 고뇌로 시작된 실로
당신의 위대한 분신이었습니다.

사랑하는 어머님이시여!
나는 당신의 사랑에 눈뜨고
당신의 인자에 길들고
당신의 지혜에 철들었습니다.

전지전능하신 어머님이시여!
나는 그래서 당신의 모든 것이었습니다.
사랑이요 낙이요 희망이요
그리고 자랑이었습니다.

또한, 근심과 걱정이요
슬픔과 아픔의 눈물이요
피와 땀의 엮음이었습니다.
그래서 나는 당신의 생활이요 인생이었습니다.

훌륭하신 어머님이시여!
위대하신 어머님이시여!

나는 지금 나의 하느님
당신 앞에 엎디어 기도드립니다.
오직 한 결로 감사하는 마음으로….

작별

   (1)
인생을 살자면 숱한 이별들
어차피 한번은 있다 하지만
정 두고 이별은 없어 좋은 것
마음 없는 만남도 안 해 옳은 것

(후렴) 아— 인생을 아픔 없이 살아갈진대
오실 날 가실 것을 미리 알듯이
맞으면서 마중을 하며 사세나.

   (2)
사랑을 하자면 숱한 번민들
사랑은 누구나 한다지만
못 이룰 사랑은 안 해 옳은 것
가슴 아픈 이별만은 없어 좋은 것

I

시 작품

고향을 사랑하며

| 고향, 추억, 향수 |

초여름 고향에서

그리움이 묻어나는
산과 바다가 어울리는 고향에서
청록색 보리밭 길을 따라 걸었다.

포근히 보듬어주는 신록 속에 안기니
마냥 맑은 그리움이 느껴진다.

지나간 날의 놀이터
그 동산을 장식했던 키 작은 수목들은
이제 나를 한 없이 작게 만든다.
세월을 삼키기에 충분했나 보다.

그때 그 색깔
그 바람
그 신록을 다시 보니

아무 절차도
아무 막힘도
아무 가식도 없는 이들과
온종일 거기에 머물고 싶었다.

남해 사람들

모질고 볼 딱지고 찔러도 피 한 방울 안 나올 것이라며
또 수악하고 야물다고 흉보는 육지 사람들 보소.

와 그렁고 모리겠지요?
다 조상 때부터 질 들고 몸에 배인 깡다구라오

살기 애럽던 시절 목구녕이 포도청이라꼬
갱번 가에서 바래질하고 죽방렴으로 메르치 잡고
다랭이논, 삿갓배미논 일구며
몸띵이가 열 개라도 모자라게
등어리 굽도록 쌔빠지게 일해서
자슥들 키우고 공부시키고 살다 보니 그런기라요.

그렇게 우리 조상들은 애타게 살았고
그런 게 인자는 다 옛날 이바구라오.

벅시골 아재도 늙고

남해 금산 봉우리에 해가 비치고
앵강바다 물결이 출렁거리면
작은 갯마을도 잠이 깬다.

진지 잡샀습니까이다?
어이 묵었네.

오디가 편찮아 보이네이다.
불각시 물팍이 아파 발떼죽 떼기가 심드네.

우야다가 그런데이다?
자고나니 무단이 그렇네.

침이나 주사라도 한 대 맞으시다.
나이가 많아지니 오만디가 탈이 나네.

하모이다. 인자 일도 에지간히 하이소.
그럴라네. 자네들도 우짜던지 몸 조심하게!

내가 누구니?

어릴 적,
밖에서 놀다가 돌아오니
대문이 잠겨 있었다.

"문 열어주세요!"
"누구세요?"
아버지의 목소리였다.

"냅니다"
"내가 누구요?"

대문 틈새로 들여다보니
두 분이 마루에 앉아 웃고 계신다.

다시 '냅니다' 란 답에
꼭 같은 물음으로 되돌아왔다.

갑자기 눈물이 핑 돌았다.
그리고 한참 후에야 문이 열렸다.

눈물을 닦으며 쳐다보니
어머님이 미소 짓고 계셨다.

엿장수 봉심 아베

동네 사람들은 그 집 사람들을 나팔네라 불렀다.
동네 대소사가 있거나
면에서 주관하는 역사가 있는 날이면
새벽부터 온 동네를 돌며 외치는 알림꾼이다.

그의 본업은 엿장수다.
허우대가 크고 얼굴엔 날굿이 길었다.
그가 입은 홑바지는 늘 짧아 보였다.
인근의 장날이면 엿판을 지고 나선다.

돌아올 때는 늘 술에 취한 채로인데
언젠가는 다리에서 떨어져 혼수상태였는데
귀신을 만나 그랬다고 소문이 났었다.

그의 삶은 늘 모난 데가 없었다.

어린 녀석들의 코 묻은 돈
말썽꾸러기들이 숨겨온 닳고 구멍 난 냄비나 주전자
시어머니 모르게 퍼온 며느리들의 보리쌀
그런 것들이 그가 무겁게 지고 다니던 엿판을
밀고 다니는 손수레로 바꿔주었으리라.

엿장수 가위짓이 엿장수 마음대로이듯
골목을 누비며 살아가는 그의 일상에서
그가 파는 엿만큼 끈덕진 인생이 묻어났다.

고향 친구여

비좁디 비좁은 마음 한구석에 창을 내고
왁자그르한 파시를 본다.

S야!
그날
그 시간
그곳에서
나랑 하여 함께 꿰매던
한 색깔을 띤 언어의 꾸러미였는데
너희들은 벌써 그것을 잊었단 말이냐?

이제 거둬야 할 시간
너희들의 오산(誤算)을 메꾸기 위해서
지금 나더러 너희의 손가락셈만을 말없이 헤아리란 말이냐?

S야!
고단한 사념일랑 아예 우리들의 셈에서 빼는 게 어떠냐?
이제 비좁은 창을 내리고 거울을 보자.
그 속에 내가 있는가?

추억의 앵강 바다

앵강만 신전 숲 앞바다엔
작은 섬이 하나 떠 있다

중학교 때 우리는 그 섬에 갔었다
섬 중앙엔 대숲이 있었고
물이 난 개펄엔 게도 기고
껍질 매끄러운 백합도 많았다.
우린 그때 무척 즐거워했던 것 같다.

긴 세월이 지난 후 그곳에 가보니
그 섬은 그 자리를 지키고 있었다
모래톱을 간지럽히던 하얀 물결도
코에 스며드는 갯내음도 여전했다.

그러나 예전에 함께 했던
시를 좋아했고, 자연을 좋아했던
그 여선생님과 단발머리 소녀들은 흔적이 없고
늘 히죽거리던 까까머리 친구도 없었다.

내 마음 속엔 고향이 텅 빈 듯
허전함만 가득했다.

세월을 어찌 이기랴

늙어서 찾아온 고향 바닷가
소나무 우거진 해변에 서니
추억이 앞 다투어 찾아든다.

대양으로 통하는 수평선을 향해
몇 척의 배들이 섬 돌아 사라져 가고
돌아오는 어선 따라 날아드는 갈매기들

파도 출렁이는 귀 익은 노랫소리
태양은 그때처럼 변함없이 빛나건만
벌거벗은 색 깜둥이 되어
부모님들 성가시게 하던
거기 있던 친구들만 안 보인다.

긴 세월 보내면서 잊고 산 탓이기에
고향을 지키는 피붙이들에게 물으니
저 뒷산 양지쪽에 묻힌 지 여러 해라네
고개 돌려 바라다보니 숲만 푸르다.

지난 세월 탓하며 불러보건만
나 여기 왔음을 알 리도 없고
저 파도 소리, 이 바람 소리 듣지 못하리.

추석 무렵

따사로운 가을 햇살에
노랗게 물들어가는 들녘에 서서

여름 한 철 땀 흘린 보람과 자연이 베푼
풍요로움에 감사할 즈음
귀성객 실은 KTX 열차의 질주

순간, 나락 까먹다 놀란 참새떼들이
파란 하늘을 향한 날갯짓함과는 달리
마음은 이미 고향 열차와 함께다.

정작 그곳엔 나를 기다리는 것은 아무것도 없건만
명절이 되면 가슴 저미는 그리움이
내 늙음의 속도를 외면한다.

몸 있는 곳에 마음 두라 했건만
벼 여물어 가는 가을 들판에 서서
그냥 허수아비인 채로
저편 산 너머 바라보는 또 다른 나를 본다.

오일 장터에서

유림동 아지매 아닌교?
싱싱헌 깔치 보고 가이소
새벽에 매진 목에서 갓 잡은 것 싣고
죽을 둥 살 둥 비시기 날아왔다 아인교

이리 탐지고 때깔 좋은데 티끌이 잡지 마소
내 칼컷하게 손질해 줄긴께 몽땅거리 뜨레미하소.

저그나 하몬 그러고 싶은데 몽창시리 비싸네
짜드라 비싸지도 않구만 그래 쌓네

무작배기로 값을 매기몬 우짜요
아지매 함부로 값 매기는 데 자급 똥을 싸겠다

옛날에사 그리 안 비쌌는디
하모이다. 우리 알라 쩍엔 천지삐까리 아니였는교?
요새는 어찌 된 판인지 호옥가다 잽피는지라
갱매장에서도 귀해서 천신도 못허요.

자 이 크다만 거 찐가줄긴께
방구지만 말고 버뜩 사소.

하루 점두룩 입다시개도 못하고
죽도록 납디도 오늘 장사는 파이다.
우리 신랑 하매나 올랑가 눈 빠지게 지다릴낀데
후딱 폴고 갈라요.

I
시

인생을 사랑하며

| 삶, 행복, 일 |

행복의 의미

나를 아는 사람 중에는
성공한 삶을 산 행복한 사람이라고 한다.

그럴 때 나는 손사래를 치며
정말 그들의 말처럼
보람과 행복을 누린 주인공인가를 자문한다.

봄비 맞으며 행복에 젖던 날
여름날 뜨거운 태양처럼 사랑했던 날
풍요로운 가을하늘 쳐다보며 보낸 기억
하얀 겨울의 찻집에 앉아 인생을 찬미했던 기억
손꼽을 수 있는 삶이었던가?

넘어야만 했던 숱한 고갯길
삶의 무게에 짓눌려 나를 잊고 산 시공간 속에서
행복을 찾는 숨바꼭질로 보낸 삶이었을 뿐

그런 궤적들이 성공이었는지 행복이었는지
되묻고 싶은 시간이다.

짧은 순간의 배려

무엇을 도와 드릴까요?
이 한 마디면
답하는 이도 편할 텐데

어디서 오셨습니까?
어떻게 오셨습니까?
무슨 일로 오셨습니까?
누구를 찾아오셨습니까?

왜 왔음을 묻고 도움을 주려 하지만
보이지 않는 경계가
답할 이의 심정은 헤아리지 않네.

술이 벗이 되어

술을 따르면 고뇌가 잠자네
잔을 비우면 인생은 즐겁네

비좁은 안목(眼目)
가느다란 심사(心思)
다시 채운 술잔 위에 물거품이 되고
다시 비운 술잔 아래 꺼져 버리네

술에 젖어 부르는 노래
술에 취해 엮는 사랑

나그네 쉬어가는 주막에 들어
인생을 팽개치고 살고지고

간이역에서

가로등 희미한 0시의 플랫폼
사랑과 눈물의 합주곡이 흐른다.

오는 이는 내려놓고
가는 이는 태운다.

언제나 평행선을 달리는 철마건만
만남과 이별은 교차하네.

나는 나그네
갈 길은 멀고
끝없는 철길처럼 고단한 인생.

술타령

한 잔의 술이
두 잔의 술이 되어
노래가 있고
춤이 있고
인생이 있다.

술
너와 나와 함께라면
낮이 밤으로 가도 좋다.

인생이란

인생은 이런 거라 말하지 마오
내 생명 다하도록 내가 살진대
노래하라 울어달라 청해 되겠소.

돋는 해 지는 달이 말이 없듯이
제멋 겨워 사시도록 날 버려두오.

혼자 엮어 사는 길이
내 길이라오.

인생이란 그런 거라 말하지 마오.

어린이날

산으로 가는 길에 작은 풀꽃 하나를 만나 잠시 대화를 나눈다.
너의 이쁜 모습에 나는 생명의 근원을 묻는다.
누가 너더러 이 자리에 서 있게 했는가?

하루살이는 이 세상에 나와
서너 시간을 살기 위해
물속에서 2년을 유충으로 보내야 하고

매미는 1주일을 살기 위해
17여 년을 땅속에서 굼벵이로 산다.

살고자 하는 모든 생명체를 거부하지 않는 것이
대자연의 품이다.

이 땅에 태어난 어린이들이여!
한 그루의 풀꽃처럼
한 마리의 나비처럼
자연의 이치에 순응하는
지혜로움으로 인생을 살다 가야 하느니라.

작은 부담

가끔 가는 사우나의 이발관 아저씨는
언젠가부터 내게 마음의 부담을 안기고 있다.

들고날 때 인사하는 친절은 기본이고
목욕이 끝나면 손수 즉석커피를 권한다.
모두에게 그러는 것 같지는 않지만
고마움에 앞서 마음이 무거워진다.

한두 번은 그럴 수도 있지만
여러 차례 대접을 받게 되니 부담스럽다.
내가 받았으니 갚아야 할 일인데
나대신 손님들이 많았으면 좋겠다.

오늘도 같은 대접을 받았는데
고객이 없어 바둑을 두고 있다.
인사도 못 하고 서둘러 문을 나선다.

빈자리

언젠가 비워 주어야 할 자리.
말없이 떠나고 나면
누군가가 와서 다시 채워질 자리.

잠시라도 육신을 달래며
풍광을 즐기고 싶은 이들을 위해
이제라도 비워줘야 하지만

그것을 알면서도
그 자리를 지키고 앉아
긴 한숨만 쉬고 있으니
정작 갈 데도 없는
이 아픔을 누가 알려나.

길을 가는 나그네

그 주막집에는
가는 이도 나그네
오는 이도 나그네
그래서 이야기꽃이 만발한 것일까?

낮엔 들과 산, 해변을 걷고
밤은 고단이 몰고 온 여정(旅情)

이 모든 것이
무상(無常)의 즐거움을 짓씹게 하고
회상의 뭉게구름을 지핀다.

산이 좋아서 산으로 갔고
숲이 좋아서 거기서 쉬며
물이 좋아서 바윗골을 뒤졌듯이
인생도 그렇게 살고 지고.

시심(詩心)이 이는 소요를 벗으나
동심(童心) 그대로에 묻혀 살고 싶음은 과욕이런가?
다시
그 풍성했던 여로의 주인공이 되고 싶어라.

I
시

부처님을 사랑하며

| 인연, 자비, 수행 |

어느 해의 부처님오신날

오늘은 부처님오신날
화려하고 장엄한 등불 밝힌 전야제
선남선녀가 함께하는 거룩한 봉축 법회
그리고 축하 공연

올해는 예처럼 화려하지는 않겠지만
모두가 성자의 탄생을 기뻐하는 날

코로나 예방 2차 접종 후유증으로
종합병원의 독방에 누워 3일째
주사액이 주렁주렁 매달린 홀대에 묶여
방울방울 떨어지는 약물만 쳐다본다.

삶이 고통임을 일깨우시는가?
이 고통의 인과 연이 무엇인가를 묻는 것인가?
몸 따라 마음도 앓는 시간이다.

약물에 어려 비몽사몽 중
봉축 행사를 도맡아 치른 거사님으로부터

전날 문안 인사를 하며
부처님 뵙고 속한 쾌차를 부탁하겠다더니

오늘 그대로 잘 전해 드렸으니
마음에 평화를 찾으란다.

자비와 사랑이 전해 오는 느낌에
이 땅에 복비가 내려
자유와 행복이 가득하기를 축원한다.

마음

법당 앞에서 쳐다보는 초승달이 곱기도 하다.
내 마음이 그래서리라.

부처님 셈법으로는 순간이련만
중생의 셈으로는 진갑이라
대웅전 법당에 앉아 생일불공을 올린다.

[당신이 생각하고 말하는 부처는 부처가 아니다.
그것은 당신에 의해 형상지어진 부처이다.
그렇다. 당신에 의한, 당신을 위한, 당신의 부처일 뿐이다.]

[道는 어디 있습니까?
다만 눈앞에 있을 뿐이다.
그런데 저는 어찌하여 눈앞에 있는 것이 보이지 않습니까?
유관선사는 가라사대
그대는 '나' 라는 생각이 강해서 보지 못한다.]

진정 '나' 라는 아상(我相) 때문에
마음을 비우지 못하는 것인가?

초승달도 별과 함께
또렷한 밤이다.

그냥 차나 한잔 들게

산사의 법당에 앉아
스님께서 끓여 주는 차 한잔에
따스한 자비심이 차 향기에 묻어난다.

차도엔 세심의 가르침이 있고.
한 잎의 차 속에는 구도의 가르침이 있다.

한잔의 차로 태어나기까지
그 멀고 험한 고행 속의 만행을 보라.

엄동설한을 겪고 어린잎으로 태어나는 순간
무정하게 꺾이는 아픔과 열기와 압력 속에 들볶임의 고문
화탕지옥 속에서 육신을 불사르며
모든 것을 버리고
오직
보시의 정신으로 거듭나서
보살의 길을 걸어 감로수로 승화한다.

한 생각 거기에 이르러 눈을 뜨니
단상의 부처님이 내려다본다.

모든 생각 내려놓고 차나 들게.

산사(山寺)에서

해가 지자 솔바람 부네
대웅전 법당에 엎드려 절하며
불러보는 관세음보살
언제나 그렇듯 삶의 참 의미를 묻건마는
황금색 부처는 대답 없이 늘 그 모습이네.

내일 또 와서 그렇게 묻겠지만
오늘처럼 육신만 땀에 젖으리

나무아미타불
관세음보살

법당 앞에 나서니
둥근 달이 반기네.

일심

어느 봄날 오후
조용한 산사 툇마루에 앉아
대웅전 법당을 바라보니

소복차림의 보살님이
두 팔 모아 기도하고
허리 굽혀 소원을 세운다.

정감 어린 반복의 율동에도
흐트러짐 없는 기원이기에

부처님의 가피
나 몰라라 않겠다.

산새의 날갯짓에도
산사는 조용하여
봄이 머물기 좋은 날이다.

불상 앞에 무릎 꿇고

마음속에 절을 짓고
큰 임을 모셨건만
고운 임 곁에 두고 이다지도 무심할까?

언젠가 돌아보면
허망함을 알련마는
오만 가지 세상사에 임 귀한 줄 모르나니

글자 없는 경전 속에
묻혀 사는 중생이여!

다정한 벗님이야.
내 맘속에 있으련만
기원의 나래 타고
행여 올까 기다리나?

장안사 계곡

왜 산에 왔느냐고 묻는 말에
대답 대신 미소 짓는 마음, 그대는 알까?

척판(拓板)의 신통력에 얽힌 원효선사의 전설을 들으며
척판암에 올라 부처님 뵙고
장안사 계곡에서 땀을 씻으니
사방은 글자 없는 경전(經典)으로 충만하네.

산을 찾은 그대여!
쉬었다 가세.

흐르는 맑은 물에 발 담그고
도란도란 조잘대는 법문이나 듣세나.

대운산(大雲山)에 올라

인적이 드문 것은
산이 높고 골이 깊어서라.

숲이 하늘을 가린
산자락 더듬어 계곡에 드니
거기에도 사람의 흔적이 묻어난다.

푸른 숲 그늘 따라
흐르는 물소리가 맑고
지저귀는 새소리 따라
바람 없이도 시원스럽다.

맑은 물에 발 담그니
심신마저 청정(淸淨)해지고
틈난 잎새 사이로 하늘을 쳐다보니
태양은 여전히 이글거린다.

술 있고 벗 있어.
한시름 놓으니
산천초목이 나를 벗이라 하네.

청풍(淸風)아 말해다오
여기도 세월의 오고 감이 있던가?

시인의 갈구

미완으로 끝나는 인생의 종말은
누구에게나 예외일 수 없다는 것을 알면서도

부르고 싶고 듣고 싶은 노래를
삶이 끝나는 날까지 즐길 수 있어.
자유로이 하늘을 나는 한 마리의 새를 닮고 싶다.

남기고 싶은 시가
묘비에 새겨지는 날까지 우주를 노래할 수 있어.
메마름이 없는 샘물처럼
풀과 나무와 산 생명의 젖줄처럼 이고 싶다.

비록 울림을 주지 못하는 주문이 될지라도
덜 빚은 조각품에 생명을 채우기까지
끝없는 갈구 속에 삶을 불태우고 나서
자신의 사망신고를 쓰고 싶다.

대좌(對座)

이미 오래 전부터
김이 빠져버린 맥주와 사이다로 채워진 두 개의 잔이
그 임자들의 대화를 삼키고 있었다.
둘은 오랜 시간 후의 만남이었는데도
화제는 꼬리를 잇지 못하는 궁함으로
잔의 언저리에 도사리다 사그라드는 거품을 닮기만 한다.
마치 그 거품에서 사람과 사람 사이의 값진 일을 읽기나 하듯이
침묵은 두 사람을 지킨다.
인생을 오래 산 맥주잔의 임자는 말이 없어도
음료수 잔의 임자는 무언의 가르침에 엄숙해진다.
침묵이 흐르는 상(床)머리에 앉아
김이 빠진 맥주의 심연 속에서
있음직한 대화를 갈구하며 낚시질을 하는 한낮이 길다.

I
시

세계를 사랑하며
| 여행, 견문, 지구 |

스위스 샤모니에서/ 이탈리아 로마에서
프랑스 파리 센강의 유람선에서/ 독일 뮌헨으로 가는 길에서
폴란드 나그네의 휴식/ 필리핀 남국의 아침/ 캄보디아 앙코르와트에서
미얀마 무욕의 삶/ 인도 박시시/ 인도 타지마할 그 사랑의 찬가

스위스 샤모니에서

(I)

어디서 감히 누가
이 장관을 언설로 표할 수 있단 말인가?

4,807m 높이의 몽블랑
우람한 산세에 아름다운 봉우리
만년설의 면사포를 쓰고
몇 갈래 하얀 빙하로 긴 예복을 차려입고
넓게 펼쳐진 푸른 초원과 숲 위에 서서

만년을 기다리는
그 임은 누구런가?

(II)

때 묻지 않은 수만 년의 전설을 안고
너 우뚝 솟은 몽블랑아!

더 높은 곳을 향하려는
인간의 욕망을 북돋우고 잠재우며
자연의 위대함을 가르쳐 온 너였기에

오늘 그 자태를 보려

수만 리에서 온 우리는
너의 하얀 치마폭 언저리
그 절반에도 못 미치는 곳에서
찬사와 감탄만 토하다가 되돌아간다.

이탈리아 로마에서

문화는 냇물 같아서
긴 역사의 흐름에 젖어 있음을 본다.

작고 큰 동상 하나에서
퇴색된 회화(繪畵) 한 폭에서
그리고 고풍스러운 건축물마다에서
역사를 따라 전해지는 숨결을 읽는다.

신과 인간
그 내면의 세계를 넘나들며
삶의 궁극적인 의미를 찾으려 했던 르네상스의 문화.

그들의 무한한 탐구력이
오늘 이곳에 찾아온 나그네에게도
가슴 깊이 전해 든다.

진정
로마는 하루아침에 이뤄진 것이 아니었다.

프랑스 파리 센강의 유람선에서

앵발리드 다리를 시작으로
알렉산드르 3세 다리
콩코드 다리를 지난다.

역사는 이 강물처럼 흘러가고
이 배를 탄 나그네들도
그때 이곳에 살던 사람들처럼
한 삶을 살다 갈 뿐이다.

솔 페리뇨 다리와
뽕데자르 다리
그리고 퐁뇌프 다리를 지난다.

센강에 놓인
34개의 다리를 감돌아 흐르는
강물이 말이 없듯이
내 또한 그러함을 어쩌랴?

'인생은 짧고 예술은 길다'라는
옛사람의 탄식을 알기 때문이다.

독일 뮌헨으로 가는 길에서

이름 모를 들꽃과 풀들이
아무런 간섭도 받지 않고
자리 잡은 곳에서
피고 지는 순리를 따르는 평화스러운 곳

저 건너 양지바른 곳
언덕 위에 빨간 벽돌 지붕 아래 사는 사람들도
숲을 가꾸고 길을 내어
날개 달린 새들과 네발 달린 짐승들과 함께
자연을 구가하며 삶을 누리는 곳

하늘과 땅 사이에서
만물이 한 데 어우러져
행복의 나래를 펴는 곳
거기가 여기인 듯싶어라.

폴란드 나그네의 휴식

빠알간 태양이 석양을 물들이고
억새 나풀대는 들판
줄지은 소와 양떼들의 귀가 행렬
서편 하늘에 줄이어 나는 새들도
나래를 접고 쉴 둥지로의 귀환이리라

들썩이는 차창에 기대어
향수에 젖는 이 나그넨들
내 집이 그리울 시간임을 왜 모르랴?

타국에서 보는 저 석양도
고향의 것과 다르지 않으련만
오늘 따라 그 느낌이 다른 것은
내가 나그네이기 때문이리라.

필리핀 남국의 아침

이방인이기에
낯선 이 바닷가 벤치에 앉아 남국의 새벽을 지킨다.

아스라이 밝아오는 저 수평선 너머로
수줍은 여인의 볼처럼 빨갛게 물들기 시작하는
그 언저리에 새벽의 진통이 전해진다.

잠시 후면
코코넛과 파파야를 매단 나무들 사이로
잉태했던 새날을 머금은
빨간 태양이 솟아오르리

이방인이여!
너도 잠시 침묵을 지키고
남국의 아침이 펼쳐올 대자연의 서사시를 들어라.

어제 일은 잊고
오늘 일은 즐기며
내일 일은 꿈꾸라.
그러면 이 아침이 너를 보듬어 안으리라.

캄보디아 앙코르와트에서

캄보디아 도시의 성 앙코르와트에서
세 가지 역사적 사실을 보았다.

앙코르와트 사원에서는
밀림 속에 감춰졌던 인간이 남긴
위대하고 장엄한 문화유산에 감탄했다.

타프롬 사원에서는
살아남기 위한 수백 년의 몸부림으로
돌탑을 요리조리 뚫고 솟아있는
스펌나무의 강인한 생명력에서
자연의 위대함에 놀랐다.

킬링 필드에서는
힘 있는 무리의 욕망 때문에
천인공노할 살인 만행으로
수백만 명의 해골이 산을 이룬 지옥의 현장
인명을 풀 베듯 앗아간 학살의 흔적에 눈을 감았다.

자연과 문명의 충돌 속에
생명의 존엄성은 존중되어야 하거늘
역사가 살아 숨 쉬는 이곳에
지나가는 나그네들 한숨짓지 않는 이 있으랴.

미얀마 무욕의 삶

가난은 죄일 수 없다
문명이란 오직 가진 자의 사치일 뿐이다

헐벗고 굶주려도 때 묻지 않은 심성과
가진 것 없어도 무욕으로 사는
그들을 감히 누가 욕할 것인가?

가장 자연적인 삶
가장 인간다운 삶

그것이 이 땅에 뿌리 내리고 있음을 본다.

인도 박시시

부처님!
당신이 성불하신 이 땅에서 자라고 있는
이 어리고 불쌍한 중생들을 가난에서 구제해 주소서!

정말 저들의 이승 삶이 저래야
오는 생이 편하게 되옵니까?

대자대비하신 부처님!
당신의 깨침에 힘이 되었던
수자타의 후손들이 아니옵니까?

마음을 비우고 살라는 가르침은
육신마저 비우고 살라는 뜻은 아닐 테지요?

가난은 죄가 아니라 하였사오나
평생을 빌어먹어도 죄가 되지 않습니까?

전능하신 석존이시여!
2,500년이 지나 지금까지도
풀리지 않는 화두에 대해
무엇이라고 말씀하시렵니까?

인도 타지마할 그 사랑의 찬가

이곳을 오가는 이여!
그대는 사랑의 의미를 아는가?

잠시 발길을 멈추고
저기 타지마할을 보라

사랑했던 여인
그 여인을 못 잊어
이곳에 사랑의 탑을 세우고
못다 한 사랑을 기렸다니

사랑하고 있는 사람들아!
들리는가?
그의 한 맺힌 사랑의 갈구가

'진정 사랑이
이렇게 버거운 짐이 될 줄 알았다면
차라리 천년을 두고
그대들의 입에 오르내리지 말았으면.'

II

수필(隨筆)

벌거벗은 나를 바라보라

과외공부

*『한국불교문학』(2020년 봄호) 신인상 당선작

참으로 아련한 초등학교 시절의 일이다. 비록 어린 시절이었지만, 나는 또래들보다 공부에 대해 욕심을 가졌던 것으로 기억된다. 그런 연유로 다른 또래들에 비해 일을 많이 시키는 부모님에 대한 불만이 컸었다.

'다른 애들은 공부 안 한다고 야단맞는데, 우리 아부지는 맨날 일만 하라고 하시니….'

그렇지만 그 당시로는 부모님의 권위에 도전적인 어떠한 행동이나 언행도 용납이 안 되는 입장이었다. 아버지라는 태산 같은 위엄 앞에 들이대고 의견 피력을 한다는 것은 계란으로 바위 치는 격이었다. 또 6.25 한국전쟁이 끝난 지 얼마 되지 않은 때라 먹고 살기 위해서는 꿈적거릴 수 있는 나이가 되면 무엇을 하든지 가사 도우미 노릇, 소위 제 밥값을 해야만 했던 째지게 가난한 시절이었다.

그래서 우리 집에서 나에게 주어진 일이라는 것은 거의 정해져 있었다. 평일에는 자고 나면 소 먹일 풀베기, 소죽 끓이기, 아침에는 소마당에 소 데려다놓기, 그리고 해질 무렵엔 소 데려오기에다 주말에는 산에 가서 나무해 오기 등이었다.

　아무튼 어린 시절의 기억이라고는 그런 것으로 점철된다. 그러다가 초등학교 6학년이 되니 학우들 간에는 중학교 진학이라는 과제를 두고 설왕설래가 잦았다. 그러나 가정의 경제사정이 잣대가 되어 진학을 하는 쪽과 못하는 쪽으로 확연히 양분되었다. 나는 형들이 모두 진학을 했고, 또 아버지의 남다른 교육열 때문에 진학을 못할 것이라는 생각은 한 번도 해 보지 않고 부모님께 순종하며 나름대로 공부를 열심히 한 셈이다.

　그런데 6학년 2학기가 되니 반원 중 10여 명이 담임선생님께 과외를 받고 있는 것이 목격되었다. 대체로 우리 동네에서 밥술이나 뜨는 가정 출신들로 돈에 대한 어려움이나 일에 대한 고단함을 별로 모르고 사는 급우들이었다. 개중에는 공부를 잘 못하는 친구도 있었지만 그런대로 상위에 속하는 친구들이 과반을 넘었다.

　어느 날 이른 아침, 소를 몰고 나가다가 학교 앞을 지나는데 담임선생님 댁에서 밤샘공부를 하고 나오는 그들을 보았다. 담임이신 J선생님은 학교 마당가 사택에 살고 계셨다.

　어린 심정에 그 광경은 실로 큰 충격이었다. 그들과 마주치지 않으려고 소고삐를 내려치면서 그들과 거리를 두려고 빨리 지나쳐 갔다. 그들에게 내 초라한 모습을 보이고 싶지 않아서였다. 그 후로도 여러 번 그런 일이 이어졌고 그럴 때마다 일만 시키는 부모님이 원망스럽고 내 자신에게 주어진 복이 없음을 서러워하며 눈물깨나 흘리곤 했다.

　수업시간에도 그들은 명랑해 보였고, 선생님의 사랑을 많이 받는 것을 느끼면서 부모님의 완고함에 의해 내가 과외수업을 받지 못하는 처지와 어딘지 모르게 소외당하고 있음에 대한 분노가 차차 담임선생님에게로 옮겨 가고 있었다.

　J선생님은 5,6학년을 연이어 담임을 하시고 계시기 때문에 60여 명 남짓한 우리들 급우에 대한 개성이나 집안 형편 등은 너무나 잘 알고 계셨음은

물론이다. 그렇다고 나는 끼니를 굶거나 학비를 못 낼 입장은 아니지만, 형제가 많은 만큼 아래 위로 부대끼는 바가 많은 것은 사실이었다.

'왜? 나는 이런 가정에서 태어났을까?'

'우리 아버지는 왜 그리 완고할까?'

아무튼 어린 시절, 그 일로 하여금 남모를 많은 회한의 눈물과 번민의 숲길을 헤맸던 것은 사실이다.

지금도 생각하면, 일만 시키는 부모님에 대한 원망은 시간이 가면서 이해할 수 있었고, 또 가정이라는 울타리 속에 가족과 융화되며 퇴색되어 갔지만, 코흘리개 어린 시절에 차별 받는다고 여겼던 J선생님에 대한 비뚤어진 나의 편견은 중·고등학교를 나와 사회인이 되어 불혹의 나이에 이르기까지 사그러들지 않은 것 또한 사실이었다.

그렇듯 세월이 흘러 나와 가족은 고향을 등지고, 생활무대를 부산으로 옮겨 주어진 삶을 향해 바쁘게 질주하는 가운데 과거는 현재 속에 파묻혀 갔다.

그런데 어느 봄날 내가 중소기업의 전무로 근무하고 있을 때 예상도 하지 않았던 J선생님의 방문을 받았다.

세월의 흐름을 거스르지 못해 반백의 초로가 되신 선생님께 차 대접을 하는 동안, 그간의 삶을 간단히 재현하신다. 중간에 뜻한 바 있어 교편을 놓고 전업을 시도했다가 여의치 못해 아드님의 도움과 사모님께서 보험도우미를 해서 근근이 생활해 가신다는 말씀이셨다. 그런 계기로 보험도 들어 드리고, 두 분에게 자주 식사 대접을 하면서 40여 년 넘게 쌓였던 어린 시절의 한 맺힌 응어리를 조금씩 풀어나가게 되었다.

만남이 잦아질수록 J선생님께서는 나를 비롯해 제자들이 이토록 성공(?)할 것을 예견하셨다며 훌륭한 제자로 자라준 것이 자랑스럽고, 또한 스승으로서의 보람을 느끼고 사신다는 말씀이 진심으로 비춰질수록 나는 반대로 착잡한 심경으로 변해 들었다.

무심코 던진 작은 돌멩이 하나가 개구리의 죽음을 가져온다고 했듯이 내 어린 동심에 못을 박는지도 모르는 무심한 배려로 인해 존경을 받아야 할 스승의 자리를 왜 이제 와서 찾으려 하시는 겁니까?

그렇듯 보험이 연줄이 되어 그렇게 만남은 잦았고, 어쩌면 그 때의 서운했던 기억들이 채찍질이 되어 내가 더욱 웃자랄 수 있는 퇴비 노릇이 된 것으로 이해하려 들면서 과거는 점차 잊혀져 갔다. 그리고 후회를 겸한 참회로 변해 갔다.

'그 꼴란 과외수업 때문에 어린 마음에 입은 상처로 40여 년 동안 꼬였던 J선생님에 대한 편견과 불만은 아무도 모르게 가슴앓이 하는 짝사랑처럼 오직 나 혼자만의 감정이었으니, 비록 그 어린 시절에 맺힌 한이었지만 지금껏 마음 속에 지니고 살았으니 스승에 대한 은혜는 어쩌고 그 얼마나 큰 죄업을 지은 셈인가?'

그러다가 선생님께서 하늘나라로 가신 날, 기별을 받고 장례식장을 찾았을 때, 선생님으로부터 귀염 받던 그 급우들은 아무도 나타나지 않는 빈소를 지키면서 그 무거운 짐을 내려놓지 못하고 30여 년이란 긴 세월을 무겁게 지고 살아온 비좁은 마음을 이제사 내려놓게 됨을 용서 빌며, 세상사 모두가 새옹지마임을 되새기며 선생님의 극락왕생을 빌고 또 빌었다.

『한국불교문학』(2020년 봄호)
신인상 당선작 심사평

진정한 교육은 편견 없이 대하여야 한다는 지침

『한국불교문학』 편집부로부터 넘어온 박경기 작가의 수필 〈과외공부〉, 〈작은 생명일지라도〉 〈어느 여름날의 온천장〉 등 3편 중에서 비교적 적당한 길이에 나름대로의 서정성을 담고자 노력한 흔적이 돋보이는 작품 〈과외공부〉를 심사위원들의 중론을 모아 당선작으로 선한다.

문학 장르 중에서 비교적 오랜 동안 그 나름대로의 영역을 구축해 온 수필을 흔히들 '생각나는 대로 붓 가는 대로' 쓰는 생활문학이라 칭한다. 어쩌면 시나 소설에 비해 문학적으로는 상당 부분 비하한 시각이 아닌가 싶은데 사실 문학적 가치를 충분히 담은 수필도 매우 많이 존재한다. 이를테면 이양하, 피천득, 김소운, 한흑구, 윤오영, 안병욱, 김형석, 윤모촌, 서정범, 박연구 등이 명수필가의 계보를 잇고 있는데 그들이 발표한 숱한 작품을 보면서 수필의 아름다움은 충분히 공감할 수 있을 것이다. 사실 시나 소설을 제외한 거의 모든 유의 작품을 수필에 편입시키는 것이 상례인데 그만큼 적용 범위가 넓은 장르의 작품이 바로 수필이다.

박경기 작가의 응모작 〈과외공부〉는 공직자로서 특히 교육공무원이 제자들에게 귀감이 되는 내용을 자신의 경험을 비추어 매우 담담하게 술회하였는데 시의적절하고 이 시대에 매우 긴요한 내용인지라 심사위원 모두가 적극적인 추천으로 당선작에 선하였음을 밝혀둔다. 참으로 어려웠던 시절, 6.25한국전쟁으로 폐허화된 우리나라에서의 삶의 현장 특히 초등학교 교육의 현장에서 작가가 겪은 선생님의 차별, 다름 아닌 '과외공부' 로 하여 불이익을 받은 것이 교육자로서도 평생 동안 잊혀지지 않는다는 데…, 그래서 진정한 교육자는 학생들 모두에게 편견 없이 대하여야 한다는 지침을 바로 반면교사로 내보이고 있는 것이다.

다산 정약용 선생은 글을 짓는 문사들에게 이렇게 말했다,

"불애군우국비시야(不愛君憂國非詩也)/ 불상시분속비시야(不傷時憤俗非詩也)/ 비유미자근징지희비시야(非有美刺勸懲之義非詩也)" —임금을 사랑하지 않고 나라를 걱정하지 않는 글(시)은 글이 아니다. 시대를 아파하고 세속을 분개하지 않는 글은 글이 아니다. 아름다움을 아름답다 하고 미운 것을 밉다 하며, 선을 권장하고 악을 징계하는 뜻이 담겨 있지 않은 글은 글이라고 할 수 없다.

아무튼 수필가로서 상당히 늦은 연치에 등단하는 박경기 선생이지만 풍부한 공직 경험과 뛰어난 문재를 마음껏 발휘하여 문단에 오래도록 회자되기를 기대해 본다.

심사위원 : 장봉호 · 차혜숙 · 김재엽

내 안의 부처를 찾기 위한 방편으로

젊은 날에는 등산을 즐겼다. 큰 산자락에서는 으레 이름난 사찰들을 만나게 된다. 일주문에 기대어 기념사진도 찍고 경내에 들러 세심을 한답시고 조롱박으로 시원한 산수를 마신 다음, 대웅전에 들러 부처님 전에 3배를 올리는 것이 정해진 일정처럼 부담스럽지 않았던 데는 나름대로의 이유가 있었다.

산행대장이 불심이 강해 대원들을 그렇게 길들여 놓았기 때문이었다. 그분 역시도 불심이 돈독한 부인에게 교화된 탓이라고 고백했는데, 등산하는 날에는 어김없이 불전에 보시할 복전을 챙겨주면서 참배를 권하는 바람에 시작된 것이라고 했다.

그리고 세월이 흘러 중년을 넘어설 즈음, 그동안 이뤄놓은 것만큼 마음이 편안하거나 자족감을 느낄 수 없어 삶이란 명제를 두고 번민하는 과정이 찾아왔다. 그래서 자주 산사를 찾았고 풍경소리와 목탁소리에 귀를 기울이다 부처님에 매달려 '나'를 찾아 나서기로 했다.

불교대학 3년 과정을 통해 D대학에 출강하시는 교수님들에게서 체계적으로 전문분야의 강의를 들었고, 스님들에게서 계행을 체험하는 과정에서 불자로서의 걸음마를 시작하면서 내 안의 부처를 찾기 위한 방편으로 세계 각국의 불교성지를 찾기도 하고, 많은 선지식들의 글을 통해 불심을 키

위왔다.

　그러나 속세에 찌들어 현상세계를 우선시하는 범부로서는 승과 속을 하나로 묶어 도를 이룬다는 것은 근기가 낮은 중생에게는 오직 염원일 따름이라 자책하면서도 보살도의 길을 더듬고 살아간다.

　대승불교의 위대한 정신을 온누리에 펼쳐가는 복음의 길잡이『한국불교문학』이 부처님의 자비광명의 세상을 구현하는 데 미약한 저가 동참할 수 있게 길을 터주신 것에 대해 깊은 감사를 드리며 '한국불교문학' 의 무한한 발전과 축복이 함께 하기를 축원 드린다.

박경기 합장

멘토

중학교 3학년 초에 수학을 가르칠 새로운 선생님이 오셨다. 교감선생님이 앞장서고 뒤따라 들어오신 새 얼굴의 선생님에게로 60여 명의 눈동자가 집중되었다. 낡은 회색 양복을 입은 작달막한 키에 귀가 보이지 않을 정도로 긴 터벅머리 스타일에서 풍기는 첫인상이 여간 예사롭지 않았다.

S대 문리대 재학 중인데 건강상 문제로 휴학을 하고 이번 학기부터 여러분들에게 수학을 가르치게 된 K선생님이라 소개를 받는 순간 힘찬 박수가 터졌다.

새 선생님께서 교단에 오르자 첫인사를 올리기 위해 반장이 자리에서 일어나 '차려!'라고 구령을 해도 칠판에 두 팔을 벌려 기댄 채로 꼼짝도 하지 않고 고개만 끄덕거려 경례를 받았다. 그러니 그동안 한 번도 그런 얄궂은 행동을 경험하지 못했던 학생들이 여기저기서 키득거렸다.

한참을 그리고 서 계시더니 교탁 앞으로 나오면서 "이 촌놈들!"이란 신경질적인 첫마디로 기선을 제압하려 드는 모습에서 남다른 카리스마를 느낄 수 있었다.

여하간 첫 시간, 첫 인상부터 그랬듯이 선생님의 일거수일투족이 예상 밖의 기행을 거듭하는 바람에 스승으로서의 고상한 인품을 기대했던 전교 학생들 사이에 돈키호테 같은 인상으로 각인되는 데는 그렇게 긴 시간이 걸리지 않았다.

몇 가지 기억나는 일들을 간추려 보면 다른 선생님들은 수업 시작 전에 학생들의 출석을 점검하는 것이 순서인데 K선생님은 그런 절차를 수업 시간 중에 짬이 날 때 반장에게 번호 부르기로 대신하게 했고, 수업용 교재는 아예 지참하지 않았으며 필요에 따라 가까운 좌석의 학생 것을 집어 활용하는 무성의한 태도를 보이기도 했다.

수업 중에 학생이 문제를 푸는 짧은 시간에도 햇빛이 잘 드는 창문틀에 걸터앉아 머리를 긁적거릴 때 하얀 비듬이 쏟아져 내리는 모습은 더더욱 가관이었다. 사춘기에 접어든 어린 학생들의 눈에는 세상만사가 짜증스럽게 느껴지는 삶을 사는 듯 보이는 행동들에서 인기 관리에 신경을 곤두세우는 여느 총각선생님들의 매력은 어디에서도 찾아볼 수 없었다.

수업이 없는 오후 시간이나 방과 후에는 들판에 나가 보리밭 논두렁을 따라 홀로 걷거나 바닷가에 나가 먼 곳을 하염없이 바라보고 서 있는 모습을 목격할 때 낭만적이라 여기거나 고독이나 명상을 즐기는 센티멘털한 성격의 소유자로 여기기보다는 비정상적인 시각으로 평가하는 사람들이 많았다.

시간이 지날수록 그런 상상 밖의 일들이 꼬리를 물고 일어났고, 작은 시골 학교라는 한정된 범위 내에서 선생님에 대한 이런저런 입소문은 학생들, 동료 교직원, 학부모들 사이에 가뭄철 산불 번지듯 했다.

그러나 세상사는 반대급부적인 현상도 있기 마련이라서 S대 출신에다 실력이 좋다는 것과 수업 중에는 막힘 없는 실력과 열정적이라는 뒷받침 때문에 교사로서의 본분과 자질에 대한 평가는 선입관이나 들은 풍월에 따라 마치 출렁이는 파도처럼 높낮이가 다르게 울렁거렸다. 게다가 외적인 사항으로는 6.25 한국전쟁이 끝나고 우후죽순처럼 생기기 시작한 시골의 사립학교라는 점에서 학교재단 이사장의 파워와 재량권이 어떤 교권이나 권위보다는 우선시 되던 때라 감히 교직원의 임명권자에 대항해 교사의 자질문제를 항변할 사람도 없었다.

여하간 그렇게 동시대를 살면서 스승과 제자로 인연을 맺은 N선생님과는 잊기 쉽잖은 학창시절의 추억거리를 엮었고, 지금도 간혹 그 시절의 주인공들을 만나 술잔이라 나눌라치면 으레 구수하고 맛진 술과 안주처럼 차림표 역할에 부족함이 없었다.

이미 버렸어야 할 기억을 더듬어 보면, 나는 키가 작아 제일 앞쪽 줄 골마루 출입문 곁에 앉았는데, K선생님은 매 수업 시간마다 수업이 끝날 5분 전쯤에 나를 불러 교무실에 가서 지금 몇 시인지 알아보고 오라고 시켰다. 지금은 널린 게 시계지만 그 당시는 교무실에만 불알 달린 큰 시계가 있었기에 달리 선생님의 하명을 거역할 수 없었다.

그러니 수업에 들어가지 않은 선생님들께서는 "또 시계 보려왔어?"라는 비아냥거림에 얼굴을 붉히기 일쑤였고 뒤돌아서서 문을 닫는 순간 수업시간의 종료를 알리는 종이 울린 적도 더러 있었다.

어떤 날은 학생들에게 칠판에 수학 문제를 풀라고 내놓으시고 선생님께서는 포켓 사전 크기의 영문 시집을 뒷주머니에서 꺼내 들고 뒷자리로 가시면서 나더러 교단 위에 올라가 분필을 들고 칠판 빈자리에 선생님이 부르는 대로 받아쓰라고 하셨다.

내 삶의 잔고가 얼마 남지 않은 지금까지도 까까머리 중학생 적에 선생님이 읊고 내가 받아쓰느라 애썼던 몇 편의 시를 지금까지도 잊지 않고 있음은 그때의 나를 향한 영혼의 울림이 컸기 때문이 아니겠는가?

아마도 처음 받아 적은 시가 〈무지개〉라는 제목이었다고 여겨진다.

하늘의 무지개를 볼 때면 내 가슴 설레노니

내가 어릴 때도 그랬듯이 어른이 된 지금도 그러하니
늙어서도 그렇지 못한다면 차라리 죽음이 나으리
어린이는 어른의 아버지, 바라노니 나의 하루하루가 자연의 경건 속에 살기를

번역이 마음에 들지 않을 때는 썼다 지우기를 몇 차례씩 반복하는 바람에 작은 키에 까치발 돋움을 하느라 발가락이 아플 때도 있었다.

후에 철이 들어 찾아본 결과로는 영국 서정시인 윌리엄 워즈워드의 시였다. K선생님은 그의 시를 즐겨 애송하고 번역할 때 적절한 시어를 찾는데 무척 애달아하시는 것을 보면서 영어 공부에도 큰 도움이 되겠다는 감도 느꼈고, 그런 계기로 인해 나도 시에 대한 매력을 갖게 된 동기가 된 셈이다.

그러던 어느 날, N선생님의 수학 시간에 하필이면 교장선생님께서 순시하다가 우리 반의 수업 광경을 목격하게 되었는데, 대부분의 학생들은 책상에 엎드린 채이고, 키 작은 나는 칠판 끝에 매달려 글을 적고 있고, 담당 선생님은 빈 책상 위에 걸터앉아 적절한 시구를 찾고 있는 풍경이 고스란히 들키고 말았다.

눈치 빠른 학생들이 복도 창밖에 서서 안을 주시하는 교장선생님을 발견하고 웅성거림이 일어나는 순간, 살짝 뒤돌아보니 아직도 선생님은 눈치를 못 챈 상황이었다. 이 돌발사태에 대한 대처 방법을 물어볼 겨를도 없이 칠판에 적었던 글을 얼른 지우고 서둘러 교단을 내려설 즈음에서야 선생님은 상황 판단을 하셨던 모양인데 그렇게 당황해 하는 기색은 아니었던 것으로 기억된다.

그때 내가 받아 적었던 시의 내용은 대강 이러했다.

"첫 번째 술잔에서는 삶의 매혹을 느끼고/ 두 번째 술잔에서는 인생의 허무를 맛보았네/ 그러나 세 번째 술잔에서는 옛 친구가 그립구나."

어린 내가 생각해 보아도 술에 대한 글은 우리 또래 학생들에게는 너무

과한 표현이라는 느낌이 들었는데 호랑이 교장선생님에게는 좋은 사냥감이 아니었겠는가?

그 당시 교장선생님은 나이가 드신 분인데 일제강점기에 중국에서 일본군 영어통역을 하셨던 분이라 얼마간 우리들의 영어 수업을 맡으신 적도 있었다. 특히 기억나는 일은 외국어는 무조건 암기하여 실전에 임해야 한다는 강한 집념으로 교과서에 실린 한 과를 마치면 통째로 외우게 하고 다 못 외면 외울 때까지 집에 보내주지 않아 늦은 시간에 부모님들이 찾아오는 일도 있었다. 아무렴 그런 교장선생님과 K선생님 간의 타협이 어떻게 종결되었는지는 몰라도 그 후로는 나에게 부담을 안겼던 수고는 되풀이되지 않았다.

60여 년의 세월이 더 흐른 오늘에 와서 묵혀둔 기억의 보따리 속에서 K선생님에 얽힌 사연들을 이제는 홀가분하게 지워버려야 한다는 심정에서 재조명해 보면, 나름대로 어설픈 인생을 꿈꾸던 사춘기 시절의 우리 또래들에게는 달가워하는 스타일도 아니고 존경받을 만한 대상의 스승상을 지닌 교사도 아니었던 것은 사실이었다.

그러나 감수성이 예민했던 나에게는 전혀 다른 인상을 심어주었고 나도 자라면 훌륭한 대학에 진학하여 내가 하고 싶은 공부를 열심히 해야겠다는 확신의 에너지가 내 몸 안에서 스스로 싹틔우는 동기가 되었고, 오늘까지도 내 삶의 중심에 자리 잡은 올바른 욕망의 추구를 실천 가능케 한 한 분의 멘토로서 자리매김하였음을 부인할 수 없다.

세월이 갈라놓은 서로의 삶을 향한 길목에서도 K선생님에 대한 풍문은 가뭄에 콩나듯 들려왔다. 교사생활이 길지 못했던 것은 예견한 일이었다. 유난히 개성이 강했던 젊은 사람이 시골이라는 비좁고 한정된 생활공간 속에서 타인으로부터 간섭받는 부자유스러운 삶을 탈피하려 몸부림쳤으리라는 것은 당시 사정으로 미뤄봐서 짐작하기 쉽고, 또 다른 변수로 작용한 것은 군입대라는 의무적인 삶에 얽매여 자주적인 삶을 어쩔 수 없이 접어야 했다는 점이다.

그런 무상한 시간의 변화 속에서 새로운 조화와 균형을 향해 달리는 인생의 달구지에 시간 맞게 올라탄 의지와 용기가 그야말로 우리가 예견하고 상상했던 K선생님의 삶에 혁명적 이변을 가져다줬다는 입지전적인 후일담은 목적 달성을 위해 청춘을 불사른 인생 후반에 들어서서야 전해 들었다.

그렇듯 K선생님은 고위공직자로서 존경받는 삶을 살다 가셨다. 감히 스승의 삶을 되돌아본다면 주어진 삶을 개선하고 심화시켜 가는 지혜와 더불어 살아가는 이웃과 함께 사랑과 자비로 타협하며 공존하는 것이 우주의 리듬이고 인간 생명체의 질서라는 점을 남보다 일찍 간파했던 때문이라고 본다.

지금도 나는 차원을 달리하는 후배 세대들에게 말한다. 새롭게 깨어남은 우리가 알고 있는 세상을 인식하는 방법을 내려놓는 것이라는 점을 강조한다. 다만 그 시점이 언제인가는 자기 몫이라고 일러주고 싶다.

인생무상이라고 했던가? 자신에게 주어진 시간의 잔고를 마감하는 일은 노소를 가리지 않고 불시에 찾아온다.

예외 없이 얼마 전에 K선생님께서 육체의 옷을 벗고 영혼의 세계로 가셨다는 전갈을 받았다. 학교를 졸업하고 인생을 졸업할 때까지 각자의 삶을 위한 시간이 길었기 때문에 공간 저편으로 거의 사그라든 추억의 모닥불이 한 줌의 재로 흩어지는 아쉬움을 느끼면서 이런 글로 마음을 추슬러 본다.

세월부대인(歲月不待人)

10여 년 전 일이다. 6박 7일간의 일정으로 중국 절강성 일원에 산재 되어 있는 천태불교성지 순례를 다녀왔다. 1000년의 세월을 뛰어넘어 옛 어른들이 걸어온 길을 걸으며 그분들이 남긴 발자취를 더듬어 보기도 했고, 그분들이 남긴 무언의 가르침을 전해 듣기도 했다.

흔히들 여행은 '자기가 아는 것만큼 본다' 고 말한다. 2년여에 걸친 불교 공부를 하고 약간의 사전 지식을 갖고 알고 본다는 지견(知見)의 입장에서 그 역사의 현장을 둘러보면서 느끼는 감회는 색다른 근기를 안겨주었다.

부처님이 설한 법화경을 이론과 수행으로 나눠 체계적으로 정립하고 불자들로 하여금 모든 의심을 끊고 믿음을 일으켜 성불의 길로 인도한 천태대사의 수행처였던 1,500년 전의 사적지 탐방은 나름대로 의미 있는 공부가 되었다.

궁극적으로 부처님의 가르침은 깨달음을 얻어서 성불하는 것이지만 진정한 깨달음은 수행이란 끝없는 자기 개조의 길이며, 해탈이란 즐거운 자기변혁의 상태를 말한다는 사실에 한 발짝 다가설 수 있는 동기부여가 되었다.

여하간 특별한 인연으로 불자가 되어 '나'를 찾는 과정에서 역사의 현장을 둘러보았다는 것은 오래도록 기억에 남을 여행으로 동행했던 도반들 역시도 같은 심정임을 헤아릴 수 있었다. 일주일의 여행을 마치고 헤어지는 날이었다. 좋았던 것은 기억에 남기고, 버릴 것은 빨리 잊어버려야 한다는 담임 스님의 말씀을 끝으로 이제 모든 것을 내려놓고 평상심으로 돌아가 본연의 내 자리로 돌아가야 하는 아쉬움이 뒤따랐다.

며칠간 기도와 염불로 다독거렸던 중생심을 다시 일상으로 내몰아야 하는 것은 가족의 구성원으로, 그리고 생업을 위한 사회의 일원으로 이미 길들여진 과정이기 때문이리라.

"어머님, 잘 다녀왔습니다."

"그래, 몸은 성한가?"

99세의 노모께서 반겨 주신다. 그러시며 먼 길 다녀오느라 시장할 것이라며 서둘러 점심 공양을 준비하신다.

'이렇게 정정하신데…'

외국에 나가서 노모에게 안부 전화를 드렸더니 귀가 어두워서 동문서답이시더니만 오늘따라 당신의 눈앞에 나타나니 저렇게 힘이 나시나 보다.

불현듯 그동안 수 차례 독경했던 부모의 크고 깊은 은혜를 보답하도록 가르친 부모은중경(父母恩重經)이 심중에 목탁을 울린다. 얼마 남지 않은 이승의 삶일지라도 편안히 살다가 가셨으면 하는 마음에 눈시울이 무게를 느낀다.

언제부터인가 노모(老母)가 내 눈에는 큰 부처님으로 보이기 시작했다. 불교를 접하면서 당신처럼 악업의 원인이 되는 신구의(身口意) 3업을 멀리하시는 몸에 배인 삶이 다음 생이 아닌 금생에서 건강과 장수의 복덕을 누리시는 것으로 비춰지기 때문이다.

평생을 사시면서 그 흔한 욕 섞인 말씀 한 마디도 안 하셨고, 아무리 속

썩이는 일을 했어도 현미경을 들이대듯 꼬치꼬치 따져가며 닦달하시거나 당장 얼굴에 일그러진 표정 짓는 일도 없으셨다.

특히 자식들을 키우면서 당신이 원하시는 대로 바꾸려 하지 않으시고 오직 사람답게 바르게 살라는 것이 자식 교육의 키워드였다는 점에서 아마도 전생에 큰 보살이셨나 싶다.

우리는 살면서 크고 작은 소중한 일들을 잊고, 또 그것으로 얻게 되는 고마움도 모르거나 외면하고 사는 경우가 많다. 늙음이란 죽음을 포함해 누구나 피할 수 없는 생의 필연적 과정이라는 것을 알면서도 나와 내 주변의 사람들에게는 무관한 일인 양 착각과 무관심으로 일관하는 무명의 삶을 살고 있음이 때로는 부끄러워진다.

이미 당신께서는 모든 면에서 상실의 삶을 살아가고 계시는 것을 알면서도 같은 영역에서 가족과 함께 생활하면서도 당신이 불편해 하지 않고 평생토록 병원 문턱을 드나드는 일 없이 나이를 잊은 듯 늘 정정하고 건강한 모습에다 관세음보살의 자비에 어린 미소로 다독이고 보듬어 키워주셨기 때문에 등한했거나 무관심으로 일관했던 자식으로서의 불효가 어쩌면 습(習)이 되어가고 있는지 반성해 본다.

아무튼 작금에 와서 스스로 감사하는 일 중 하나는 이미 자식을 낳아 기르는 입장이기도 하지만, 불자가 된 후로는 부모의 은공을 찬탄하고 기리는 여러 경전을 접할 때마다 형상은 부처님이 아닐지라도 생존해 계실 적에 반듯하게 모셔야 할 한 분의 부처가 곁에 계심을 일깨워 주는 때가 많다.

부처님이 사밧티에 계실 때 여러 비구들에게 말씀하셨다.

'만약 자기 집에 범천(梵天)이나 제석천(帝釋天)을 모시고 싶거든 부모에게 효도하라. 성현과 여래에게 공양(供養)하고 싶거든 부모를 공양하라. 그러면 성현과 여래가 곧 집에 머물 것이다.'

'감기 조심하게!'

'차 조심하게!'

내 나이 60에 가까웠건만, 노모의 마음 속에는 늘 자식이고 만다.

일전에 중국 여행길에서 노모께 국제전화를 드렸다.

"여보세요?"

노모의 목소리가 곁에서처럼 잘 들렸다.

"어머니! 접니다."

"예, 이 집에 아무도 없소."

아뿔싸, 오늘따라 청각이 매우 나쁘신가 보다.

"어머니! 저라니까요. H아범이에요!"

노모가 가장 사랑하는 손주의 이름까지 들먹이며 나의 존재를 부각시켜 보려고 해도 같은 대답으로만 일관하셨다. 곁에 있는 사람들이 민망할 정도로 목청을 돋우지만, 끝내 당신의 아들 음성을 못 알아들으신다.

"지금은 이 집에 아무도 없으니 나중에 전화하이소!"

"예, 알겠습니다. 어머니!"

수화기를 내려놓고 혼자서 껄껄 웃었다. 옆에서 보고 듣던 도반들이 왜 웃느냐고 묻는다. 뜨거워지는 내 눈시울을 보고 그들도 내 마음을 읽었을까?

어서 오시다

누구에게나 태어나고 자란 곳이 있다. 이를 일러 고향이라 한다. 나의 고향은 남해이다. 고향을 떠나 산 지가 어언 반세기가 넘었다. 고향을 찾는 횟수는 나이가 듦에 따라 점점 그 횟수가 줄어 가건만 고향에 대한 그리움은 늘어나는 느낌이다.

예전에는 고향을 찾는 일이 쉽지 않았으나 요즘은 전국이 일일생활권이라서 마음만 먹으면 어려운 발걸음은 아니다. 예전엔 배를 타야만 뭍으로 나가고 섬으로 들어왔지만, 육지와 섬을 잇는 다리가 놓임으로써 접근이 쉽고 편리해졌다. 그야말로 남해는 더 이상 섬이라는 생각이 들지 않는다는 얘기가 실감난다.

'어서 오시다', '여기서부터 남해입니다.'

뭍과 섬을 잇는 육중한 다리를 지나면 반기는 글이다. 어릴 적 노다지 썼던 말들인데 사회생활을 하면서 표준말을 사용함으로써 거의 잃어버린 지경에 이르렀는데 나이가 든 지금 들으면 말귀나 말투가 정겹다 못해 반갑게 다가온다. 그게 생소하게 들리지 않는다는 데서 자신의 고향이 남해라는 것을 부인할 수 없는 증거가 된다.

　요즘 나이 들면서 개인적인 욕심으로는 우리 고향의 사투리 중에서도 좋은 것은 골라 대중화할 수 있는 작업이 필요함을 느낀다. 국적 불명의 신조어보다는 조상 때부터 사용해 왔고 지금도 명맥을 이어가는 언어가 더 토속적이고 다정다감하게 느껴지는 게 사실이다. 그게 바로 문화유산이기 때문이다.

　아무튼 오늘은 이런저런 마음으로 가족과 함께 고향 나들이를 하게 되었다. 언제 보아도 금산은 듬직하고 우람한 아버지 같고 남해를 감싸고 있는 바다는 어머니의 품처럼 포근하게 보듬어 준다. 주어진 여건에 순응하며 마음껏 뛰놀고 자란 보금자리라서 행동에 자유로움을 느끼게 되는 곳이 고향이다. 그건 태어나 자라면서 몸에 배고 머리에 각인된 고향이라는 선입관 때문이기도 하리라.

　꿈을 키우며 자랐던 어린 시절의 고향산천은 오늘의 나를 있게 만든 삶의 현장임에 틀림이 없다. 그래서 고향과 연을 맺은 어느 것 하나 버릴 수 없는 내 인생의 추억이요, 역사의 산실이기 때문에 때로는 향수라는 열병을 앓기도 한다.

　"저기 뵈는 섬이랑 바다가 참 아름답지?"

　"여기가 할아버지가 태어나 살던 고향이다."

　할아버지를 따라나선 어린 손주에게 이것저것 알려주고 자랑하고 싶은 게 많건마는 이들이 나중에 자라서 할아버지의 고향에 대해 무관심할 것을 예견하기에 서운한 느낌이 앞선다. 하긴 도시에서 태어나 자라면서 시골은 부모 따라 관광이나 물놀이 다니던 곳인 양 여길 것이 불을 보듯 뻔한 일이기 때문이다.

　1년에 한두 번 방문하는 고향은 올 때마다 변화를 보인다. 좁고 굽었던 길이 넓어지고 바로 펴지면서 아스팔트가 깔리고 풍광이 좋다 싶은 곳에는 관광객을 위한 여러 형태의 숙박시설과 휴식공간들이 즐비하게 들어선 것을 보면서 힐링과 관광의 섬으로 탈바꿈하고 있음을 알 수 있다.

"이 많은 차들이 관광온 거제?"

"하모이다."

수많은 차량들로 인해 꽉 막힌 길을 겨우 뚫고 목적지에 닿은 것은 오전 11시 경이었다. 열린 대문을 들어서니 인기척은 없고 등겨 묻은 잡종 강아지가 양지켠에서 자다 일어나 꼬리치며 다가온다.

이번 길이 아마도 살아생전 마지막 길이 될지 모른다며 동행한 9순 넘은 형수님이 생생한 남해 사투리로 다정하게 운을 떼운다.

"강생이 니가 집 지키나?"

"삐갱이도 있네."

막 깐 듯한 노란 병아리들이 마당의 작은 텃밭을 어미 따라 삐약거리며 헤집고 다닌다.

"저놈의 괴앵이가 괴기 노린다. 어서 쫓아라."

부엌 가까운 장독대 위에 흰 점박이 고양이가 빨랫줄에 걸어 말리는 이름 모를 생선을 노리고 앉아있다. 가까이 있는 막대기를 들고 소리치며 쫓아도 멀리 가질 않고 난데없이 나타난 방해꾼들을 응시하며 여전히 눈독을 들이고 앉았다.

어린 손주는 강생이와 삐갱이, 그리고 괴앵이가 뭔지를 묻는다.

"와! 황소다."

손주가 이끄는 소 외양간으로 다가가니 여물을 되새김질하던 누렁이가 낯선 방문객을 내쫓기라도 할 양으로 뿔을 내밀며 앵겨드는 바람에 자급 똥을 싸듯 내뺐다. 호기심에 젖었던 어린 손녀는 정말 식겁 묵은 표정이다.

"다들 어디 갔을까?"

고향을 지키고 사는 여동생도 벌써 70대 노령인데 워낙 부지런하고 농사일을 겁내지 않고 애살이 많아 일에 부대끼고 있음을 누가 모르랴.

마을 입구에 있는 마을 공동작업장 안을 들여다보니 동네 아줌마들이 한 군데 모여 덕석을 펴놓고 쪼그리거나 아예 다리를 펴고 앉아 시금치를 손질하고 가린다고 다들 열심이다. 한 손에는 가위를 들고 자기 앞에 수북이 쌓인 시금치 무더기를 이리저리 뒤져 가면서 쉽게 쉽게 하는 것 같은데 자주 허리를 폈다 구부렸다 하는 것을 보니 그 일도 수월찮아 보인다.

우리가 왔음을 알리고 아는 분들에게 인사를 건네고 난 후에도 각자 하던 몫이 남아서 얼마간 지켜보는데 수북하던 시금치 무더기가 금세 금세 잘도 줄어들었다. 올해 시금치 농사는 파이란다. 개인이 자기 텃밭에 농사지은 것은 진작에 일정한 가격으로 공매처분하고 전문 농업인이 가꾼 것을 동네 아낙네들이 농한기에 일당을 받고 이렇게 상품을 만든다고 한다.

일이 재미있느냐고 물으니 농한기에 할 일도 없을 뿐더러 개인별로 일한 능력만큼 삯을 받는 일이라서 다들 경쟁적으로 열심이란다.

오전 일이 거의 끝날 즈음, 점심 먹을 때가 되었는데 밥 줄 생각을 않느냐며 마누라를 찾는 60대 초반의 키 큰 남정네가 있었다. 처음 보는 얼굴이다. 오전 일이 거의 끝나감을 눈치 챘는지 안으로 들어와 마누라가 하던 일을 거들어 준다.

쟝 하던 일이라서 그런지 손봐놓은 햇겁지도 않은 시금치 단을 보듬어다 차근차근 망태기에 포개 담는다. 그리고 가리고 남은 찌꺼기는 소쿠리에 담아서 공동 쓰레기장에 버리려 들고 나간다.

"한나절 어딜 쏘댕기다 오는지 가리늦게사 부지런 뜨네, 그래도 놀고 묵을라 하니 쪼매 뒤꼭지가 부끄러운가 보제?"

모두 낄낄거리고 웃는다. 보기에는 순하게 생긴 작달막한 아지매는 말투에 더욱 힘을 싣는다.

지 쪼대로 까불고 댕기는 것이 미얄시럽기 짝이 없고, 부애는 나지만 남들 앞에서 성이나 골을 낼 수도 없어 혼자 속을 썩인다며 구시렁거린다.

다 떨어진 누더기 걸친 걸뱅이 꼬라지를 하고 싸댕기는 모양새가 너무 짜잖고 남새스럽다면서 시집간 딸년이 사다 준 새 중우 바지도 여러 벌 있는데 그건 아낀다고 그러는지 처박아 두고, 한 번 걸쳤다 하면 벗을 줄 모른다고 남편 흉을 광고해댄다.

촌구석에서 일하는 사람이 그러면 어떠냐고 하는 아지매도 있고, 덩달아 우리 저가배도 그렇다며 지아비 흉을 보는 아짐씨도 있다.

그래도 늘 맨맨한 건 제 마느래라고 아시부터 질을 잡아야 하는데 독한 애편네라는 애먼 소리 듣기 싫어 아예 버버리 대신하게 티 내지 않고 살아 온 게 제 잘못이라는 자책까지 하며 자리를 털고 일어나서 작업장을 나가는 모습에서 한 여인의 욕망 어린 삶을 읽는다.

먼 길을 오느라 아침밥도 제대로 못 챙겨 먹은 탓에 시장기가 드는 걸 보니 점심때가 지난 것 같다. 하던 일을 서둘러 마무리 짓고 나서니 햇살이 따사롭다. 오랜만에 고향에 왔으니 맛집으로 안내하라는 주문에도 한사코 집밥으로 점심 끼니를 때우자는데 그대로 주저앉았다.

우리가 올 줄 알고 미리 준비해 둔 먹거리가 한 상 넉넉히 차려지는 데는 그렇게 오랜 시간이 걸리지 않았다.

마당에 널린 멍석 위로 그림자가 내려앉을 때까지 화두는 일관되게 가깝게 살던 이웃들이나 친척들의 안부를 묻고 궁금했던 근황을 챙기느라 시간이 가는 줄 모른다. 아직도 살아 있음직한 어른들에서부터 함께 자라던 또래들, 그리고 그 식솔들에 대한 궁금증은 한없이 똬리를 틀지만, 잠시 잠깐 지나는 길에 듣던 소문대로 고향을 지키고 사는 사람들은 드물고 대체로 객지로 나가서 어떻게 사는지조차 모른다는 대답에 수긍이 간다.

여하간 오랜만에 만난 노인네들의 해묵은 정담이 꼬리를 물고 이어지는 시간에 혼자서 차를 몰고 탈출을 했다.

옛 정취가 묻어나는 인근 마을로 향한 것은 가까운 피붙이들은 없을지라도 그들이 살던 흔적들을 더듬어 보고 혹시라도 아는 사람이라도 만날 수 있지 않겠는가 하는 호기심에서였다.

낯설지 않은 골목길에 차를 세워두고 잘 포장된 골목길을 따라가며 이집 저집을 기웃거려 보지만 어린애들이 없는 시골은 조용하기만 하다.

마을 입구에 사셨던 7촌 재당숙님 댁을 기웃거리며 옛 생각에 젖는다. 어쩌다 고향에 들러 막걸리라도 함께 나눌 때면 건강하심을 자랑삼던 일이 기억난다. 어지간한 고뿔이나 개짓머리 같은 감기 증상에는 아무리 심해도 아예 병으로 여기질 않고 이겨내는데 그 처방은 "내가 감기 같은 병으로 죽을 운명이 아니다"라는 확신 때문이라고 강조하셨다.

그러나 나이에 이길 장사는 없고 죽음이라는 과정을 피할 수는 없었기에 여든 가까워서 돌아가신 게 기억난다.

어쩌다가 시장 어귀에서 초등학교 동창생이지 싶은 여인을 발견하고 먼 발치에서 그녀의 몰골과 거동을 훔쳐보았다. 반세기란 세월이 그 청순했던 소녀를 그냥 두지 않았음에 다시금 인생의 무상함을 느꼈다. 그녀 역시 가수나 시절을 거쳐 결혼해 아기를 낳아 기르는 아지매의 삶을 살았고, 자식들 길러 성혼시켜 손주들까지 얻는 할매의 길을 걸어온 여인으로 사는 삶이 성성해 보인다. 깊게 팬 얼굴의 주름살과 살짝 굽은 등에서 느껴지는 삶의 무게가 아직도 예사롭지 않음을 쉽게 읽을 수 있었다.

"자야! 우리의 인연도 여기서 끝인가 보다. 편안히 살다 가거라"라는 소리 없는 마음을 전한다.

그렇듯 고향은 많이 달라져 가고 있다. 나는 애정 어린 마음으로 어릴 때 기억나는 고향 마을 풍경이나 풍물을 더듬고 있지만 지금 여기에 사는 사람들에게는 한 사람의 낯선 타향 사람일 뿐이다. 고향에 대한 향수는 타향 살이가 고단할 때와 삶의 잔고가 얼마 남지 않은 늘그막에 더 생각난다고 했다. 그래서 고향에 대한 좋은 면만 보려 하고 또 살기 좋고 아름다운 고장으로 남아 후손들에게 보물섬이란 이름처럼 잘 가꾸고 전해지기를 기원하는 마음뿐이다.

아무렴, 오늘 하루는 어린 시절에 간직했던 고향의 정겨운 풍경과 잊지 못할 구수한 고향 사투리 속에 푹 빠져든 하루였다.

가을 운동회

가을이 되면 생각나는 일이 있다.

두서너 해 되었나 싶다. 추석 대보름을 앞두고 휴일을 택해 조상들이 묻혀 있는 고향 산소에 미리 벌초도 하고 성묘도 할 겸 직접 차를 몰고 고향 길에 나선 일이 있었다.

남해고속도로에 있는 함안휴게소에 들러 잠시 용변을 보고 나서는데 나와 비슷한 나이 또래인 초로의 신사가 아는 체를 했다.

"P선생님 아니십니까? 저 기억 못 하시겠죠? I중학 다닐 때 선생님의 제자인 H군입니다."

그동안 졸업 후 55년의 세월이 지났으니 기억이 무딜 수밖에 없었다.

"아, 그러는가? 만나 반갑네."

그래서 잠시 시간을 내어 자판기 커피를 대접받으며 궁금했던 지난날을 정리해 보기 시작했다. 나의 물음은 마침 범인을 심문하는 검사나 판사처럼 일방적이었으나 그는 속 시원한 대답으로 일관했다.

제일 궁금했던 자식 농사에 대해 질문을 할 즈음,

"마침 저기 손주 녀석이랑 같이 옵니다."

누가 붕어빵이 아니라 해도 믿기 어려울 정도로 3대가 얼굴 생김새며 피부색이 달라 보이지 않았다. 일찍 모친을 여의고 포항에서 직장생활을 시작할 때 낳은 아들은 벌써 40대로 대학 졸업 후 울산 자동차 부품회사에서 근무하고 있고 손자는 중학교 1년생이란다.

H군네의 다정해 보이는 식술들과 인사를 받고 건전한 가족을 이루고 사는 모습을 직접 눈으로 확인하고 나니 그동안 밀렸던 60여 년간의 궁금증이 체증 내리듯 풀리는 한순간의 기쁨은 실로 필설로 다할 수 없었다.

예전에 초중고를 다닌 5,60대 후반 사람들에게는 가을 운동회에 대한 아련한 추억이 기억 속에 맴돌 때가 있을 것이다. 특히 시골의 경우는 학생들만의 축제가 아니라 학부모들까지 즐기는 온 학구 내의 연중 큰 잔치였다. 한 달여 이상 체육 시간이나 오후 시간을 할애해서 각반별로 청군 홍군으로 나눠서 개인별, 또는 단체별로 정해진 게임을 연습하는 과정은 꽤 힘들고 피로했던 기억으로 남아 있다.

세월이 지나면서 가을 운동회는 여러 가지 요인으로 점차 사라져 가고 있다. 특히 시골 학교에는 학생 수가 줄어든 점이고, 교육과정에서 보면 수업과목의 안배로 인한 단체활동을 통한 체육활동의 축소에 있는 것으로 여겨진다.

생각해 보면 운동회와 같은 단체와 집단의 행동과 단결력을 통해 경쟁력과 공동체의 의식을 기르는 중요한 과정일 수도 있다는 점에서 보면 못내 서운한 생각도 든다.

내가 잠시 시골에 내려가 중학교 교사 생활을 할 때 가을 운동회에 얽힌 잊을 수 없는 기억을 더듬어 볼까 한다.

3학년은 세 반이었는데 학생 수가 60명인 A반 담임이었다. 운동회를 준비하는 과정에는 각반 담임들이 각자 맡은 전공수업과는 관계없이, 각반별로 홀수와 짝수 번호에 따라 청홍으로 나눠 단체게임을 한 종목씩 정해

실행하기로 했다. 우리 반에서도 청홍 팀의 대표와 반장과 함께 모여 장시간 토의를 거쳐 〈대막대기 타기〉라는 종목을 아이디어로 채택했다.

3인 일조가 되어 두 사람이 2m 길이의 대작대기를 들고 한 사람이 거꾸로 매달려 25m 반환점을 되돌아오는 게임이었다. 그렇게 정하고 몇 차례 연습하는 과정에서 매달린 학생이 힘에 부치는 데다가 속도를 내어 달리는 바람에 흔들려서 끝까지 견디지 못하고 떨어지는 사고가 잦아 다칠 위험이 많았다. 그래서 수정한 것이 두 개의 대막대기를 이용해서 그 위에 걸쳐 앉게 하여 반환점을 돌아오는 것으로 결론을 짓고 여러 차례 연습하여 준비를 마쳤다.

드디어 고대하던 가을 운동회 날이 왔다. 운동회 당일은 배분된 일정표에 따라 착착 진행되었고, 각반별로 창의성이 있고 재미있는 단체 게임들이 진행되어 선수들이나 구경꾼들은 청홍팀의 응원과 합세하여 모두 즐겁게 경기에 몰입하는 축제로 이어졌다.

우리 반의 단체전은 오후 시간 중에서도 맨 끄트머리에 배정되어 있어 양 팀의 승부를 가르는 중요한 경기인 릴레이가 있기 몇 종목 전에 시작되었다. 청홍의 띠를 머리에 두른 두 팀이 50m 간격을 두고 나란히 줄지어 앉고 호루라기가 울림과 동시에 3인 1조씩 일어나 질서 있게 반환점을 되돌아와 다음 팀에 인계하여 10개 조가 먼저 끝나는 것으로 승부를 지었다.

물론 경기 도중에 엎어지고 자빠지는 이변도 있었다. 서둘다 보니 미끄러지는 팀도 있고, 건장한 체중 때문에 무게 중심을 잡지 못해 한쪽으로 기울거나 넘어져 다시 태우고 달리는 팀도 있어 웃음을 자아내기도 하고 박수를 받기도 했다.

그렇게 별 탈 없이 우리 반 단체 게임이 끝나고 청팀의 승리로 만세를 부른 후 제자리로 돌아왔는데 홍팀의 마지막 주자인 H군이 다쳐서 병원에 가보겠다는 의견을 전한다. 이유를 물으니 마지막 조에 승마 자세를 취했던 H군이 미처 대막대기에서 내리기도 전에 마부들이 두 개의 막대기를 서둘러 합치는 과정에서 남성의 중요 부위를 짓눌러 피가 나온 것으로 판단되었다.

서둘러야 할 사항이라 체육 담당 C선생님을 불러 자초지종으로 말씀드리니 본인이 직접 학생을 데리고 병원으로 가시겠다며 자전거를 챙겨 떠나셨다. 담임으로서는 참으로 눈앞이 캄캄한 사항이 아닐 수 없었다. C선생님은 동료 교사이기 이전에 이 학교 출신인 나의 은사님이라서 그런 입장을 헤아려 주셨음이 분명했다.

아무튼 크게 이상은 없을 것이라는 의사 선생님의 응급치료와 진단을 들었고, 그날의 가을 운동회 행사도 잘 마무리가 되어 학교 당국으로서는 큰 연중행사를 원만하게 치른 셈이다.

행사를 끝냄과 동시에 마음 크게 다져 먹고 다친 H군과 함께 10리 거리에 있는 그의 자택을 방문하였다. H군의 담임으로서 오늘 운동회에서 있었던 사고내용과 후처리에 관해 설명해 드리고 크게 걱정하지 않도록 위로하기 위한 나름대로 성의를 보이기 위한 셈이었다. 길을 가면서 H군에게 집안 사정을 물어보니 그는 50대의 모친과 둘이서 살고 있다고 했다.

H군의 자택에 도착하여 그의 모친을 소개받았다. 가을걷이도 거의 끝날 무렵이라 들에서 일을 마치고 돌아와 저녁을 짓다가 예상치도 않았던 담임선생과 함께 왔다는 아들의 얘기에 당황한 모습이 역력했다. 마실 것이라도 드리겠다는 정성에 에둘러 손사래 친 후 서둘러 예고 없이 가정방문을 하게 된 동기를 털어놓았다. 자초지종 얘기를 듣다가 H군이 게임 중에 친구들의 부주의로 중요 부위에서 피가 나와 병원을 다녀왔다고 하니 갑자기 봇물 터지듯 대성통곡을 하기 시작했다.

"이게 무슨 날벼락 같은 소리고?"

"이 일을 어찌할꼬?"

가슴을 두드리며 대성통곡을 하는 모습에 당황하지 않을 수 없었다. 이런 상황에서 어떠한 위로의 말도 생각나지 않았고 그 진한 슬픔을 달랠 엄두가 나지 않아 콩닥거리는 가슴을 쓸어안고 두근반 세근반 애만 태웠다.

"내 무슨 팔자로 이런 꼴을 또 당하나?"

한참을 그러시다가 마음을 추스르고 초면에 이런 꼴을 보여 미안하다며 얽히고설킨 가족사에 관해 이야기하기 시작했다.

약 10년 전에 H군의 아버지가 젊은 40대 나이로 돌아가셨는데 그 원인이 남성의 중요 부위를 다친 게 원인이었다고 했다.

"그러니 내 어찌 놀라지 않겠습니까?"

마치 대물림되는 듯 기구한 팔자를 들먹이는 이유가 더는 말하지 않아도 이미 짐작하고 말고다. 다행스레 손이 끊기지 않아 H군이 유복자인데 위로 두 누나가 있다고 했다. 죽음의 가벼움과 삶의 무거움에 대한 한 맺힌 이야기는 한동안 계속되었다.

H군의 아버지는 제법 이름 있는 자리그물(정치망) 어업회사의 어부였다. 정치망이란 고기가 잘 드나드는 바닷속 길목에 대형의 어망을 설치해 고기를 유도하여 일정 시간마다 고기를 건져 올리는 형태의 어업 방법이다.

이 어망을 설치하는 데 필요한 것이 돌무더기들로 바닷속에 그물을 고정하는 버팀목인 닻의 역할을 한다. 그래서 몇 년마다 어망을 새로 설치할 때 다량의 돌이 필요하게 되고 이 필요한 돌은 채석장에서 캐어 배로 운반해 사용하는 어장 형태이다.

H군의 부친이 채석장에서 일을 거들다가 큰 돌이 굴러 남성의 중요부위를 다쳐 즉사했다는 것이다.

그러니 하나뿐인 아들 녀석이 아버지처럼 그 부위에 상처를 당했다고 하니 어느 어미가 놀라지 않을 수 있겠는가?

부대끼는 생의 쓴맛을 뒤로하고 오락가락 마음의 갈피를 잡지 못하고 트라우마에 시달리는 시간은 결코 짧지 않았다.

세상에는 참으로 기이한 일도 많아 우리의 삶은 미지의 순간들 연속이다. 특히 오늘처럼 예측하지 못한 고통은 언제든지 왔다가 때가 되면 갈 테지만, 당장 고통에서 벗어나기란 쉽지 않은 일이다.

아직 인생살이에 큰 경험이 없는 20대에 내 주변에서 일어나는 예기치 못한 모든 일이 나를 인간으로 성숙시키는 스승의 노릇을 한다는 사실을 생각하며 일상이 학교이고 마음이 스승이라는 현실적 인식을 되뇌며 해 저무는 자갈길을 터벅거리며 홀로 되돌아왔던 무거운 과거사를 다시 한 번 내려놓는다.

낚시와 떡밥

1970년부터 시작된 새마을 운동은 근면, 자조, 협동의 기본 정신과 실천을 통한 범국민적이고 범국가적인 지역사회 개발 운동이고 잘 살기 운동이 목표였다.

지금 와서 해석이 분분하지만, 그때를 산 사람들로는 엄청난 대변화였음은 사실이다. 단순히 수천 년 지켜온 볏짚 지붕을 거두고 슬레이트나 함석지붕으로 개조하고, 담장 바로잡기나 마을 안길 정비 등 주로 생활환경 개선사업이었다고 말하지만, 시간이 갈수록 영농기반 조성, 의식계발, 생산소득 사업 등으로 발전하면서 농촌, 도시를 망라한 전국적인 확대로 국가발전을 위한 근대화 사업으로 번졌다.

또 한편으로 물자 절약, 에너지 절약, 품질개선, 생산성 향상 등을 목표로 공장새마을 운동이 열기를 더했다.

1977년 하반기쯤 되었을 때 겪었던 공장새마을 운동에 관한 얘기다. 공장새마을 운동본부가 생기고 각 시군구에서 공장마다 지도자를 양성하기 위해 엄청난 압박이 가해졌다. 마지못해 조직은 했지만 실천하기에는 역부족이었다. 공장새마을 운동을 정상화에게 시키는 데는 우선 기초교육이 필요하고 그들부터 사내 재교육을 통해 모두가 참가하는 전사적 역할이 필요하기 때문이다.

그런데 일차적으로 문제가 되는 것은 사업주의 의식이었다. 새마을 운동을 실천하기 위한 종업원들의 자체 교육 및 분임토의에 손실되는 작업 시간과 주요보직을 맡은 직원 및 간부교육을 보냄으로써 업무에 차질을 빚는 점 등을 큰 이유로 들었다.

이를 통제하는 기간들에서는 하루가 멀다고 지시하고 문서로 보고 받기도 하면서 현장 방문으로 확인하는 등 고삐를 조여옴과 동시에 불이익을 주기도 했다.

결국, 이런 충격에 이길 수 없어 주관부서의 총무부장과 생산부장인 내가 공장새마을 운동본부가 지정한 1주일의 일정으로 중앙연수원에서 교육을 받았다.

아침부터 저녁까지 군대식으로 철저한 통제를 받으며 정신교육을 곁들여 공장새마을의 성공사례담, 운동의 전개와 목표 달성 방안까지 꽉 찬 프로그램을 소화하느라 힘은 들었지만 보람 있는 시간을 보냈다.

사실 교육이라는 것이 목적이나 방법에 따라 그 효과가 엄청 다르게 나타나는 게 사실이다. 교육이 끝나는 날에 감상문을 쓸 때는 스스로가 진정한 애국자가 되어 국가와 민족을 위해 한 톨의 씨앗이 되겠다는 다짐을 하는 데 주저함이 없었을 정도로 변한 자신을 되돌아보기까지 했다.

교육을 마치고 회사업무에 복귀하여 조직적인 활동을 진두지휘하며 체계적으로 이끌어 갔다. 그러나 쉽지만은 않았다.

종업원들의 처지에서 보면 맡은 일을 다 하고 별도로 시간을 내 분임토의나 교육을 받는 일은 착취의 수단이라는 선입관을 없애는 것이 선결문제였다. 그래서 부서별로 1주일 중에 반나절을 공장새마을 운동에만 전념하게 했다.

그래도 문제는 계속되었다. 이 운동을 전개함으로써 이익의 당사자가 누구냐며 불만을 토로하며 적극 참여를 반대하는 부류 때문이었다. 그래서 좋은 결과가 나타나는 부서에 대해서는 약간의 회식비나 활동비를 주고, 연말에는 특별상여금이 지급되도록 회사에 건의하겠다는 불확실한 약속으로 달래 나갔다.

아무튼, 그런 결과로 분임조마다 생산성 향상에 따른 목표를 세워 토의, 개선, 실천하면서 눈에 보이는 효과가 나타나기 시작했다. 그중에서 돋보이는 실천사업 중에 건조공정팀들의 업적이었다.

사실 회사에서 생산성을 높이려면 건조설비만 더 늘리면 가능하다는 진단을 하고 있지만, 공장이 협소하여 설치장소가 없다는 점이 문제였다. 그런 점을 과제로 3개월 동안 진행한 건조팀의 노력이 생산량 배가라는 놀라운 업적을 달성한 것이었다.

내용상으로는 지금까지의 소요되는 건조시간을 단축하는 방법으로 수분의 증발 속도와 건조물의 입자크기 손질, 건조물의 상하좌우로 위치 바꾸기, 출퇴근의 시간에 맞춘 작업 시간을 제품의 적정 수분함량에 맞추기 등을 실천한 건조팀의 연말 결과 발표였다.

전사적으로 쾌거를 이룬 엄청난 결과에 박수를 보냈고 관여 기관에서도 공장새마을 운동 실천 모범 사업장이라는 표창도 받았다.

그래서 특별보너스를 기대하는 전 사원들의 눈길이 나에게로 쏟아지는 것을 느끼면서도 불확실한 약속으로 순간순간 입막음하며 앞에서 전진 나팔만 불어대었던 일선 책임자로서의 고뇌가 길었다.

드디어 심판의 날이 왔다. 정상 보너스가 지급된다는 날에 맞춰 총무부장과 함께 용기를 내어 사장실 문을 노크했다.

사원들의 노력을 인정해서 성과급으로 특별보너스를 거론하자 자리에 있던 임원들까지 불러들였다. 혹시나와 역시나를 두고 고민한 시간도 잠시였다.

대답은 전혀 달랐고 그 자리에 주저앉아 울고 싶었다.

'진작 이렇게 해야 했을 일을 당신들이 나태하고 관심이 없어 그랬다'는 핀잔만 받았다.

그래서 한순간에 모든 것이 제자리로 돌아가는 데는 시간이 걸리지 않았다. 기계가 잘 작동하려면 윤활유도 자주 바르고 기름칠을 자주 해야 녹슬지 않는다.

미천한 물고기도 낚으려면 떡밥이 필요하다. 하물며 인간인데….

이것이 내가 겪은 공장새마을 운동의 시작과 끝이다.

낮은 자세

대학을 졸업하고 어렵사리 직장을 얻어 겨우 안정된 생활을 시작하던 무렵의 얘기다. 대학 동기인 K군은 대우실업에 입사해 S섬유사라는 공장에서 기술직에 근무했다. 남보다 빠른 시간에 가공기술 과장까지 올라갈 정도로 잘 나가는 동기 중의 한 사람이었다. 그 당시만 하더라도 한 달 내내 휴일이 없을 정도로 일을 해야 했던 시절이라 서로가 제 직장에 충실하다 보니 서로가 짬짬이 소통할 상황이 아니었다.

그러다가 한 번은 토요일 오후 세 시쯤 그가 근무하는 직장에 초대를 받았다. 공장 이곳저곳을 둘러보고 난 뒤 그의 자리로 돌아와 차를 마시려는데 난데없이 문을 여는 사람이 있었다.

"사장님 오셨습니까?"

"수고하네!"

언제 서울서 내려오셨느니, 공장엔 문제가 없는지 등 꼬장꼬장한 사장과 직원 사이에 있음직한 일상적인 대화나 궁금증에 대한 어떤 언급도 없었다.

"나 내일 급하게 일본 출장갈라고 하니, 자료 정리할 것이 있는데 잠시 자네 책상 좀 써도 되겠는가?"

"그렇게 하십시오."

그게 사장과 직원이 나눈 대화의 전부였고, 주눅이 든 분위기는 아예 보이지 않는 친구는 얼씨구 좋은 기회다 싶은지, 서둘러 나를 데리고 시험실로 자리를 옮겨 그동안 궁금했던 얘기 보따리를 풀어 헤쳤다.

그래도 그렇지, 전혀 상상할 수도 없는 다른 근무 분위기에 새롭다 못해 마음이 편치 못한 것은 그가 아니라 나였다.

"사장님 혼자 저렇게 두고 쫄따구가 무관심하게 이렇게 하면 되는 거야?"

그는 평소에 길이 든 상전과 하인의 습성에 안절부절 못하는 나더러 핀잔만 주며 무관심으로 일관하였다. 퇴근 시간이 다 되었다며 퇴근 준비를 위해 친구의 뒤를 따라 제 방을 찾았을 때 회장님의 모습은 보이지 않았다.

밖에 나와 그분의 삶을 주된 안주 삼아 소주잔을 기울이면서 많은 대화를 나눴는데 궁금증은 희석되지 않았다.

우리보다 여섯 살이 많고 31세에 자본금 5백만 원으로 사업을 시작했다는 설명까지 들었다. 그게 그분의 행동철학이고 사람을 믿는 인간경영의 휴머니즘이라는 존경심이 강한 인상과 더불어 내 머릿속에 위인의 한 분으로 각인되었다.

그러다가 20여 년의 세월이 흘렀을 무렵, 나도 중역이 되어 수출을 늘리기 위해 일본인들과 함께 동남아 거래처를 방문하고 늦은 시간에 싱가포르 공항에서 미국행 비행기를 타기 위해 절차를 밟고 차를 마시려고 할 즈음, 동행하던 일본인 H씨가 내 어깨를 치며 손가락으로 한 곳을 가리켰다.

"간꼬구 다이우그루뿌 김까이쪼데쇼?" (한국 대우그룹 김 회장이지요?)

정말 그분이었다. 한국의 대재벌 총수였다. 수행하는 사람도 없이 핸드 캐리어를 깔고 앉아 중절모를 쓰고 대기실 한편에 조금 밝은 불빛 아래서 책을 읽고 있는 모습이었다. 우리와 마찬가지로 다음 목적지로 가기 위해

이처럼 늦은 시간에 연결편 항공기를 기다리고 있음이 틀림없었다.

1989년에 출간한 그분의 자서전《세계는 넓고 할 일은 많다》는 베스트셀러가 되면서 꿈을 가진 많은 젊은 세대들의 롤 모델이 되었고, 나 역시도 그중 한 사람으로서 '나도 하리라'는 목표를 굳건히 하고 내 인생의 멘토로 삼을 정도였다.

돌이켜 보면 그의 정력적인 삶을 통해 이룬 것도 많지만 기업의 세계는 냉혹하고 왕도는 없다는 것을 읽는다. 지금에 와서 경제계의 전설적 인물로서 41개의 계열기업군의 총수로서의 업적과 공과를 따지고 싶지도 않다. 아무튼, 위대한 삶을 산 분임은 틀림없다.

그런 가운데서도 그는 IMF로 인한 대우그룹 해체 15주기를 맞아《아직도 세계는 넓고 할 일은 많다》(2014년)는 회고록을 출간하였다.

마치 인류 역사에 지대한 영향을 미친 과학자로 평가받던 갈릴레오 갈릴레이가 지동설의 주장 때문에 종교적 이단자로 재판장에 나가면서 '그래도 지구는 돈다'라고 말했듯이 그분 역시도 경제계의 거물이었지만 더는 활동을 할 수 없게 팔과 다리를 잘린 상태지만 미래를 바라보는 인생철학 속에는 '아직도 할 일은 많다'는 도전정신이 살아 있음은 물론 한국의 미래를 짊어진 젊은이들에게 큰 교훈을 담고 있음에 감명을 받지 않을 수 없었다.

뜻 깊은 송년사

1970년대 이전에는 우리나라 건축 분야에 고급재료인 대리석을 사용하는 일이 거의 없었다. 특수 건물을 위해 이탈리아 등 외국에서 값비싼 돈을 들여 수입하여 사용하는 정도였다. 그러다가 산업의 발달과 더불어 건축 분야도 엄청난 활기를 띠게 되자 새로운 소재들이 요구되면서 대리석 분야도 개발을 서둘던 때가 있었다.

그 시작으로 대두된 것이 우리나라에 많은 화강암에 관심을 끌게 되었고 화강암을 캐어 적당한 두께나 크기로 잘라 각종 색을 발색시키는 물리 화학적 방법이 한동안 인조대리석을 대표하는 시기가 있었다. 물론 지금은 이런 방법이 도태되고 합성수지에 각종 유색의 돌가루를 섞어 인조대리석을 만드는 공법으로 변했고 우리나라 대기업들에서도 질 좋은 다양한 용도의 제품들이 만들어지고 있다.

한때 근무했던 회사에서 일하고 있던 70년대 후반 어느 해 일로 기억된다. 그러니까 그해 무더위가 시작되던 초여름 날 오후, 그날따라 다소 한가해서 소파에 비스듬히 기대어 책을 읽고 있던 시간이었다. 사전에 어떤 연락도 없었는데 불시에 찾아온 방문객이 있었다.

잘 차려입은 초로의 신사는 명함을 내밀면서 자기소개를 하고 나서 방문하게 된 사연을 펼쳤다.

이탈리아 현지에 가니 인조대리석을 다량 생산해 자연 대리석보다 저가로 수출하고 있었던 거기에 관심을 끌게 되었고, 그동안 국산화를 위한 자기 나름의 숱한 노력을 해 보았으나 가닥을 잡지 못해 전전긍긍하다가 마침 수소문 끝에 색소 부분의 전문가를 찾아왔으니 희망적인 조언을 달라고 했다.

그래서 그가 가져온 인조대리석의 바탕이 되는 국산 화강암(쑥돌)인 문패 크기만 한 시편을 받아보니, 한쪽은 그야말로 대리석처럼 말끔하게 연마하여 매끄럽고, 한쪽은 가공하지 않은 큰 암석에서 떼어낸 원석 그대로였다.

시료를 살펴보면서 무엇을 전공했냐고 물으니 6.25동란 때 부모님의 손에 이끌려 한국으로 피난 와서 고등학교를 나온 것이 전부라고 했다.

부산의 명문고등학교 출신이라 화학의 기초는 알겠다는 생각이 들었다. 사실 어느 정도 화학에 실력이 있어야 만들 수 있을 것 같아 물어본 것인데 아픈 데를 찌른 느낌이 들어 얼른 화제를 바꾸어 나름대로 자수 성공하여 영업적으로 성공한 것이 대단하다며 어색한 분위기를 얼버무렸다.

그러면서 그동안 관심을 가지고 해 보았다는 시험이 어떤 것인가를 물어보았다. 페인트칠도 해 보고 염료를 사다 물도 들여 보는 등 별짓을 다 해 보았다는 극히 초보적인 발상에 생뚱맞은 느낌이 들면서도 개발해 보려는 집념과 노력이 가상함에 도움을 줄 수 있는 방법을 찾아보자는 생각이 들었다.

실험 가운을 챙겨 입고 간단한 실험에 들어갔다. 그동안 색소 공부를 하면서 집히는 바가 있어 일차적으로 작은 시편을 현미경으로 살펴보니 단단해 보이는 돌에 엄청난 구멍이 뚫려 있었다. 예전부터 돌이 숨을 쉰다는 말이 이런 구멍이 있어 물을 흡수하고 때로는 내어 품는 기능이 있음을 뜻하는 것이었다.

이런 사실에서 가능성을 찾았다.

예전에 각종 페인트에 사용되는 황색과 적색의 산화철계 색소를 만들었던 경험에서 얻은 아이디어를 적용해 보기로 했다.

일단 물에 녹을 수 있는 철화합물(수산화철)을 적당한 농도로 녹이고 그 속에 시료를 담고 열을 가해 수많은 작은 구멍에 약물을 흡입시킨 후에 수분을 말리고 다시 가열기에서 섭씨 800도에 가까운 고온에서 구워 산화물(철산화물)로 변화시키는 과정을 거쳤다.

번갯불에 콩을 볶듯 짧은 시간에 대충 결과만 보려고 진행한, 실험을 하는 동안 그는 죽치고 앉아있기가 지겨운지 아니면 기적이 일어나기를 바라서인지 등 뒤에서 자라목을 하고 지켜보고 있었다.

역시 예상한 대로 무색의 돌조각이 갈색을 머금은 돌로 바뀌었다. 이어서 마쇄기로 돌 표면을 깨끗하게 갈아보니 그야말로 예쁜 갈색의 대리석이 되었다. 두어 시간 남짓한 간편 실험의 결과에 대해 그 누구보다도 기뻐하는 기색이 J사장 얼굴에 감도는 것을 볼 수 있었다.

그는 연신 고마움에 머리를 조아리며 많은 질문을 이어갔다. 색을 내기 위한 약품의 구입처며, 검은색을 비롯한 녹색 등 갖가지 색깔을 내는 약품 등에 대한 정보를 얻은 후에서야 아무도 앗아갈 수 없는 기쁨을 머금고 서둘러 나갔다. 그 뒤로 몇 번인가 어려운 점이 있을 때 연락이 있었을 뿐이었다.

그리고 6개월의 시간이 흘러 한 해를 마무리하는 마지막 그믐날 오후 늦은 시간, 비서역을 겸하고 있는 여사원으로부터 손님이 오셨다기에 자리에 모시라고 했다.

뵙고 보니 지난 6월 어느 날에 방문한 바 있는 바로 그 J사장이었다. 그는 이탈리아에서 대리석을 수입하여 가공 판매를 하는 분으로 인조대리석에 관심을 두고 찾아왔던 그분이었다.

마침 일본에서 손님이 와 계셨기 때문에 자리를 잡고 앉아 그동안의 안부를 챙길 여유가 없었다. 그런 점을 눈치 챈 J사장도 사업은 잘하고 있다는 대답과 함께 연신 고맙다고 말하면서 들고 온 선물을 전하고 돌아갔다.

겨울은 해가 짧아 연말 종무식을 해야 할 시간이 가까워졌다. 외국 손님도 저녁 식사 약속의 꼬리표를 붙여, 서둘러 호텔로 보내고 종무식 인사말을 메모하고 있는데 K부장이 상기된 얼굴로 들어왔다.

조금 전에 값비싼 양주 두 병을 안기고 간 J사장에 관한 얘기를 시작으로 종무사를 했다. 일전에 가족과 함께 식사하면서 그분이 TV에 나와 인터뷰하는 것을 보았는데 한국에서 최초로 인조대리석을 만들어 외국에 수출까지 하는 성공기업가로 소개되는 것을 보았다고 했다.

그는 성공담을 전하면서 국내 처음으로 인조대리석을 개발하는 쾌거를 이루기까지 40여 년의 피나는 노력을 했다는 눈물겨운 자화자찬의 고행담을 펼치는 것을 들으며, 한 편으로는 대단함과 한 편으로는 아닌데 하는 생각이 들었다고 했다.

막상 TV를 볼 때는 말씀을 전해 드려야지 하면서도 매일 바쁜 업무에 잊어버리고 진작 알려 드리지 못해 미안하다고 머리를 긁적거렸다.

그런 얘기를 들으면서 서둘러 동료들이 모여 있는 강당으로 갔다. 식순에 따라 송년사를 하기 위해 등단하여 한 해 동안의 노고를 치하하고 격려 차원에서 J사장에 얽힌 성공사례를 자초지종으로 얘기하였다.

"동료 직원 여러분! 이 세상에는 성공하는 자와 성공 못 하는 자가 있습니다. 어떤 일에 관심과 애정을 얼마나 가지느냐입니다. 치열하게 고민해 본 사람만이 답을 얻을 수 있습니다. 조금 전에 말씀드린 J사장 얘기가 바로 그렇습니다. 저는 단순히 목말라 하는 사람에게 찬물 한 그릇 떠준 것밖에 없는데 그분에게는 그야말로 감로수로 작용한 것은 그분이 사업을 하면서 더 진전된 사업을 위해 새로운 것을 향해 혼신을 다한 결과입니다.

저에게는 단순한 상식적 기술정보지만 그분에게는 상품화로 돈이 되도록 하겠다는 목표가 분명했던 것입니다. 비록 오늘 양주 두 병으로 대가를 받았습니다만 저에게는 이 양주 두 병을 여러분과 함께 나눠 마시며 우리 동료사원 여러분이 그 J사장처럼 '하면 된다' 는 신념을 갖게 되는 계기가 되었으면 하는 소원을 담습니다. 한 해를 보내면서 좋은 꿈 꾸시고 밝는 새해에는 여러분과 가정, 회사와 나라가 희망으로 가득하기를 기원하며 송년사를 마칩니다. 감사합니다."

그렇게 그날의 송년회는 끝났다.

믿음의 힘 (관세음보살의 가피)

　금강불교대학에서 서울, 부산 학생회 주관으로 '중국 국청사 조사당 참배단'을 꾸려 교육부장 D스님과 서울, 부산의 담임 스님과 함께 총 70여명이 성지순례 길에 오른 것은 불기 2542년 봄이었다.

　김포국제공항을 떠나 중국 상해 홍차오국제공항에 내려 상해 시내로 이동한 후, 상해 일원의 유명 관광지 몇 곳을 둘러보고 서둘러 시내에서 40여 Km 떨어진 상해시 동남쪽 금산현 금산위 선착장으로 갔다.

　이곳은 우리나라 서쪽 바다인 황해(서해)와 중국의 양쯔강이 만나는 하류 지점으로 중국인들이 말하는 4대 불교 성지중의 하나인 절강성 푸퉈산 관음성지로 가는 해상루트의 시작점인 페리 선착장이 있는 항구역이다.

　넓은 중국 대륙의 동서를 가로지르는 6,300Km의 장강(일명 양자강) 하류이기 때문에 상류로부터 날라온 황톳빛 흙탕물로 바다는 푸른색을 잃었다. 언뜻 생각되기로는 이곳에서 나고 자란 아이들에게 바다색을 그리라면 주저 없이 황색을 칠할 것 같다.

　차에서 내리니 날씨가 비를 뿌릴 듯 흐린 데다가 바닷가라서 봄 날씨답지 않게 갯바람이 세다. 배를 타기도 전에 여행길이 순탄하지 않을 것 같아 지레 겁이 들 정도로 먼 하늘, 출렁이는 파도, 거센 바람으로 인해 불안감을 유발해서 여행의 진미를 잠재우려 든다. 이런 느낌에 더러는 멀미를 덜한다는 '귀밑에'라는 테이프를 붙이기도 하고 서둘러 멀미약을 나눠 먹기도 한다.

오후 5시경, 해가 질 무렵 가져간 짐들을 내려 100여 미터 남짓한 방파제 중간에 정박해 있는 쾌속선 '비익호'에 옮겨 실은 후, 제 시간에 맞춰 승선하였다. 목적지까지 우리 일행을 태우고 갈 쾌속선은 공기부상선으로 500명이 정원이라는데 오늘은 중국인 승객이 그리 많지 않다. 우리 일행은 300명이 정원이라는 1층 대합실에 자리를 정했다.

출항 준비가 끝났는지 몇 차례 뱃고동 소리를 울리고는 움직이기 시작한다. 항구를 떠난 지 얼마 되지도 않았는데 배가 꿈틀거리기 시작한다. 몇 년 전까지만 해도 목적지까지 5,6시간 넘게 걸렸는데 지금은 새로 건조한 쾌속선이라 예전과 비교해 절반쯤의 시간이면 도착할 것이라는 선원의 얘기가 귀에 솔깃해진다.

선실 밖에서 저물어 드는 서해를 감상하던 승객들이 차가운 해풍과 흩날리는 물보라를 피해 선실로 들어와 자리를 잡고 앉는다. 바다와 친숙한 부산의 도반들과 바다가 낯선 서울의 도반들과는 적응력에 차이가 있을 법해서 관심을 가져보기도 하면서 낚시 애호가들에 의하면 파도를 멈출 수는 없어도 파도를 타는 법을 터득하면 한결 수월한 여행을 할 수 있다고 권해 본다.

배가 솟구칠 때 숨을 참고 오른다고 생각하고 덜컹 내려올 때는 내려온다는 생각과 함께 숨을 내쉬면서 내 몸과 배가 일체가 되는 율동을 하라는 이론이지만, 그것도 상당한 훈련으로 몸에 배어야 극복이 가능한 일이리라.

항해를 시작한 지 한 시간쯤 지났을 무렵까지는 서로들 대화를 나누거나 선실 앞쪽에 비치된 TV 화면에 집중했는데, 아마도 강폭이 가장 넓은 중간

지점을 통과한다고 생각되는 순간부터는 배가 상하좌우로 크게 요동치며 뱃전을 두드리는 파도의 위력에 견디기가 점차 어려워졌다.

여기저기서 구토를 하며 괴로워 몸을 제대로 가누지 못하는 도반들의 숫자가 늘어간다. 예전 학창 시절에 섬과 육지를 잇는 유일한 교통수단이던 배를 타고 낙동강 하류를 지나며 겪던 고통이 떠오르기도 했다.

겨우 몸을 가누고 물결이 부딪치는 선창을 통해 밖을 내다보려 해도 펄물로 흐려진 창밖의 황해(서해)는 어둠만 가득할 뿐이다. 비디오를 보면서 버티던 도반들도 서서히 조바심이 동하는지 안절부절 못한다. 얼마나 더 가야 하는지 언제쯤 파도가 잔잔해질 것인지 태산 같은 걱정과 괴로운 멀미통에 시달려 얼굴이 창백한 가운데 그 자리에 엎디어 신음까지 낸다.

그때였다. 도반 중에 누군가가 '관세음보살'을 외기 시작한다. 아니나 다를까. 지금껏 공포에 시달리며 괴로워하던 도반들이 한 사람씩 따라 하는가 싶더니 순식간에 모두가 관음정진에 몰입하였다. 그야말로 일시에 객실은 관음기도 도량으로 변했고 모두가 일심으로 외치는 간절한 기도는 지금까지 아수라장을 방불케 했던 고통의 시간을 잠재웠다.

그토록 성난 파도가 두드리던 뱃전의 굉음도 들리지 않을 정도였고, 배가 파고에 따라 요동치면 칠수록 염불의 강도는 더 높아가는 무아지경에 이르는 기적 같은 일이 벌어졌다. 그런 시간이 한 시간가량 지났을 때쯤 그토록 요동치던 배의 몸부림이 얌전히 사그라지면서 배의 엔진소리가 들리기 시작했다.

서둘러 밖을 내다보니 작은 섬들이 보이고 그 섬들에서 불빛을 볼 수 있었다. 얼른 지도를 펼쳐보니 목적지인 푸퉈산과 가까운 주산 열도가 분명했다.

'다 왔다'라는 외침에 그토록 열심히 외쳤던 관음정진도 잦아들었고, 모두 한순간의 지옥 같은 고통의 문턱을 벗어났다는 안도의 기쁨에 얼굴에 생기가 느껴졌다.

'부처님 감사합니다.' '관세음보살님 감사합니다.' 누구라고 할 것도 없이 도반들의 입에서 저절로 감사하다는 말들로 서로를 위로하기 시작했다.

결국 관세음보살께서 우리를 이곳 관음성지까지 인도하는 동안 고난과 고통에서 벗어나겠다는 도반들의 애절한 기도를 외면하지 않고 무사히 안내해 주신 위신력에 대한 믿음과 관음기도의 효험과 진가를 일깨워 주는 시간이었다. 과연 이런 힘들이 어디서 나온 것일까?

"선남자야, 만일 한량없는 백천 만억 중생이 여러 가지 고뇌를 받을 때 이 관세음보살의 공덕을 듣고 일심으로 부르면, 관세음보살이 즉시 그 음성을 살펴서 모두 벗어나게 한다"라는 법화경의 관세음보살 보문품을 되새겨 보기도 했다.

이번 여행의 목적을 불교 공부에 한 발자국 더 나아가려는 방편으로 택한 길이었는데 관음성지를 찾아가는 길목에서 관음보살의 영험을 체험할 수 있었던 점에 큰 보람을 느꼈다. 마치 당나라로 유학의 길을 가던 원효선사가 해골에 담긴 빗물을 마시고 깨우쳤던 마음공부처럼 오래오래 마음에 남을 일이었다.

이번 성지순례를 하는 과정에서 부처님의 가르침에 대한 신심이 없이는 성불의 길에 한 걸음도 더 나갈 수 없다는 체험과 천태종의 발원지를 탐방하며 강의시간에 들었던 천태대사의 '관음소의'에 의한 진정한 발보리심과 처음 발심할 때가 곧 깨달음이라는 가르침을 다시금 마음에 새기는 계기가 되었음에 감사한다.

수학여행

　1960년대 후반기만 해도 대부분의 농촌 살림은 째어지게 가난했다. 그런 쪼들리는 생활을 감수하면서도 자식들만은 잘 키워보겠다는 부모들의 의욕은 실로 대단했음을 상기하면서 함께 늙어가는 그들을 볼 때마다 추억의 모닥불을 피운다.

　남녀공학인 사립중학교 3학년 남자 A반 담임을 맡아 2학기가 되었을 때 있었던 일이다. 졸업반이 되면 해마다 실시하는 연중행사 중에 수학여행이 있었다. 시골에서 그 당시로는 수학여행을 한다는 것이 쉬운 일이 아니었다. 친구들과 함께 난생처음 3박4일의 수학여행을 떠난다는 것이 얼마나 즐거운 일일까마는 다달이 내야 하는 월사금도 내지 못해 집으로 쫓겨가는 일이 빈번했던 시절이라 누구보다도 가정형편을 잘 아는 당사자로서는 부모님들에게 수학여행을 보내 달라고 선뜻 말을 꺼내기도 힘든 판에 계속해서 조른다는 것은 호사스럽다는 생각이 앞섰다.

　10월 들어 추석이 지나고 누렇던 들판의 가을걷이가 끝나면서 수학여행을 실행하기 위한 본격적인 움직임에 착수했다. 계획된 일정을 소화하려면 우선 참석하는 학생 수가 목적달성을 좌우하는 최우선의 과제였다. 그래서 각 가정으로 통신문도 보내고 종례 시간마다 참석 여부에 대한 부모님의 동의를 독촉하고 점검하는 것이 일과 중에 큰 비중을 차지했다.

정해진 일정을 10여 일 앞두고는 가정방문이라는 최종의 수단을 강행하기로 하고 오후 시간을 이용해 마을별로 일정을 정해 해당 학생들의 부모님들 설득에 나서게 되었다.

학생 대부분이 학교에서 10리 거리 안에 있는 20여 개 마을에서 모두가 걸어서 통학하던 시절이라 이집 저집 찾아다닌다는 게 쉬운 일은 아니었다. 방문 목적에 대해서는 이미 부모님들도 알고 있는 터지만 농사일에 바쁜 나머지 집을 비운 경우가 대부분이었지만 더러는 수학여행을 못 보낼 처지에 담임선생의 방문이 심적 부담이 되어 일부러 집을 비운 데도 없지 않았겠는가 하는 짐작도 들었다.

가난은 죄가 아니라지만 그래도 남보다 못 산다는 게 허물인 양 보여주고 싶지 않은 부모들의 애달픈 마음을 헤아리자니 발걸음조차 무겁게 느껴졌다.

"엄마, 선생님 오셨어요!"

열린 사립짝문을 들어서니 우물가에 쭈그리고 앉아 설거지하던 중년의 여인이 뒤돌아보더니 힘들게 일어서서 반긴다. 자식을 키우면서 담임선생님의 가정방문을 한 번도 경험해 보지 못한 터라 어찌할 바를 모르신다. 때가 어중간해 음식 대접도 못한다며 아들에게 막걸리라도 받아오라고 챙기시는 것을 만류하며 방문 목적을 편다.

첫 방문은 결과가 좋았다. 물론 사전에 보내느냐 마느냐에 대해 수많은 갈등이 있었겠지만 찾아온 성의에 답하듯 어떻게 해서라도 변통을 해 보겠다는 대답에 감사드리고 수없이 고개 숙여 인사를 나누고 나서면서 보니 이 광경을 지켜보던 K군이 두 손으로 눈물을 훔치고 있었다.

기분이 들뜬 K군을 앞세워 같은 마을 바닷가쪽에 사는 P군의 집을 두 번째로 찾아들었다. 우리가 올 줄 알고 먼저 와 대기하고 있던 P군은 5일마다 열리는 읍내 장에 가신 어머니를 기다리며 마루에 앉아 강아지를 쓰다듬고 있었다.

넓잖은 마당을 가로지르는 새끼줄에는 몇 마리의 생선들이 줄에 꿰어 오후의 가을 햇볕에 그을리고 있었다.

얼마 기다리지 않아 큰 대바구니를 머리에 인 P군의 모친이 들어오며 누추한 시골집까지 찾아주셨냐며 고맙다며 반기신다. 다부지게 생긴 모습에서 억척스러워 보였고 말솜씨도 좋아 따발총이다. 그렇지 않아도 방문할 것을 미리 알고 조금 서둘러 귀가하셨다며 안절부절 못한다. 자식의 처지를 생각하면 꼭 보내고 싶으나 남이 잡은 생선을 사다 되팔아서 생계를 지탱하는데, 넉넉지 못한 살림살이에 부모 된 도리를 못하는 심정을 이해해 달라는 말씀에 가슴이 찡했다.

그런 가정형편을 P군이 더 잘 이해할 것이라며 곁에 서 있는 P군의 등허리를 두드리며 열심히 공부하고 부모님 잘 도와야 한다면서 위로하고 돌아서려는데 P군의 어머니가 갑자기 내 호주머니에 뭔가를 넣어주셨다.

시골에는 마땅히 대접할 것도 없어 죄송하다며 몇 장의 지폐를 건네려 했음을 확인하고 뿌리치며 되돌려 드리는 과정에서 주거니 받거니를 되풀이를 하다 보니 가정방문을 한답시고 차려입은 단벌 신사의 양복 호주머니가 찢어지는 수난을 겪어야 했다.

진정으로 감사한 마음만 받겠다며 몇 차례 고개 숙여 인사를 하고 K군과 함께 다음 목적지로 가면서 뒤돌아보니 모자가 함께 문 앞에 서서 오래도록 우리를 바라보는 모습이 보였다.

고추잠자리가 날고 코스모스가 하늘거리는 들판 길을 걸으면서 비릿한 생선 냄새가 느껴지는 찢어진 호주머니를 만지작거리자니 이 땅의 주인공들이 엮어가는 힘들고 고된 삶이 무겁게만 느껴졌다.

다시 K군을 앞세워 윗동네에 사는 S군의 집을 찾아들었다. 초가집 마당에는 어미닭이 병아리를 몰고 다니는 모습이 한가롭다. 마침 엇비슷한 시간에 S군이 들일 나갔던 그의 모친을 모시고 들어섰다. 여느 시골 아낙네와 다를 바 없이 검게 탄 얼굴에 하얀 수건을 머리에 쓴 모친의 모습에서 S군이 막내인 듯싶은 생각이 들었다.

여느 학부모나 마찬가지로 깍듯이 스승 대접을 해 주심에 송구스러웠다. S군이 이번 여행길에 동참이 어려울 것이라는 예측은 빗나가지 않았다. 매달 내는 월사금도 두서너 달씩 미뤄지는 것을 봐서였다. 방문 목적을 미리 아시고 가정 형편상 '불가' 라는 대답에 더는 권유할 의욕도 사그라들고 말았다. 물 한 모금 얻어먹기도 민망한 입장인데 뭔가를 대접하려 드는지라 서둘러 인사를 드리고 발길을 돌리는데 어느새 부엌에서 가지고 나온 달걀을 내밀면서 그냥 가시면 섭섭하니 이거라도 드시라며 권하신다.

날달걀은 못 먹는다며 사양하니 그럼 가져가서 드시라며 억지로 호주머니에 넣어주시는 것을 뿌리치는 과정에서 아뿔싸 달걀이 깨어지고 말았다. 그런 입장이 되니 서로가 민망하여 어쩔 줄 몰랐고 그런 광경을 목격하고 있던 K군과 S군은 더더욱 미안하고 난감한 표정들이었다.

햇살이 빨리 떨어지는 가을날 오후, 주머니가 찢어지고 깨진 달걀로 지저분해진 저고리를 움켜쥐고 K군과 함께 동구 밖까지 걸어 나오면서 부모님들의 자식 사랑은 모두 한결같다는 점을 일깨워 주면서 열심히 공부해서 훌륭하게 자라는 것이 부모님께 효도하는 길이라는 원론적이고 일방적인 대화에 "네, 네"라는 답으로 일관했던 제자와 스승의 느낌은 딴판이었으리라.

오늘에 와서 그 시절에 얽힌 추억이 새삼스럽게 똬리를 틀어 되새김질하는 것은 세상이 바뀌어 차원이 다른 삶을 살아야 하는 노년층들에는 멀어져 간 과거가 자꾸만 되살아나기 때문이다. 그리고 지금 이런 얘기들을 남기지 않으면 과거에 살았던 그 시대 주인공들의 삶은 오롯이 묻히고 말 것이라는 노파심이기도 하다.

과잉진료

2개월 만에 있어야 할 대학 동기회 정기 모임이 잡다한 이유로 몇 차례 미뤄지다 보니 반년 세월이 후딱 지난 후에서야 초량 중국 상해거리(구 Texas촌)에 있는 중국집 '장춘방'에서 있었다. 오랜만에 모두가 부부동반으로 모였다. 서로가 그동안의 안부를 묻는데 역시 나잇값에 맞게 주제는 건강문제다.

M군이 그동안 편하지 못했다는 얘기로 서두를 펼쳤다.

아들이 다니는 대기업 회사에서 그들 부모에게도 무료진찰권을 줘서 지정된 서울의 C병원으로 위내시경 검사를 하러 갔단다. 그런데 두 여의사가 예정된 절차에 따라 검사를 하던 중에 갑자기 종양이 터져 피가 나올 정도로 심각하다면서 서둘러 검사를 끝내는데 아닌 게 아니라 내시경 검사기에 따라 붉은 피가 묻어나는지라 본인도 무척 당황하지 않을 수 없었다고 한다. 특수 검진과 재진찰이나 수술을 받아야 한다며 의사 소견서까지 써주며 당장은 후속 조처가 곤란하니 상처가 아문 한 달 후에 병원에 다시 오라는 소견을 받았다고 했다.

'아닌 밤중에 홍두깨' 라더니 혹 때리러 갔다가 혹 붙이고 나오는 격이 되어 한순간 인사불성에 이를 정도로 암담한 시간이었음은 토로했다.

"그런 일이 있었어?"

"그래서?"

다들 토끼눈이 되어 귀를 세우는 모습이었다.

"그래서 서둘러 후속 조처해 다른 병원에서 재검사하니 아무 이상이 없다는 판정을 받았다고…."

"결국, 그게 오진이었다는 얘기네."

모두를 황당하게 만들었다.

"그러면 피는 왜 흘렸는데?"

앞의 병원에서 내시경의 투입시에 취급 부주의로 창자를 상처 냈기 때문이었다는 게 담당의사의 소견이었다고 했다. 그렇게 생사람을 잡는 몰상식한 의사들이 있다는 데 놀랐다며 진짜 분노에 치를 떨었다.

설마 그런 일이 있었냐는 듯 모두 반신반의하는 표정들이었으나 우선은 그런 사건을 직접 목격한 부인이 이 자리에 있고, 또 평소에 들은 그런 풍월이나 헛소문을 웃자고 농담으로 전할 친구가 아니라는 점에서 헛웃음이 절로 났다.

그렇게 M군의 얘기에 공분과 위로가 오가는데,

"혹시 암보험에 안 들었냐?"

L군이 서먹한 분위기를 깬다. 왜냐하니까, 그 엉터리 진단서 갖고 암보험금이나 타 먹으라는 얘기다. 모두 허허, 하고 웃는다.

그리고 M군은 마무리를 짓는 말로 '막상 암이라고 판정받은 주인공은 지금 이렇게 멀쩡한데 함께 가서 내시경 검사를 받은 마누라는 위염 치료를 받는 중' 이라고 하면서 '어디에다 고발이라도 했으면 시원하겠다' 라는 심정을 토로하며 소주 한잔을 마셨다.

그런 얘기를 들으며 조용히 앉아 술잔을 기울이던 C군이 뒷담화를 잇는다.

"나도 작년 연말에 서울 큰 병원에 가서 그와 비슷한 일이 있었는데…."

전날 위검사를 포함해 종합검사를 하고 다음날 아침나절에 의사들의 회진에 따른 문병 절차를 밟는데, 당신은 암이라서 수술을 받아야 한다는 얘기였다. 평소에 술을 많이 마셔서 어느 정도 나쁘리라는 것은 알았지만, 설마 암까지야, 했던 터인데 막상 그런 얘기를 듣는 순간 눈앞이 캄캄하더라는 것이었다.

그런데 그 책임 의사의 뒤를 따라다니는 인턴이 의사에게 차트를 보여주며 하는 말이,

"아닙니다. 그건 그 환자의 기록이 아니고 이 옆 침대 환자의 기록입니다."

"아―, 그래요. 미안합니다."

그런 실수를 할 정도로 무책임한 의사들이 있다며 의사 불신의 강한 불만 섞인 C군의 경험담이었다. 그런 일이 벌어지고 난 후의 마무리가 궁금했지만 아무도 더 묻지는 않았다. 평소에 올곧은 그의 성미로 어떤 상황이 벌어졌을는지 모두 가히 짐작이 가는지 웃고 말자는 표정들이다.

한 번 물꼬를 트니 멈추지 않는다. 또 옆자리의 L군이 나도 빠질 수 없다는 듯이 얘기를 꺼냈다. 그는 한때 의료기관에서 사무장 노릇도 한 경험이 있어 지금까지와는 다른 화제로 의사들을 옹호하는 의견일 거라는 짐작들이었다.

"최근에 왼쪽 귀가 아파서 대학병원에 다니면서 1주일 넘게 통원치료를 받았는데…."

그런데 그날은 담당의사가 학회에 참석했기 때문에 다른 의사의 치료를 받게 되었고, 이 의사 선생은 평소 치료하던 왼쪽 귀가 아닌 오른쪽 귀를 들여다보고 검진을 하더니 내일부터는 병원에 안 와도 되겠다고 선언하더라나. 그래서 의사 선생더러,

"저는 왼쪽 귀가 아픈데요."

"그래요? 그럼 진작 그렇게 말씀하셨어야지요."

귀 기울이고 듣던 친구들이 정말 웃긴다면서 모두 뒤집혔다.

'말씀할 게 있고 안 할 게 있지. 아, 그래요. 이후 말씀은 안 하던지, 솔직히 차트를 잘못 봤다거나 안 봤다고 하는 게 훨씬 좋았지 않았겠는가' 하는 생각이 들었다.

전임자가 치료한 진료카드도 한 번 훑어보지 않고 치료에 임하는 그런 의사가 어디 진정한 의사일까에 의문표를 붙이는 L군의 의견에 공감하는 시간이었다.

우리나라만큼 건강검진이 잘된 나라는 없다고 말한다. 또한 세계 최고의 병원 이용률을 자랑할 만큼 병원 문턱이 낮은 나라다. 그래서인지는 몰라도 때로는 과잉진료로 인한 의료사고에 대한 문제가 발생하기도 한다. 과잉진료는 고스란히 환자의 몫으로 돌아오기 마련이다.

외국처럼 주치의가 있어 개인적인 병력에 따라 초기검진이나 단순 약물 치료를 받는 것이 좋으련만, 우리 국민의 대부분은 1차 검진을 위한 동네 병원은 무시하고 무조건 큰 병원이나 서울의 유명한 병원을 선호하기 때문에 역으로 발생하는 의료사고나 폐단이 적지 않음도 사실이다.

영어 공부

영어라는 외국어를 처음 접하게 된 것은 초등학교 6학년 때지 싶다. 형제들이 많아 어깨너머로 배우는 것들이 많았다. 영어 동요인 '반짝반짝 작은별(Little Star)'도 그런 과정에서 배웠다. 그 덕에 1박2일의 졸업여행을 가서 큰 인기를 얻고 재창까지 불렀던 기억이 생생하다.

지금은 유치원 꼬마들을 위한 영어 동요가 흔해 빠졌고, 초등학생이면 외국어 노래나 외국어 발음이 원어민 수준으로 정확해서 혀를 내두를 정도이지만, 우리가 어릴 적에는 영어 노래를 듣는다는 것도 쉽지 않은 실정이었다. 그런 시절에 영어 동요를 부를 수 있었으니 조무래기 아이들의 부러움을 사지 않을 수 없었다. 그런 계기가 어릴 적부터 영어에 대해 귓문이 열리고 거부감을 느끼지 않게 된 것 같다.

중학교에 들어가니 영어 공부가 시작되었다. 로마자 알파벳을 시작으로 읽기와 쓰기와 암기하는 데 상당한 무게감을 느끼거나 때로는 적잖이 기분이 꼬여 마음속에 탁한 구정물을 일굴 때도 있었다.

마치 초등학교에서 한글을 처음 배울 때처럼 같은 과정을 겪었다. 로마자 알파벳의 자음과 모음을 노트가 시커멓도록 100번을 써오라는 숙제를 한 적도 있고, 알파벳 순서를 외우기 위해 ACB 노래를 어린이 동요처럼 부르고 다니기도 했다.

막상 노래처럼 부르며 외운다지만 발음이 서툴러 틀리기도 하고 마지막 부분은 차례가 헷갈려서 바로잡는 데에 많은 시간이 소요되었다. 그래서 한 사람씩 교단에 나가서 선생님의 점검을 받아야 하는 때는 떨리기도 하고 당황하여 몇 번씩 퇴짜를 맞았고, 두 손을 들고 벌을 서기도 했던 기억이 솔솔 피어난다.

초등학교 수업은 담임선생님 혼자서 북 치고 장구 치며 전 과목을 가르치는 데 반해 중학 공부는 과목마다 가르치는 교사가 다르다는 점도 흥미로웠다. 처음 영어 수업을 맡은 선생님은 올해에 대학을 갓 졸업한 새내기 K선생님이 배정되셨다.

우리말과 달리 자음과 모음의 생김새가 다르다는 것부터가 혼미스럽고 그들마다 발음이 특이해서 꼬부랑글자에 대한 친밀감이 마치 서양인이나 흑인을 대하듯 불편한 심정이었다. 그렇게 해서 알파벳 수업이 진행된 한 달쯤 후부터 교과서를 상대로 읽고 쓰고 말하기에 들어갔다. 첫 과는 '인사하기(Greeting)'였다.

"저는 톰입니다."

"안녕하세요, 톰."

'좋은 아침'이란 말이 아침 인사이고 낮이나 저녁에도 '좋다'는 단어만 붙이면 되는 영어 인사가 재미있기도 하고, 심지어는 헤어지거나 잠을 자러 갈 때도 '좋다'는 표현을 쓴다는 게 신기하게 느껴졌다.

"아침진지 잡수셨습니까?", "어디 가십니까?"라고 불편한 물음으로 인사를 하는 우리와는 근본적인 다른 점을 느끼는 영어의 표현법이었다.

알 듯 말 듯 생소한 언어에 접근하는 과정에서 많은 에피소드도 있었다.

제2과인 '모자를 잡으세요.(Touch a hat.)'를 배우면서 있었던 일이다.

선생님이 먼저 읽고 학생들이 함께 따라 읽다가 개별적으로 시키는 경우가 종종 있었다. 중간 자리에 앉은 K군에게 차례가 돌아왔을 때였다.

선생님의 선창에 이어 K군이 "다칠라 햇드"라고 큰소리를 질렀다.

온 교실 내에 난데없는 학생들의 떼 웃음꽃이 피었다. 몇 차례 수정 절차를 밟았지만 신통찮기는 마찬가지였다. 그런 일이 있고 난 뒤로 그는 '다칠라 헤드'라는 별명을 가졌다.

그가 그렇게 불리는 것을 들을 때마다 어린 나에게는 아버님이 들려주신 '바담풍'의 고사가 머릿속을 떠나지 않았다.

K선생님은 정규 영문학과를 나오지 않고 생물학과 출신이라고 들었다. 시골 학교인 데다 사립학교이다 보니 모든 것이 땜질식으로 비쳤다. 평소에 위로 고등학교, 대학을 다니는 형님들에게서 듣고 배우는 발음과는 너무 차이가 컸다. 언어장애를 가진 사람도 아니고 좀 더 세련된 영어를 배웠다면 배우는 학생들도 그처럼 엉망인 마치 일본식 발음을 따라 하지 않았을 것이다.

어찌 이것이 영어 공부를 하는 데만 국한되었겠는가? 사회생활을 하면서 '바람풍'이라는 소리를 내는데도 자기는 '바담풍'이라 발음하면서 상대로부터 '바람풍' 소리를 기대한다는 것은 언어도단이라는 현실을 많이 보아온 터다.

잘못 길든 버릇은 하루아침에 고치기 힘든 법이다. 3학년 때 잠시 교장선생님이 영어 수업을 맡은 적이 있었다. 교장선생님의 영어 발음은 거의 완벽할 정도라 여겨졌다. 또한 외국어는 생활에 필요한 현실성을 강조하시고 독서나 문법 위주가 아니라 원문을 그대로 외우는 것을 원칙으로 삼으셨다.

그래서 중학교 3학년 교과서에 나오는 전 내용을 외우게 하는 혹독한 트레이닝을 받으며 괴로움을 느낀 시절도 있었다. 한 과목이 끝나면 무조건 다 외워야 집에 돌아간다는 조건 때문에 다른 학생들이 귀가한 후까지 잡혀 있어야 했고, 심지어는 농번기에 일손이 필요한 가정에서는 작은 거듦이라도 보탬이 될 지경인데 어둡도록 귀가하지 않는 자식들을 학교까지 찾으러 오는 때도 있었다.

일본 와세다 대학에서 영어를 배웠고, 20대 중국에서 중일전쟁 당시 일본군으로 참전하여 통역을 맡았다는 얘기가 사실이었다.

고등학교에 들어가서는 대학 입시를 위주로 단어 공부, 문법, 해석이 주를 이루었다. 그래서 20리 길을 매일 걸어 다니면서 영어 단어를 외우는 것이 시간을 아끼는 공부법이었고, 기본적인 문법 외에 다른 숙어들은 다른 참고서를 이용하면서 독해력을 주로 하다 보니 영어 회화는 개밥에 도토리 신세로 전락하여 오늘날까지도 직접 대면한 외국인과의 소통에 반벙어리가 되는 계기가 된 것으로 생각된다.

고교 3학년 때쯤 동급생 C군은 몇천 단어가 아닌 몇만 단위의 영어 포켓 사전을 통째로 외우는 괴벽을 자랑했다. 매일 사전 한 장씩을 뜯어서 외우고 나면 그냥 버리는 게 아니라 마치 소가 풀을 씹듯 천천히 씹어 삼키는 일도 있었다. 그가 가고 싶은 대학 진학은 가정형편 때문에선지 아니면 전체적인 실력이 모자라서인지 알 수 없으나 포기한 상태였고, 우리가 대학을 졸업할 무렵 정신이상이 생겨 스스로 목숨을 끊었다는 소식이 전해지기도 했다.

대학을 다니면서 학비에 보태기 위해 가정교사로 아르바이트를 했다. 또 한동안 동급생과 짝을 지어 영어와 수학 두 과목을 가르쳤는데 그 당시 교과서가 아닌 인기 있는 참고서는 '영어 구문론'으로 대학 입학시험의 준비과정을 위한 인기 만점의 참고서였고, 어지간하면 죄다 외울 정도였으니 대학 수업을 받으면서도 학생들의 과외지도를 위해서 특별히 따로 공부할 필요를 느끼지도 않을 정도로 가르치는 데 자신이 있었다.

지금 와서 되돌아보면 세상은 많이도 변했다. 교재 한 권 살 돈이 없기도 했지만 오늘날처럼 참고서도 풍부하지도 못했고, 가진 자라도 극소수에 해당하는 사람들이 외국 유학을 할 수 있는 기회를 얻었다.

지금에서야 학생들이 선택한 외국어학교를 다닐 수 있고 어린 꼬마들에서부터 직장인들에 이르기까지 스스로 하려고 작정만 하면 외국어 원어민 강사의 교육으로 실력껏 배울 수 있고, 능력이 있으면 배낭여행이나 외국어 연수교육도 마음대로 할 수 있는 여유와 환경이 마련되어 있다.

굳이 IT 만능의 시대를 들먹거릴 필요도 없다. 이제는 외국어 한 마디도 할 줄 몰라도 스마트폰이나 외국어 번역 통역기만 사용할 줄 안다면 세상 어딘들 여행할 수 있는 시대가 되었음에 인간이 로봇의 지배를 받는 시대가 성급히 다가오는 것 같아 외국어의 필요성을 주장할 일이 아닌 것 같다는 생각이 든다.

삶이라는 짐

사람은 누구나 일생이란 주어진 기간의 삶을 산다. 일생이란 한 인간이 태어나서 죽음에 이르기까지의 기간을 말한다. 또한 삶이란 생명이 유지되는 동안의 일체 활동이다. 이 기간에는 생명을 유지하기 위한 활동이 필연적으로 수반되어야 한다. 이 활동이 바로 일(work)이다. 우리는 일을 통해서 삶을 유지하고 삶에 필요한 모든 것을 얻으며 살아가는 것이다.

나는 후배들에게 삶에 대한 정의를 일이라 규정하면서 인생을 가장 효율적으로 사는 방법을 과학적인 원리에 따라 실천해 가는 것이 옳음을 주장한다. 물리적인 측면에서 일은 운동으로 질량과 속도로 정의된다. 쉽게 말하면 어떤 무게의 짐을 어떤 속도로 움직이는가 하는 것이 일인 것이다. 무거운 짐을 진 자와 가벼운 짐을 진 자의 일이 다르고, 어떤 오르막을 걸어가느냐 달려가느냐에 따라 드는 힘, 즉 일의 양이 달라지는 것이다.

좀 더 비약하자면 우리네 인생을 살아가는 데 게으른 사람과 더 많은 일을 찾아 열심히 노력하는 부지런한 사람과의 차이에서도 알 수 있다. 대체로 질량이라고 하면 무게(중량)를 말하지만 일이라는 측면에서 보면 정신적인 일도 있어 그 속에는 여러 가지 요소를 내포한다.

태어날 때부터 갖는 선천적인 요소, 즉 성격, 건강 상태, 주변 환경 등은 물론, 성장하는 과정에서 얻어지는 모든 요소, 즉 건강, 지식, 경제 상태 등 일을 할 수 있는 능력을 말한다. 일, 즉 운동에 관한 법칙을 더 상세히 쪼개어 보면 세 가지로 나눠진다.

첫째가 '관성의 법칙'으로 정지 또는 한결같은 직선 운동은 힘을 주지 않는 한 그 상태를 지속한다는 이론이다. 이 법칙이 시사하는 바는 우리의 습관, 버릇, 더 나아가서는 인생관과 자기 철학까지 영향을 미치는 요소라고 본다. 천성이 게으르다, 원래 머리가 둔하다, 가난이 타고난 복이다, 일 개미다, 등등 우리가 흔히 듣는 얘기들이다.

아무리 선천적으로 게으른 성품을 지녔더라도 주변의 상황 변화나 어떤 동기부여 등으로 변화나 자극을 주어 새로운 변화를 추구할 수 있다는 점을 가르치는 것이다. 손에 흙을 묻히지 않고 땀 한 방울 흘리지 않고도 얻어지는 농사가 있겠는가? 책 한 줄 읽지 않고 글 한 줄 써보지 않고 공부를 잘 할 수 있겠는가?

사람 중에는 한없이 편안함만을 강조하려는 나태한 심리를 가진 자가 있지만 부단히 노력하는 실천적인 사람도 많다. 나쁜 습관이나 나태한 정신이 지속되면 그것이 버릇되고 습관화되어 행동으로 굳어져 버림으로써 아까운 시간을 낭비하게 되고 궁극적으로 인생의 황금기를 보내고 말년에 불행한 삶을 살아야 한다. 그래서 보다 나은 삶을 추구하기 위하여 성실히 일하는 습관을 갖자는 것이다.

두 번째는 '운동의 변화(가속도)에 관한 법칙'으로 일의 효율은 작용하는 힘에 비례하고 그 힘의 방향이 생긴다는 이치이다. 일을 능률적으로 지속해서 잘하려면 일에 탄력이 붙어야 하고 능력이나 힘이 부족하여 잘 안 되는 일이나 나름대로 잘하는 일일지라도 더 능률적이고 크게 발전하려면 외부로부터의 또 다른 힘이나 지원이 있어야 한다. 그것이 물질적이거나 정신적인 뒷받침이 있을 때 그것이 달리는 말에 채찍질로 작용하여 가속도가 붙어서 하는 일이 순조롭게 풀리기 때문이다.

마지막 법칙은 '작용과 반작용의 법칙'으로 일의 결과는 항상 반작용과 반대 방향이며 그들의 크기는 같다는 법칙이다. 흔히 말하는 '한 것만큼 받는다'라는 인과응보(因果應報)의 이치다.

이 세상에는 공짜란 없다. 일한 것만큼 얻어지고 베푼 것만큼 되돌려 받는다는 평범한 이치다. 우리가 사는 우주엔 가장 보편적이면서도 평등한 법칙이 존재한다. 그 법칙을 깨닫고 지키지 않고 순응하지 않으면 도태되거나 멸망한다.

결국 인생의 궁극적 삶이란 자기가, 자기를 위해, 자기 스스로 만든 노력의 결과물이라는 점이다. 한 번밖에 주어지지 않는 우리의 삶을 성실하게 일하며, 참되고 바르게 사는 것이 잘 보낸 일생이라는 점을 믿는다.

전생 이야기

　대학 동기 S군의 부음을 받고 서둘러 서울 삼성병원 영안실을 찾았다. 대학을 졸업하고 줄곧 삼성그룹에서 30년 세월을 보냈다. 평사원으로 시작하여 삼성그룹의 각 사업장에서 요직을 두루 거치는 동안 주변 사람들에게는 일하는 모습이 마치 신들린 것처럼 보였다.

　한 가지 사례를 들면 1983년도 기흥 반도체 공장을 건설할 당시 반도체 선진국에서도 18개월 걸리는 공기를 6개월에 완공한 것은 대단한 능력을 보여준 사례다. 그런 결과로 호암 이병철 회장이 자서전에서 그의 이름을 몇 차례 들먹일 정도였다. 물론 그 시절 기업 총수들은 어떤 일이건 시키는 일을 불도저처럼 밀어붙이는 속도감을 지닌 직원들을 감싸고 들었기 때문에 받는 신임만큼 출세도 빨랐다.

　그러나 호암 회장의 뒤를 이어 이건희 회장의 2세 경영체제에 들면서 일본의 기업정신인 화목과 화합을 기업경영 지침으로 바꿈에 따라 그와 함께 일한 동료나 지시 계통에 있는 후배들에게는 탐탁한 인간관계로 평가받지 못했음을 본인도 자인한 바 있다.

아무튼 1994년 그는 삼성종합화학(주) 사장을 끝으로 정년퇴직에 이어 1년간 고문역으로 지냈다. 그 시점에 《관점을 바꾸면 미래가 보인다》는 자서전적 인생관을 책으로 남겼다. 기업가로 사는 생활에서 여유로운 자유의 몸이 되자 머릿속에 품었던 자기완성을 추구하는 우주 경영의 공부를 위해 CMC(Creatia Management Consulting)이란 새로운 영역의 기업을 차렸다.

그로부터 약간의 마음의 여유를 가지게 되었는지 그가 부산으로 오는 길이 있으면 나와 함께 식사하며 허심탄회하게 인생을 회고하는 시간을 가졌는데, 자서전에는 기술하지 않은 내용이 생각나 더듬어 보려 한다.

대부분 알고 있듯이 호암은 '사람이 곧 기업'이라는 신념으로 '인간 경영'을 해온 분이다. 그래서 신입 사원을 채용하는 자리에 이름 있는 관상가를 동석시켜 사람 됨됨이를 볼 정도로 인재발굴에 철저했다는 것이다. 그와 더불어 새로운 사업에 관한 계획도 철저한 검토와 선견을 가진 분들의 의견을 듣고 확신을 가질 때 비로소 실천에 옮긴다고 전해진다.

그렇듯 신년이 되면 그룹에서 계획한 경영 및 사업안을 지참하고 일본으로 가서 관련업계의 전문가나 자신의 경영 고문의 조언을 듣고 확신을 얻은 후에야 실행하는 것으로 알려졌다.

S군도 대학 졸업과 동시에 삼성 직원으로 발탁되어 그룹 내 화학공장의 책임자로 승승장구하는 과정에서 호암의 눈에 띄게 되었다. 지금은 달라졌지만 한국의 1세대 경영자들은 밀어붙이기식의 돌격형 관리자를 능력자로 평가하고 요직에 등용하였는데, S군이 그런 스타일의 관리자였다는 점이다.

1987년 호암 회장이 서거하기 1년 전쯤, 반도체 공장 건설의 기적적인 업적 등으로 호암의 믿음과 사랑을 독차지하던 때, 회장을 수행하고 일본으로 가서 삼성의 경영 고문인 일본인 A(비공개) 씨를 소개받았다. 삼성의 미래를 위해 필요한 멤버이니 자기 사후에도 잘 보살펴 달라는 과분한 부탁을 곁들인 첫 대면을 한 적이 있었다.

그런 후로도 일에 쫓겨 틈을 내지 못하다가 충남 대산에 삼성중공업㈜의 공장 건설을 성공리에 끝낸 후 약간의 자유로운 시간을 얻게 되어 그분을 찾아갔다.

반갑게 맞아주는 그분의 초대로 자택을 방문하였는데, 지금껏 사업과 관련된 외부인을 집으로 초대한 것은 첫 인물이라고 해서 당황스러운 마음으로 안내를 받아 집안으로 들어서니 그렇게 넓지 않은 방 두 개가 이어져 있고 한쪽은 순수한 일본식 다다미방이고 하나는 현대식 거실이었다.

그야말로 소박한 일본인들의 생활상을 그대로 보여주듯 별다른 장식 없는 정갈함을 느꼈다. 그가 옷을 갈아입고 나오기를 기다리며 한쪽 벽면에 덩그러니 걸린 편액 속의 낚시하는 강태공 그림을 보고 있으려니 그 그림 속의 주인공이 500년 전에 자기라고 말하면서 자리에 앉았다.

웬 뚱딴지같은 소리를 하는가 싶어 황당해 하는데, 마침 기모노 차림의 나이 들어 보이는 사모님께서 차를 들고 들어옴으로써 어색한 분위기를 모면할 수 있었다. 차 대접에 머리 숙여 고마움을 표하는데 자기 부인을 소개하였다. 그리고 소개에 이어 덧붙이는 말에 또 한 번 놀랐다.

"이 사람과는 전생에 여덟 번이나 만났는데 그중에 네 번은 폴란드에서였다네."

그러면서 마치 '웃기지?' 하는 표정으로 쳐다보았다.

"전생에 관한 얘기는 문외한이라서…"

라며 말꼬리를 흐리니,

"그럴 것이네."

그래서 그는 타임머신을 타고 젊은 시절로 돌아가 호기심을 풀어주었다. 대학에서 철학과를 졸업할 무렵 '인생이 무엇인가?'에 대해 고민하던 때가 있었는데, 그 당시 일본에서 최고의 심령학자를 찾아가 보라는 교수의 말을 듣고 실행에 옮긴 것이 인생을 새롭게 보는 계기가 되었다는 화두로 시작했다.

무엇이 궁금하냐는 심령학자의 물음에 대뜸 '나의 전생이 어디냐?' 물었고, 그는 상세하게 전생의 고향이 어디라는 것을 가르쳐 주기에 모든 일을 마다하고 다음날로 배낭을 짊어지고 기차를 타기도 하고 걸어서 물 건너고 산을 넘어 찾아갔더니, 아니나 다를까 거기가 어릴 때 뛰어놀던 고향처럼 눈에 익은 곳임을 직감하게 되었다는 회고담과 그 길로 순수철학보다는 인간과 우주론, 거기다 신비한 심령학에까지 심취해 수많은 관련 서적을 읽었고, 한편 명상과 수행으로 전생을 볼 수 있는 혜안을 얻었다고 술회했다.

이상이 S군이 들려준 얘기였다. 그런 연후로 S군도 그와 관련된 영역에 큰 관심을 두고 엄청난 분량의 서적과 선지식들과의 교우로 직관적 창조경영이라는 새로운 관점으로 자기성찰과 후배양성에 몰입하였다.

인간은 누구나 잠재적인 직관력을 지닌다. 대표적인 과학자 아인슈타인도 직관은 '이성(理性)만 가지고는 우주의 법칙을 이해하지 못했을 것이다' 라고 실토했고, 심리학자 칼 융도 '이성의 영역 밖에 있는 어떤 것' 이라 했다.

그로 인해 자연과학을 전공한 나 역시도 논리와 합리성을 기초로 한 분석적이고 과학적인 사고보다는 직감적 사고로 해결할 수 없는 인생문제의 답을 구하기 위해 불교 공부에 관심을 두는 계기가 되었다. 아무튼 그는 아직도 해야 할 일이 많은 미래를 내다보는 선지식으로 칭찬받아 마땅한 참으로 훌륭한 인재였다.

삼성을 떠난 후《생명 내부로부터의 혁명》,《21C 회사 창조의 법칙》등의 저서를 통해 일반적인 사고를 벗어나는 생명의 문제나 우주의 네트워크를 다룬 파동설 등에 관해 세계적인 학자들과 교류하며 학문적 가치를 공유하고 말년을 보낸 늘 깨어있는 우수한 선각자였다.

아직도 할 일이 많았던 그의 빠른 죽음에 대해 의문이 가시지 않아 그가 운명하기 전 최근의 근황에 관해 미망인에게 물어봤을 때 뒷이야기가 머리에 생생히 감돌았다.

한국의 동해안에 석유가 난다는 굳은 신념을 갖고 있었고 죽기 얼마 전까지도 그 분야에 뜻을 같이하여 자원발굴에 함께할 기업가나 정부 관계자를 만나고 다녔다는 새로운 사실에 놀라움을 금할 길이 없다. 내가 아는 그의 신념은 거짓이 없었고 반드시 뒷받침하는 물증이 있었음이 분명하다고 보이기 때문이다. 이제 그가 못 이룬 대망은 후손의 몫이라는 점에서 아쉬움이 남을 뿐이다.

인명은 재천이라 했던가? 그의 갑작스러운 영면에 애달픈 마음을 안고 돌아오면서 차창에 얼룩지는 생전의 모습을 그리며 못 다한 꿈이 있다면 다음 생에 반드시 이루길 축원 올렸다.

작은 정성

내가 중국을 드나든 지가 20년이 넘었다. 그런 세월과 더불어 중국도 많은 것이 바뀌고 있다. 우선 시각적으로 하루가 다르게 넓은 길이 뚫리고 높은 건물들이 경쟁하듯 하늘을 향해 치솟는 면에서는 우리나라와 크게 다르지 않다.

그런 점에서는 우리보다 빠르다고 느껴지는 원인은 사회주의 체제의 제도적 장점이라고 본다. 사유 재산이 인정되지 않기 때문에 어떤 사업이건 정부정책으로 채택이 되면 일사천리로 밀어붙이기 때문이다. 여하튼 북경이나 상해와 같은 대도시들은 그때가 언제였는지를 모를 정도로 현대화되고 있어 한문이라는 글자만 다를 뿐이지 세계적인 면모를 갖춰가고 있으니 하는 말이다.

물론 하루아침에 이뤄지는 일은 없다. 겉으로는 그런 변화를 보이면서도 내부적으로는 바뀌는 속도가 느린 것도 있고 쉽게 변화를 보이지 않은 것도 더러 있다. 그들과 같이 생활을 하다 보면 고유한 전통문화이기 때문에도 그렇고 통제력이 강한 사회적 정부정책이 우선이라서 속도감이 다르게 느껴지는 것은 당연하다고 보인다. 사실 문화의 차이 때문인지는 몰라도 그들의 생활 속에는 빨리 고쳤으면 하는 일들도 부지기수다.

그런 가운데 바뀌지 않고 중국적인 분위기를 연출하는 생활 속의 지혜가 우리 외국인들에게는 신선한 느낌을 주는 것도 있다. 그중 하나가 아침 일찍 호텔 가까운 공원이나 주변의 공터를 거닐다 보면 많은 주민이 나와 삼삼오오 짝을 지어 운동한다는 점이다. 처음 보았을 때는 70년대 우리나라 새마을 운동이 전개될 때 주민들이 모여 국민체조를 하던 것과 유사해서 그러려니 했는데 오래 접하다 보니 그렇지 않았다.

날씨가 여의치 않은 날을 빼고는 아침 이른 시간에 노인들은 노인들대로, 젊은이들은 젊은이들끼리 모여 전통 무술이나 쿵후, 현대 무용에 이르기까지 취미 위주로 체력 단련을 한다는 점에서 중국적인 넉넉한 분위기는 물론 국민 건강을 위해서도 크게 도움이 될 것이라고 생각된다.

참으로 부럽고 우리도 본받았으면 하는 생각을 가지면서도, 쫓기듯 바쁘게 사는 우리의 생활 방식과는 다소 거리감이 있음도 느낀다. 그러나 지금도 그런 바람에는 변함이 없고 중국에 와서 며칠씩 한 곳에 머물 때는 그들과 함께 어울려 아침운동을 하고 있다.

또 하나 자랑하고 싶은 일이 있다. 중국의 M사의 기술고문으로 일을 시작하게 된 2005년 이후 단골인 된 허베이성 헝수이시 한복판에 있는 양광(阳光) 빈관에 관한 얘기다. 지금껏 아무리 못 가도 매년 서너 차례씩은 꼭 투숙하는 단골 호텔이다. 호텔의 등급을 정하는 별이 많이 붙은 호텔도 아니지만 비즈니스맨들이 머물기에는 불편이 없는 아늑한 호텔이다.

그런데 이 호텔에서는 객실을 포함해 화장실 청소를 마치고 나면 언제나 한결같이 하얀 대리석 변기 내에 빨간 카네이션 꽃잎 두 개를 띄워 놓는다. 처음 변기 뚜껑을 열고 볼일을 보려고 하면 일단은 망설여질 정도로 너무 아름다운 그림으로 다가든다.

모르긴 해도 잠시이지만 그 입장에 당한 사람들 모두가 그런 뉘앙스를 느끼지 않을까 생각이 든다. 사실 그게 대단한 일도 아니라고 생각할 수도 있지만 투숙객 대부분에게는 너무 좋은 인상을 심어주는 이벤트임은 분명하다.

'고객님을 위해 정성껏 청소를 잘 마쳤습니다' 라고 말하면서 '편안한 시간 보내십시오' 하는 꽃잎의 미소가 담긴 사랑스러운 속삭임으로 들린다.

작은 정성 하나로 이처럼 고객에게 만족을 주는 일은 장소나 시간을 가리지 않아야 한다는 점에서 인상 깊게 여겨진다.

정년 없는 삶

사람은 먹고 살기 위해서 일을 해야 한다. 죽는 날까지는 먹고 살아야 하기 위한 수단이 일이다. 그러나 인간의 노동력에는 한계가 있고 또 사회적 보장 그 기준은 나이에 둔다. 사회적으로는 직장이라는 틀 속에서 고용을 창출하는 경제적 활동을 통해 받는 대가로써 가족과 자신의 현재와 미래의 삶을 살다가 정년이란 사회적 법과 제도적 장치를 통해 공식적인 일자리에서 은퇴하게 된다.

문제는 그 이후의 문제이다. 서양과는 달리 동양에서는 인륜에 맞고 도덕적인 전통으로 가족이란 모임살이 측면에서 자식들이 그 뒤를 이어 가족 부양이라는 책임을 대물림 받지만 전부가 그런 것은 아니다. 또 사회적 보장제도가 있어 어느 정도는 뒷바라지가 될지라도 충분하지는 않다는 점이다.

그렇듯 오늘날에 와서는 인간의 수명이 늘어나고 저출산을 선호하는 추세여서 경제력을 가진 젊은층은 줄어들고 노령층은 빠른 속도로 증가하는 추세라서 사회적으로 긴급히 해결해야 할 국가적 문제점으로 대두되고 있

박경기 모듬창작집 | 벌거벗은 나를 바라보라

다. 그런 측면에서 국가는 저출산 고령화 사회에 대한 정책으로 고용과 복지문제 등을 최우선 과제로 채택하고 있다.

구미사회에서는 정년을 맞이한다면 축하한다는 인사를 한다. 상대방도 으레 그 뜻을 고맙게 받아들인다. 그러나 오늘날에 와서는 그런 풍속도 달라진 것은 사실이다. 직장과 가정이라는 두 집 사이를 오가며 살다가 나이가 많다는 이유로 한쪽에만 갇혀 살게 되는 것이 정년이다.

사실 차이는 있겠지만 경제적 활동을 할 수 있는 능력이 없어지는 게 아니라 법적 제도적 장치 때문에 차단되는 것이기 때문에 규칙적인 직장생활을 하다가 정년퇴임을 하고 생활의 변화가 생기면 정신적, 육체적으로 예상치 못했던 엄청난 스트레스를 받게 된다.

얼마간은 그동안의 주어진 틀 속에서 벗어난 기분에서 비록 백수일망정 자유를 만끽하는 여유로움도 누리겠지만, 그러다 시간이 지나면 예상치 못했던 소외감을 느끼기 시작한다. 자의나 타의로 서로의 소통과 연결도 뜸해지고 점차 관계가 소원해지거나 단절되면서 남은 인생을 어떻게 보낼 것인가라는 난제 앞에 힘들고 괴로운 고통에 시달리기 마련이다.

그렇게 우리는 날마다 늙어가고 있다. 바야흐로 백세시대. 노년이란 규정이나 정의가 명확하지 않기 때문에 능력이나 건강에 따라 미취업자일 수도 있고 백수일 수도 있다. 그에 따라 웰빙만큼 편안한 죽음도 중요해지는 시점이다.

사실 기대수명이 백세를 내다보는 시점에서 60대는 청년이나 다름없는 나이이다. 사회적으로 규정된 조건에 의해 외면 받을지언정 개인적으로는 건강상 문제가 없다면 얼마든지 경제적 활동을 통해 자기 욕구를 실현하는 데 장애가 될 아무런 이유가 없다는 점에서 인생의 정년은 한정 짓기가 어렵다고 본다.

그런 중에도 정년 이후에도 마땅한 일을 한다는 것, 할 일이 있다는 것, 그것은 축복이다. 마치 고목이 싹을 틔우고 거기에 더해 꽃까지 피우는 것처럼 마음속에 있는 꺼져가는 불씨에 바람을 불어넣는 행복한 순간이다.

우리 회사가 거래하던 미국의 CW사는 그런 사회적 문제에서 우리에게 시사하는 바가 있어 소개하고 싶다.

정밀화학 분야의 화학제품을 생산하여 국내외에 판매하고 있을 무렵, 그동안 일본 상사를 통해 수출을 해 왔는데 1990년대 후반 들어 미국의 한 업체로부터 판매 대행을 맡겨달라는 거래 제의가 있었다. 그래서 서로 방문을 통한 합당한 조건에 따라 계약이 성립되었고, 한동안 좋은 파트너로 발전해 나갔다.

몇 년간의 시간이 지나면서 양 회사간의 물적, 인적 교류도 빈번하게 되어 그들이 구축한 미국과 캐나다의 거래처들을 직접 방문할 기회를 얻었다. 뉴욕의 JFK국제공항에 내리니 올해 68세인 CW사 사장 C씨가 마중 나와 손수 차를 몰고 뉴욕의 변두리 도시인 스탠퍼드 사무실로 갔다.

사무실에 들어서니 5,6명이 전부인 백발의 낯익은 얼굴들이 반긴다. 3년 전에 우리 회사를 방문한 바 있는 75세인 W회장을 비롯한 기술담당 J씨, 그리고 홍일점인 데다 가장 젊은 50대 후반의 경리담당 겸 비서인 B여사 등 한결같이 즐거워 보이는 반가운 만남이었다.

CW사의 인적 구성은 참으로 이상적이다. 얼추 고만고만한 나이인 60대 후반에 퇴임한 전문가들로 회사를 꾸린다는 발상은 기존의 관습을 깨부수는 일이다. 모두가 지금 취급하고 있는 정밀화학 제품을 생산하거나 사용하는 회사들에서 영업, 생산, 기술 분야에서 몇십 년씩 근무하다 정년퇴직을 한 분들로서 그들이 맡은 분야에서는 누구 못지않은 전문가들이라는 점이다.

며칠을 그들과 함께 미국과 캐나다 거래처를 오가면서 느낀 점은 그들이 보여준 진실한 삶의 자세였다. 우리가 살아가면서 때로는 잘못 판단하는 것은 모르는 것이 아니라 안다고 생각하는 선입관을 갖고 있기 때문이라는 사실을 깨달았다. 결국 나이가 중요한 변수가 될 수 없다는 점이다.

세상에는 진취적이고 발랄한 활기 넘치는 젊은 경영인들이 운영하는 회사도 많은데 왜 하필이면 늙은이들의 회사와 파트너가 되어 거래하려고 하는가에 대해 아무래도 께름칙하고 번지수를 잘못 짚은 것 아닌가 하는 우리 측 임원들의 선입관들로 의견이 분분했던 것도 사실이었다.

아무튼 꼰대들인 그들과 함께 현지 거래처를 방문하면서 느낀 점은 첫째로 인간관계였다. 퇴임하기 이전에 같은 회사에서 한솥밥을 나눴던 선후배 간의 인연이 중요한 요인으로 작용하는 점이었다. 다음으로는 같은 분야에서 수십 년 기술직에 근무한 경험적 전문지식이 때로는 문제해결에 빠르고 유익한 자문 역할이 될 수 있다는 점이었다. 그 밖에도 내외부에서 변화하고 있는 해당 분야의 전문정보를 얻을 수 있고 또한 공유하는 창구 기능이 된다는 점에서 바람직한 회사의 구조라고 보았다.

사실 그들에게 남은 시간은 일을 통해 얻는 행복 그 자체로 보였다. 더는 돈이 목적이 아니고 할 수 있는 가능한 일을 하는 즐거움과 일을 할 수 있다는 끈기로 활기찬 신념으로 노년을 보내고 있었다. 그들이 추구하는 삶과 행복은 택배 상자에 고이 넣어 배달되는 물건이 아니라는 점을 보여주었다.

70이 다 된 노구에 진종일 차를 몰고 거래처를 방문하고 보청기를 끼고 청각을 곤추세우며 VIP들과 만나 장시간 상담을 한다는 것을 참으로 힘든 일일 텐데….

이번 휴가 때는 어부인과 함께 유람선을 타고 유럽 지중해 연안의 관광을 가는 계획을 세웠다며 만족한 웃음을 띠며 자랑하는 모습에서 행복함이 함박꽃처럼 피어났다.

진짜로 우리가 함부로 버리는 오늘이 어제 죽은 자들에게는 그리도 살고 싶었던 내일이라는 것을 확신시켜 주었다. 얼마나 오래 살았느냐보다는 어떻게 살았느냐가 중요하다는 느낌 속에 우리도 그렇게 정년 없이 일하는 인생을 살고 싶다는 욕망을 갖게 해준 출장이었다.

연산동 엘레지

　연산동은 부산 서면에서 출발해서 양정고개를 넘으면 동래에 이르기까지 넓은 벌판인데 최근 몇 년 사이에 개발이 되면서 연산동을 지나 온천장까지 4차선 큰 길이 나고 연산동 로터리가 생기면서 드문드문 길 따라 건물도 들어서고 다소 활기를 띠게 되었다.

　우리 회사는 로터리에서 1km 남짓 떨어진 토곡이라는 나지막한 산 아래 자리 잡고 있어 다소 외진 곳이었다. 막상 길은 뚫렸어도 포장이 안 된 처지라 비가 오면 온통 펄밭이 되어 걸어 다니기조차 힘든 처지였다.

　그래서 '마누라 없이는 살아도 장화 없이는 못 사는 동네'라고 입에 오르내릴 정도였다. 비가 제법 내렸다 하면 회사로 들어오는 짐차들이 펄에 파묻혀 오도 가도 못하게 되고 그럴 때면 전 사원들이 하던 일을 멈추고 차를 건지느라 총출동을 하곤 한다.

　회사에서 조금 떨어진 곳에 동래에서 토곡과 수영으로 가는 길목에 동래천을 잇는 큰 다리(토곡교)가 있다. 우리는 그 주변 마을을 다리거리라 부르는데 다소 사람들의 왕래가 분주하다 보니 자연스레 형성되는 것이 간이주점이고 식당들이다.

오늘은 토요일이라 회사업무를 반나절에 다 마치고 나서려는 참인데 일용직인 공원 반장이 나더러 한잔하러 가잔다. 오후에는 별다른 일정도 없어 그의 청에 기꺼이 응했다.

직장생활에서 계급이라는 것은 눈에는 보이지 않는 모름지기 구분을 짓는 가름막이 있는 게 사실이다. 몇 푼의 일당으로 살아가는 그들에게는 우리처럼 정규대학의 교육을 받고 기술사원으로 취직해서 윗자리에 있는 엘리트하고 술이라도 한잔한다는 것은 쉽지 않은 기회다. 실제로 지금껏 상사들이 그들을 따뜻이 대해 주지 않고 위에서 군림하는 자세로 다스려 온 것이 사실이었음을 익히 안다.

어떤 상사는 군대식으로 공원들을 다스리고, 나이에 무관하게 귀싸대기를 올려붙이거나 작업화를 신은 채 발길질을 하는 비인간적이고 몰상식한 일을 스스럼없이 저지르는 경우가 없지 않았다. 목구멍이 포도청이라고 했던가? 직장 근무가 하루살이 목숨처럼 여겨질 정도로 모든 게 상사의 기분에 달린 것을 어디에다 하소연할 수 없는 현실이 안타까울 뿐이다.

그런데 내가 이 회사에 와서 어느 정도 능력을 인정받아 현장에 나가 그들의 작업을 진두지휘하게 되면서 따뜻하게 대해 준 것이 개인은 물론 회사 내의 분위기 조성에 큰 효과를 얻고 있음을 안다. 특히 공원들이 많이 모여 사는 회사 뒤편에 있는 뒤거풀이란 동네는 10여 채 남짓한 자연부락인데 나도 거처인 하숙을 이곳에 두었기 때문에 그들과 어울려 술자리를 같이하는 경우가 빈번하게 되어 그들도 나를 알고 나도 그들의 입장을 잘 알기 때문이다.

혹 간에는 상하의 위계질서가 없어진다고 어울리기를 꺼리는 동료들도 있다. 비록 공원이긴 하지만 그들도 동료이고 인격체라는 점에서 상사나 간부티를 내지 않고 자상히 지휘 감독하리라는 신념으로 일해 왔고, 상사라고 술대접을 받기만 하지도 않았고, 응당 나이대접도 해 줌으로써 그들 역시 허심탄회하게 나와 어울리려 들고 나도 그들의 고충을 이해하면서 동료로서의 격의 없이 살아간다는 초심을 지켜왔다.

오늘 모임에는 사내 주도권을 잡은 노장팀으로 나보다 두서너 살씩 나이가 많다. 마음이 맞는 10여 명으로 청송회라는 친목 동아리의 회원이다. 자격은 사내 일용직 사원으로 회사 제품이 영문으로 표기되기 때문에 다들 중졸 이상이라야 한다.

가까이에 놀이시설이 없고 놀이를 즐길 경제적 사정이 허락되지 않는지라 퇴근 시간이면 꼭 한잔하고 귀가하는 주막이다. 어쩌면 술 한잔 마시는 것이 하루를 사는 낙이기도 하다. 술판을 벌이는 곳은 지정된 곳이 있다. 왈 단골 주점인 '곰피홀'이다.

왈 '곰피홀'이란 주점의 아줌마는 별 예쁘지도 않은 40대 초반의 과부로 비가 오면 빗물이 콧구멍으로 안 들어가냐고 물어볼 정도로 들창코이다. 그렇게 아줌마를 놀려먹어도 씩 웃기만 하는 아줌마의 인성은 Y동 들판처럼 넓다. 그런 질 낮은 농담에도 아랑곳하지 않고 평소에 술을 팔아주는 것만으로 감지덕지하는가 보다.

이 '곰피홀'이란 애교 있는 이름도 우리 팀들이 지어준 것으로, 술을 마실 때마다 따라 나오는 고정 메뉴가 해초류인 곰피이기 때문에 주어진 이름이다. 아무튼 알맞게 익은 멸치젓에 찍어 먹는 곰피 맛은 그런대로 일품이었다.

다 같이 잘 먹고 잘 마신다. 서둘러 권커니 자시거니 하다 보니 반술이나 되었다. 술을 마셨다 하면 말술을 마시는 그들인지라, 이 '곰피홀'에서 저지른 일에 대한 뒷말이 많다. 그중에서도 오늘은 술 좋아하기로 이름난 시인 B씨의 이야기가 주를 이룬다. 그는 남이야 제 얘기를 하건 말건 그저 술만 마신다.

그는 한 잔을 마시거나 열 잔 마시거나 취한 상태는 언제나 마찬가지다. 그는 술만 들어가면 즐겁다. 시가 나오고 욕이 나온다. 오늘도 그들의 이야기를 들으니 과붓집에서 덜 반기는 손님으로 통한다. 행패를 부리는 것은 아니지마는 술 취한 뒤에 행실이 마음에 안 든다는 것이다.

일전에는 여럿이 술을 마시고 취해서 밖에 나가 소피를 본다는 것이 과부댁 연탄아궁이에다 실례해서 연탄불을 다 꺼버렸다니 배꼽을 잡고 웃지 않을 수 없다. 남들이 그의 기형에 가까운 술버릇에 대해 재미있어 하는데도 씩 웃기도 하고, 추임새처럼 계속 쌍시옷과 피읖자의 발성을 토하며 비스듬히 앉아 술잔만 기울인다.

그동안 한쪽에서 지켜본 B시인은 법 없이도 살 사람이다. 사무직에라도 옮겨 다소 편한 일을 권해도 마다하고 현장에서 일용직 근로자로 땀을 흘리며 궂은일을 하겠다며 자기 소임에 충실한 것을 보면서 욕심 없는 삶을 사는 민초의 길을 걷는 문학인임을 느끼면서 한편으로는 연민의 정을 느껴온 터다.

또 한편으로는 문학을 좋아하는 나로서는 또 다른 문인들에게서도 보아왔듯이 시인이 되면 저러는 것이 멋일까 할 정도로 일반인들에게는 기형적인 굴곡된 삶의 태도로 느껴져 문학인의 맛과 멋이 헷갈리는 기분을 느껴지기도 한다.

아무렴, 이러고 하루하루를 산다. 우리 회사가 색소를 만드는 회사라서 그런지는 몰라도 색(色)을 만지는 사람은 술을 좋아하는 게 아닌가 느껴질 정도로 내 주위에 있는 사람들이 술꾼들이다. 빛깔도 색이고 여자도 색이고 술도 색이다. 예부터 즐기되 빠지지는 말라 했건만, 그것이 말과 행동을 일치시키지는 못한다.

술이 유죈가, 사람이 유죈가 모르는 속에 하루를 산다. 그러나 힘들게 하루 벌어서 먹고 사는 사람들에게는 술이 아니면 별다른 낙이 없어 보인다. 그늘진 삶에 어서 봄빛이 찾아왔으면 하고 바라는 B시인의 '봄이 오면' 이란 노래가 시린 가슴을 파고든다.

봄이 오면

바람 불고 어둠이고 겨울이다.
바람 그치고 어둠 걷히면 봄이 오리라.
봄이 오면 님이여! 그대 눈물 글썽이리라.
그대 글썽이는 눈물 그대로 세상을 보면
그대 눈물 그만큼 세상은 밝아오고
임이여, 그대 눈물 그만큼 그 빛깔만큼
세상은 또 그만치 살고 싶어지리라.
한결 더 살고 싶어지리라.

삶을 바꾼 우연한 기회

삶을 살다 보니 생각지도 못한 우연한 일로 인생의 진로가 바뀌는 경우가 몇 차례 있었다. 오늘이 마침 스승의 날이라서 안부를 묻는 제자의 전화를 받고 지울 수 없는 그때 있었던 한 토막 인생 드라마를 생각해 본다.

1960년대 후반 대학을 갓 졸업하고 마땅한 직장도 얻지 못한 데다 정신적으로 불안한 속에 몸까지 시들어 할 수 없이 고향으로 내려가 휴식을 겸한 심신을 추스르고 있던 때였다.

마침 때가 2월 말이라 내가 졸업한 중학교에 결원이 생겨 인사채용을 해야 할 상황이라는 정보를 얻고, 교장으로 계시던 먼 친척으로 아저씨뻘 되는 분을 만나 당분간 후배들을 가르쳐볼 의사를 밝혔다. 물론 사립학교인 데다 정식으로 정교사 자격자를 모셔오기가 힘든 재단 이사장도 임시직 강사라는 조건부 발령을 내렸다.

그렇게 해서 시작한 '선생님'이란 칭호가 귀에 익어 3년의 세월이 게 눈 감추듯 지나갔다. 물론 적성에 꼭 맞지는 않지만, 큰 욕심 없이 배필만 잘 만나면 그럭저럭 살 수 있는 직업 같기도 하다는 생각이 들 때도 있었다.

그러나 4년간 대학에서 익힌 전공과는 사뭇 다른 데다 보다 넓은 안목에서 보면 지금의 교직생활은 임시방편에 불과하다는 것을 차마 지울 수 없어 늘 허전하고 불안한 시간일 수밖에 없었다. 언젠가는 정식 교원으로 채용이 될 수 있겠지만 3년이 지나도 재단 이사장은 내 심중을 알 듯 정교사로 채용하려 들지 않는 점 또한 새 직장을 얻어야 한다는 신념을 돋우는 데 한 몫을 했다.

1학년 때 담임을 하던 학생들이 3년의 중학 과정을 마치고 졸업을 하고 나니 허전함은 이루 말할 수 없는 고독과 자괴감에 빠져드는 2월 말이었다. 이때쯤 3월 새 학기가 시작되기까지 약 1주간의 춘기 방학이 있었다.

물론 꿈에서도 그리던 현실에서의 탈출이라는 좋은 기회를 그냥 보낼 수는 없었다. 다른 날보다 일찍 종무식을 끝내고 각자 계획에 따라 가족과 함께하기 위해 인사를 나누고 서둘러 뿔뿔이 문을 나섰다.

나 역시도 다음 날 새벽, 부모님께 인사를 드리고 정시에 움직이는 시골버스를 타고 여수와 부산을 오가는 여객선 터미널에서 배에 올랐다. 바로 오라는 소식이나 딱히 계획된 목표가 있어 실행하는 여행은 아니지만, 그러나 많은 친구가 있고, 기다리는 여인이 있고, 머무름에 부담 없는 형님네가 살고 계시기 때문이다.

그래서 취직정보도 얻고 만날 사람도 만나 새로운 삶을 위해 스스로 부닥치고 몸부림쳐야 할 실정이기 때문에 더욱 절실한 여행길로 여겼다.

아무튼, 그렇게 해서 바쁜 일정을 보내고 있던 3일째 되는 날, 고향으로부터 반갑지 않은 소식이 전해졌다. 지금 같으면 핸드폰이나 유선상으로 금방 알려질 일이지만 그 당시로는 급한 일이 아니고서는 인편으로 전해 듣거나 편지로 통하는 길이 최선이었다. 내용은 그랬다.

하루라도 더 머물고 싶은 심정에 부산으로 오면서 배당된 숙직을 서무담당 C선배에게 인계하고 숙직비와 함께 숙직계 장부에 완전 인수인계 절차를 마쳤는데, 그날 밤 학교 교무실에 도둑이 들었다는 것이다.

사실, 2월 말이면 학교마다 신입생들의 입학전형을 거쳐 합격자로부터 입학금을 받았다. 지금처럼 은행에 직접 내는 방법이 아니라 일단 학교에서 입학금을 받아 하나밖에 없는 농협은행에 입금하는 것이 일반적인 관례이었다. 그래서 거금을 도둑질당한 학교에서도 마감일에 미처 은행에 입금할 시간을 놓치고 학교 서무실 철제 캐비닛 속에 보관했던 것이 화근이 된 셈이었다.

경찰 조사 결과를 전해 들으니 교무실 큰 유리창을 깨고 침입한 후, 교무실 내에 세워둔 교기 및 각종 우승 깃발을 세워두는 깃대의 윗부분에 창처럼 뾰족한 깃봉으로 양철로 된 캐비닛을 찢는 범행 수법을 동원했다는 것이다. 요즘 같으면 어지간한 관공서는 묵직한 철제 캐비닛이 준비되어 있어 화재나 도둑으로부터 주요한 서류나 금전적 안전을 도모할 수 있지만, 그 시절에는 사회적으로 큰 범죄도 적었거니와 허술한 보안에 대한 경각심도 적었을 무렵이었다.

범행을 저지른 수법으로는 대담하지만 입학금이 보관되어 있으리라는 돈의 흐름을 알고 있다는 점에서 내부자와 관련된 소행으로 보는 측면도 있어 관련이 있는 서무담당자와 학교 책임자, 심지어 숙직근무자에까지 불똥이 튀는 소란으로 시골 마을이 야단스럽다고 했다.

사실, 지금은 학습을 제외한 업무는 별정직을 채용하거나 경비업체에 넘겨 교사들의 업무가 줄었지만, 그 시절에는 남자 직원들에게만 순번을 정해 숙직을 통한 자체 경비까지 했으니 직원 수가 적은 사립학교에서는 2주일에 한 번꼴로 차례가 돌아왔고 총각 선생의 경우는 대리 숙직을 도맡아 하는 때도 있었다.

말은 학교 내외의 야간에 있을 만한 안전을 스스로 예방한다는 차원에서였지만, 숙직 당번을 실행하는 처지에서는 글자 그대로 '곧게 발 뻗고 자는 일'이 되기 일쑤다. 보통 네 시간 이상의 수업을 하며 고된 하루의 일과를 마치고 초저녁에 지정된 장소를 둘러보고 나면 한밤중이나 새벽녘에 깨어나기가 힘들기 때문이다.

　이번 사고를 미뤄보면 학교 교무실과 숙직실은 별도 건물로 100여 미터 떨어져 있어서 여간 소란이 있어도 모를 위치이고, 특히 추운 날씨에는 창문이 닫혀 있어 더욱 인지가 어려운 실정이란 점이다.

　아무렴, 그런 소동이 나에게는 큰 충격으로 다가왔다. 상상만 해도 끔찍한 일이었다. 설사 내가 차례로 숙직 당번을 섰더라도 고스란히 당하고 말았을 사항이었다. 그런 점에서 나에게는 다행스럽게 운이 좋았다면, 대신 당직을 맡았던 H선배님에게는 불행한 액운이 닥친 셈이다. 과연 이것이 우연일까? 어떻게 보면 인생은 우연한 일로 점철되는 역사 속에 큰 변화를 겪게 된다는 생각을 떨쳐낼 수가 없다.

　그런 일을 당하고 3년 세월을 보낸 학교에 사직서를 내었고, 새 직장을 얻기 위해 더 가속도를 붙여 고전분투 끝에 두 달 만에 전공분야에서 일의 보람을 찾는 기회를 얻는 계기를 맞았다. 지금 생각해 보면 그때 있었던 사건이 아니었으면 내 인생은 과연 어떤 길을 걸었을까?

III

서간문

벌거벗은 나를 바라보라

한 해를 보내는 마음

S여사님!

또 한 해가 저뭅니다.

인생의 60대는 해(年)마다, 70대는 달(月)마다, 80대는 날(日)마다, 90대는 시간마다, 그리고 100세는 분(分)마다 늙는다는 말이 실감이 납니다.

새해가 시작될 때에는 결심도 많았지만 막상 마지막에 뒤돌아보면 늘 아쉬움이 남는 한 해였습니다. 하고 싶었던 일들은 많았는데, 꼭 이뤄야 했던 일은 그리 많지도 않은 채, 또 새로운 결심을 해야 하는 시점이 되고 맙니다.

꼭 실행하지 못할 새로운 결심이란 가장 무의미한 행위라고 했습니다. 결심만으로는 아무것도 바뀌지 않기 때문입니다. 모든 위대한 일은 작은 실천에서 출발한다는 사실을 알면서도 말입니다.

그래서 결단을 내리는 데 시간이 걸리는 사람보다도 결단을 내린 뒤에도 실행에 옮기는 데 시간이 걸리는 사람이 비난받아야 할 대상이라고 했나 봅니다. 하긴 새해가 되니 지난해와는 달리 새로운 것을 추구하고 지향하는 것이 우리의 기본적인 마음 아니겠습니까?

우리는 늘 새로운 바람과 변화를 원하기 때문에 어제보다는 내일에 기대를 거는 것이라 봅니다.

사실 새로운 꿈이 펼쳐질 것이라고 기다리던 '오늘' 이란 어제 죽은 사람에게는 그토록 기다리던 '내일' 이었다는 사실을 알면서도 우리는 닥쳐올 내일에 많은 꿈을 기대하고 사는 것이 현실입니다. 그러니 내일보다는 오늘에 만족하고 오늘을 더 보람 있게 살아야 한다는 사실을 알아야겠지요?

누구는 이런 말을 했습니다. 인간을 바꾸는 방법은 시간을 달리 쓰는 것, 사는 곳을 바꾸는 것, 새로운 사람을 사귀는 것이라 했습니다.

말은 쉬워도 하루아침에 바꾸기 힘든 습관이고 실천하기 어려운 일들로만 생각됩니다.

살아갈 날보다 남은 날이 적기 때문에 단념하거나 포기해서가 아니라 모든 일에 자신이 줄어 들어감은 숨길 수 없는 숙명적인 일인 것 같습니다.

올 한해도 고마웠습니다. 마무리 잘하시고 또 새 희망 속에 새해를 맞이합시다.

끝으로 기원하고 싶은 얘기는 '우리 행복의 십중팔구는 건강에 좌우되는 것이므로 건강하기만 하면 모든 것은 기쁨의 씨가 되고 즐거움의 원천이 된다' 라는 쇼펜하우어의 말이라 여깁니다.

소토정에서

▌답글

여유 있는 삶

흰 눈이 내리면
목이 긴 유리잔에
붉은 포도주를 담고 싶다

우정과 사랑의
분간도 없던
그 소녀 시절에 잠기는 건

춤추듯 내리는
3월의
함박눈 때문이다.

서울 관악산 아래서 HS. S

▌후기

S여사는 미국 국적을 가졌고, 미국의 W의과대학 신경마취과 전문

의 L교수의 부인으로 중국을 오가며 1달러짜리 액세서리나 인형을 생산해 미국 시장에 내다파는 당차고 쾌활한 성격의 여걸이었다는 게 첫인상이다.

그러다가 중국 현지에서 나와 같은 업종에 투자한 것이 인연이 되어 소개받았고, 방학 때는 남편과 그 가족들이 우리 내외와 어울려 중국 양쯔강 크루즈 여행을 일주일간 하면서 인연을 이어갔다.

문학소녀처럼 감성이 풍부했고, 한국 방문시에 서울 나들이하러 가면 천상병 시인의 부인이 운영하던 찻집 '귀천'에도 자주 들렀다.

그러다가 몇 년 후에 황혼이혼을 하고 각자의 노후 생활을 한다면서 L성씨로 불러 달라고 했다. 슬하에 아들과 딸도 있고, 시집 장가도 보냈다.

남부러울 것 없이 여유와 자유시간을 만끽하며 인생을 즐겁게 산다. 그런저런 인연으로 생각이 나면 글을 보내온다.

가을이 머무는 곳에

L여사님!

가을은 참으로 다양한 얼굴을 가집니다. 누구에게는 시심을 읽게 하고, 또 다른 사람들에게는 아름다운 추억을 갈무리하는 계절로 왔다가 더러는 아쉬움을 남기는 계절이기도 합니다.

고추잠자리 떼가 해바라기를 맴돌고 꿀벌이 날아와 얼굴을 핥아도 온종일 발돋움으로 담장 안을 넘겨다보고 서 있는 해바라기의 모습은 변화가 없습니다.

그런 정경에 넋을 잃고 한참을 바라다보는 마음에 갑자기 그리움을 느낍니다.

정다운 사람과 따스한 대화를 나눌 인정이 그립습니다.

시간은 머물고 있는데 나만 가야 하는 나그네인가?

아님, 시간은 가고 있는데 나만 머무는 것인가?

시간과 내가 같이 가는 길동무인가?

내 의문을 알고 있을 것 같은 푸른 하늘은 끝내 대답이 없습니다.

조금 있으면 겨울이 오고, 또 새로운 봄과 여름이 번갈아 우리 곁에 머물며 지나갈 것은 뻔한 이치입니다. 그 중의 가을이 지금 우리 곁에 와 있음을 말하는 것입니다. 사람들은 가을을 수확과 결실의 계절이라 노래합니다.

그러나 그처럼 다양한 변화와 사상 속에 환희와 풍요를 느끼는 시간도 잠시, 곧 낙엽이 지면서 몰고 올 허무함이 기다리고 있음을 우리는 잘 압니다.

그런 순차적인 대자연의 바퀴가 맴도는 동안, 나는 아무런 셈도 헤아리지 않고 그저 이만큼 와 있음에, 그리고 내 머리 위엔 하얀 서리가 더 많이 내려있음을 당연하게 여길 뿐, 예전처럼 옆자리에 앉아 오손도손 따스한 정담을 나누던 주인공들이 하나씩 점차 소원해져 감에 별로 개의치 않는 자세로 살고 있음이 과연 참다운 삶인가를 생각해 보는 시간입니다.

이 땅에 와서 내게 주어진 산다는 기간 동안, 남과 더불어 보람을 갖거나 달갑지 않은 연기를 통해 많은 주인공이나 조연의 역할을 하면서 살아왔건만, 나 역시 한 잎의 낙엽으로 되돌아갈 것임을 깨닫습니다.

먼 길을 가는 나그네에게 좋은 길동무가 되겠다는 소녀의 마음으로 이 글을 씁니다. 이웃하는 모든 이들에게 목마름을 축여주는 끊임없이 솟아나는 좋은 샘물의 활약을 기대하며, 좋은 계절에 많은 수확이 있으시길 빕니다.

정족산 기슭 소토정에서

▮ 답글

안녕하시지요?
가을이 성큼 다가온 것이 왠지 처음처럼 보이고 느껴지는 건 웬일인지요?

활달하신 부인과 전원생활에 익숙해지셨는지요?

내게 일생 바램이던 나의 노후의 전원생활은 자꾸 일로 생각되니, 잘 안 가고 있어요. 생각은 아름다우나 마음과 율동이 이제 나도 노인이라고 핑계를 대곤 합니다.

짧은 세월도 아니었으면서도 지난 세월 뭘 그리 바삐 살았는지….

누가 시킨 것도 아니었으니 후회 없지만 가끔은 나를 위한 세월이 있었나 하는 아쉬움이 있으니 그것도 노인 된 거라고 밀어붙이죠.

J가 백혈병으로 세상을 떠나고 그의 변호사 사무실과 맡은 사건들과 함께 정리하는 데 좀 시간이 오래 걸리나 거의 끝나갑니다.

나는 그 사이 놓았던 일손이 정신줄까지 놓이는 것 같아 올 5월에 워싱턴 문화촌에 작은 건물을 사서 가끔 그림을 그리고 있습니다.

쓸데없고 부질없어도 몰두할 시간을 갖는 편안함이 있어 완벽한 노후라고 자랑하지요.

향후 5년을 사회 속에 올라있는 내 이름을 정리하는 계획과 희망을 정하여 실천하고 있으니 아직은 일이 남아있어 건재해야 한다고 다짐합니다.

훌훌 털고 날으듯 떠날 수 있는 살풋한 노후를 기대하지요.

건강합시다.

USA에서 S.H Jim

탈고를 마치고

L사장 그리고 K사장님!

둥글고 큰 달을 쳐다보며 절간으로 행하는 산보길이 차가워서 늦은 봄을 탓하려는데 길목에는 화사하게 핀 꽃들이 반겨주더군요. 개나리, 목련화, 벚꽃— 아직은 손발이 시린데…, 봄은 봄인데 아직은 봄이 멀었다는 옛 사람의 표현이 실감나게 하더군요.

어제로써 몇 년 동안 벼르던 일을 겨우 끝내고 가벼운 마음으로 산에 올랐습니다. 1,000여 페이지에 달하는 《실용 유기안료》(I, II)의 책 두 권을 품에 안았습니다. '안료(顔料)'라고 하면 일반인들에게는 생소하지만, 색을 내는 물질이라고 설명이 따라야 이해할 화학제품이기에 그것을 연구하고 만들며 그 분야에서 40년간을 일한 전공 분야이기에 남보다 애살이 많았습니다.

또한, 불모지라 할 정도로 문헌, 정보, 기술도 부족한 가운데 이 산업계와 후배들을 위해 올바른 지식과 자료가 될 만한 전문서적을 만들어야겠다는 굳은 결심을 저버리지 않았고, 그동안 많은 자료를 모았던 것을 생각하면 가슴 벅찹니다.

누가 칭찬하고 알아줄 일도 아닌데, 그리고 돈 생기는 일도 아닌데…, 그러나 마음은 뿌듯함에 젖고, 그럴 수 있었음에 힘과 용기를 주신 여러분께 모두 감사드리는 마음에서 이 글을 드립니다.

시작이 반이기도 하였지만, 이 업계나 분야에서 일하는 사람들에게는 그나마 길잡이 노릇을 할 수 있으리라는 희망은 컸지만 이런 엄청난 일에는 역시 경제적인 비용문제가 발목을 잡았습니다.

그동안 20여 년간의 대학 강의를 위해 《색재료 산업공학》, 《화학공장 기본설계》, 《기능성 도료 기술》 등 몇 권의 전문서적인 대학교재는 대상자가 정해져 있어서 집필하는 노력으로 보람을 느꼈지만, 이번 발간은 정신적인 면보다 경제적인 버거움이 있었습니다. 일단 발행과 더불어 협찬해 주신 덕분으로 이 업계에 종사하는 분들에게 다소의 도움이 되어주었으면 하는 소망이 이뤄져 마음 뿌듯합니다.

L사장님! 같은 일을 하면서 무엇인가 조금이라도 빠르게 가르쳐 드리고 싶었던 마음은 진정이었습니다. 훌륭한 그 마음 모두를 위한 것임을 자랑합니다.

그리고 작년에 작고한 오랜 친구 H사장을 대신해 큰 보탬을 주신 K여사님께도 감사를 드립니다. 다만 '친구야! 보람 있는 일에 수고 많았다' 라는 진심 어린 칭찬 한 마디를 끝내 듣지 못함이 못내 아쉬움으로 남습니다.

'오늘' 이라는 시간은 정말 소중한 선물입니다. 다시 한 번 살아 있음에 감사하고 같은 시공간을 살며 맺게 된 참 인연에 무한한 소중함을 느끼면서 더불어 사는 데 충실하렵니다.

봄이 오는 길목에서

후기

C사장은 같은 직장에서 함께 근무하던 동료요, 부하였다. 내가 뽑아 가르친 몇 안 되는 기술자 출신으로 경북대학교 출신이다. 시작부터 영특한 재능으로 기술을 익히고, 판매사원을 거쳐 야망 찬 젊은 기업가로 WS케미칼(주)을 경영하고 있는 전도가 유능한 중견기업 사장이다. 그런 그가 큰 도움을 주었다.

또 고인이 된 오랜 친구 H사장은 나와 이름이 같다. 대한중석에서 첫 직장을 가졌고, 20대 후반에 무기안료 생산을 시작으로 수많은 우여곡절을 겪으며 그야말로 자수성가한 기업가 정신은 그 누구도 말할 수 없을 것이다. 필리핀 KKP사까지, 해외 사업을 벌이기까지 그를 곁에서 지켜보며 희로애락을 함께 한 50년 가까운 우정은 그다운 인간상에 있었다. 그가 고인이 되고 부인 K여사가 사업을 계승하면서 부군의 뜻을 담아주어 그의 우정이 깃든 참뜻에 깊은 감사를 새긴다.

순간의 시간을 되돌아보며

K형

새로운 한 해가 시작한다 싶더니만 두 달이 훌쩍 지나버렸네요. 그렇게 차갑고 매섭던 날씨도 봄기운 앞에 조금씩 사그라지는 시간입니다.

구정 전에 병원에 약 타러 가다가 교통사고를 당해 설을 병원 침상에서 보내는 불행한 일이 생겼는데 그나마 다행스럽게도 크게 다치지 않아 20여 일이 지난 지금은 퇴원해 정상적인 생활에 가까운 나날을 보내고 있습니다.

새로 사들인 차가 아직 한 달도 채 되지 않았는데 폐차처분을 할 정도로 망가졌는데도 2,3주 진단이 날 정도이고, 갈비뼈 하나 다치지 않았으니 천운이었다고들 그럽니다.

염라대왕이 아직은 지옥문을 들어설 때가 아니라는 판단을 내린 셈이라서 그저 살아있음에 감사하고 고마워할 따름입니다.

아내가 운전하고 내가 조수석에 탔는데 신호를 무시하고 질주하던 젊은 친구가 냅다 들이받았는데 우리 차는 신호 대기중이던 다른 차까지 들이 받는 이중 추돌까지 일어났는데도 안전띠와 안전 백이 우리 내외를 살린 셈입니다.

죽고 사는 사람 생명은 찰나, 즉 일순간이라는 부처님의 말씀을 다시 한 번 깨닫는 순간이었습니다.

저는 한 일주일 어느 정도 몸을 다스린 후에 아내는 그대로 병상을 지키게 하고 인도를 다녀왔습니다. 내가 사장 노릇을 할 때 합작회사였던 AS사에서 신공장에 설치한 내가 소개해 준 청색 색소의 2단 제법을 중국 기술을 도입해 완성하여 시험 운전을 해서 중국의 기술자를 대동하고 갔던 것입니다.

다행스레 시험 운전이 잘 끝나 일주일 만에 귀국하여 아직 완전치 못한 몸을 한방치료하며 보내고 있습니다.

내가 갔던 인도의 AS사의 총수인 P여사는 저와 동갑내기라서 친구로서 지금까지 잘 지내오는 사이인데 불행하게도 그녀 역시 세월을 이기지 못하고 1년여 가까이 병마에 본 모습을 잃어가고 있음을 보고 인생의 무상함을 느꼈습니다.

당뇨를 포함해 각종 합병증에 시달리며 그녀 역시 반쯤은 삶을 체념한 듯 보였습니다. 그녀 역시 한때는 인도 중동부에 있는 구자르트주의 상공인협회 회장까지 한 여걸이었는데 말입니다. 산다는 것, 참으로 한 번 웃고 말 연극인가 봅니다.

베르나르 베르베르의《웃음》이란 책 내용 중에 이런 문구가 있습니다.

2세 때는 똥오줌을 가리는 게 자랑거리.

3세 때는 이가 나는 게 자랑거리.

12세 때는 친구들이 있다는 게 자랑거리.

18세 때는 자동차를 운전할 수 있다는 게 자랑거리.

20세 때는 섹스를 할 수 있다는 게 자랑거리.

35세 때는 돈이 많은 게 자랑거리….

그 다음이 60세인데, 재미있는 건 이때부터는 자랑거리가 거꾸로 된다는 것.

60세 때는 돈이 많은 게 자랑거리.

65세 때는 섹스를 할 수 있다는 게 자랑거리.

70세 때는 자동차를 운전할 수 있다는 게 자랑거리.

75세 때는 친구들이 남아있다는 게 자랑거리.

80세 때는 이가 남아있다는 게 자랑거리.

85세 때는 똥오줌을 가릴 수 있다는 게 자랑거리.

결국, 인생이란 너나 할 것 없이 태어나서는 똥오줌을 가리는 것 배워서 자랑스러워 하다가 세상 살다가 돌아갈 때는 똥오줌 내 손으로 가리는 거로 마감한다는 것.

어찌 보면 세상을 살아간다는 것이 그리 자랑할 것도 없고, 욕심에 절어 살 것도 없고, 그냥 오늘 하루를 선물 받은 것처럼 최선을 다해 사랑하고, 최선을 다해 행복해지고, 감사하는 맘으로 살아가야 하지 않을까 합니다.

어느 봄날 소토정에서

▮ 후기

K사장은 몇 살 아래이지만 첫 직장에서 만난 것이 인연이 되어 지금껏 연을 이어가고 있다. 그는 처음부터 영업직에 있었고, 그 후로도 동종의 업계에서 일하다 뜻한 바 있어 내가 중국에 기술고문으로 일할 비슷한 시기인 1997년 후반부터 중국에 진출하여 늦은 나이에도 불구하고 젊은이 못지않게 열심히 무역업에 충실한 삶을 살고 있다.

그리고 보니 50년을 동일한 업종에서 서로 도와가며 산다는 것이 흔한 일은 아니다. 현지에 주재하면서 중국인을 상대하는 사업이다 보니 K사장의 입과 귀 역할을 하는 조선족 출신의 통역이 필요하고, 나 역시 1년에 네댓 번의 장기 출장시에는 통역이 필요하므로 K사장네 직원이 통역 겸 업무를 맡게 되어 서로가 경비를 절약하는 방편이 되었다.

　다시 말해 내가 기술고문을 하는 회사측은 별도의 통역사를 고용하지 않아도 되고 K사장은 그런 서비스를 통해 상품구매와 정보수집에 유리한 입장이기 때문이다. 아무튼, 그렇게 해서 서로가 불편 없이 노년에 이르기까지 롱런을 하며 살아가는 좋은 인연임에 늘 남다른 우정과 감사한 마음을 잊지 않는 사이다.

이제 쉬엄쉬엄 삽시다

S사장님

그렇지 않아도 궁금하다고 연락이나 취해 보자는 아내의 성화에 안부라도 전하고 싶던 차에 소식 주서서 고맙습니다.

어려운 여건 속에서 예상하지 못했던 문제를 포함해 난제를 하나씩 해결해 가는 데 헤아릴 수 없는 심신의 고충이 얼마나 큰지를 헤아리고도 남습니다.

하시고 있는 모든 일이 계획하신 대로 순조롭기만을 기원하고 또 기원할 뿐, 더는 아무런 보탬이 되어드리지 못해 안타까울 따름입니다.

늘 말씀드리지만 우리는 아직도 힘이 펄펄 넘치는 청장년이 아니라는 점입니다. 비록 의지와 용기는 예전과 다를 바 없지만 그를 지탱해 주는 육체가 따라주지 않는다는 점을 명심하셔야 합니다.

낡은 기계도 어느 정도는 보수 수리가 가능하지만, 그것도 무한정 보장할 수 없다는 점을 인정하지 않을 수 없다는 점입니다.

하긴 우리 나이에 누가 그걸 모르겠습니까? 일에 대한 욕심보다는 성취

하고자 하는 신념 때문에 그동안 길들여온 근성에서 벗어나기 힘들다는 점이겠지요?

사실 저 개인적으로는 칠순을 넘기면서부터 살기 위한 수단으로써의 일들은 포기하고 가능하면 남은 시간을 즐기기 위한 일로 전환해 가는 방향으로 삶을 꾸려가고 있습니다.

물론 내게 주어진 삶이 내가 뜻한 바처럼 그렇게 순조롭게 진행되는 것은 아님을 압니다. 그것은 이 세상살이가 나 혼자 사는 일이 아니라 더불어 사는 사회적 공동체라는 점 때문이 아닐까 생각합니다.

우선 나 일신은 제쳐두고라도 일상사를 같이하며 동거하는 어부인이 편안치 못할 때, 이제는 After service가 모두 끝났다고 생각하는 내 핏줄들이 아직도 부족해 보이거나 힘들어 하는 일들을 보면서 정신적으로 짓누르는 삶의 무게에서 벗어나지 못한다는 점입니다.

이게 이 세상에 와서 맺어진 인연이라는 굵은 매듭 때문이라는 점도 압니다. 부처님의 말씀처럼 모든 게 주어진 인연이 있었기에 결과를 준다는 연기, 즉 인연법을 외면할 수는 없지만 가능하다면 이제 나이가 들어 그것으로부터 조금이라도 홀가분해지려고 노력을 해 보는 것이 아니겠습니까?

아무튼, 이 세상에 한 번 태어난 이상, 아름답고 고귀한 연꽃처럼은 아닐지라도 한적한 오솔길에 단정히 피어 있는 한 송이 들국화라도 되어 오가는 길손을 잠시라도 마음을 편안케 할 수만 있다면 그게 잘 산 우리의 삶이 아닐까 생각합니다. 그런 마음으로 살아가길 기원할 따름입니다.

사모님, 그리고 함께하는 가족들과 더불어 늘 건강하시고 내 삶이 일하는 보람이라는 S사장님의 철학이 꽃피는 날을 기도드립니다.

울산에서

▌후기

같은 나이인 S사장은 KKC의 H사장과 절친으로 한국해양대를 나와 한때는 세계 각국의 유명한 항구를 누비고 다니는 마도로스였다.

나이가 들어 하선하게 되자 H사장이 차린 필리핀의 KKP사의 공장장을 맡아 일을 하게 되었는데 그가 영어에 능숙하다는 점에서 적임자였다. 같은 업종에서 일하다 보니 자연스레 1993년도부터 알게 된 사이이다. 그는 무슨 일에나 최선을 다하려는 끈기를 가졌고 늘 새로운 것에 관심이 많은 진취적인 노력파였다. 한 번은 그가 한국을 방문했을 때 그에게 아이디어를 제공한 일이 있었다. 필리핀에서 많이 사용하는 양동이를 폐비닐을 재활용하여 플라스틱 바케츠를 만들면 돈벌이가 될 것 같고, 또 언젠가는 열악한 화장실 개선을 위해 같은 기술로 위생용 지하저조 사업 등을 하면 될 것 같다는 소견이었다.

그게 사업성 검토와 사전 조사차 한국 유사업체 방문 등을 통해 행동으로 이뤄지는 데는 긴 시간이 걸리지 않았다. 결국 현지인의 투자로 공장을 세워 성공하게 되고 가족 모두를 불러들여 제2 공장까지 가동하였다. 결국 필리핀 정부의 국책사업인 환경 개선의 일환으로 허가를 받아 KOTEC이란 회사를 설립함과 동시에 정화조 사업에 착수하면서 나와 H사장을 비롯해 상당한 투자를 하였고, 역시 자금난과 폐품으로 인한 환경과 공해문제로 인한 이웃과의 분쟁으로 수차례 공장을 이전하면서 몇 년간 고초를 겪었다.

아무튼, 중국 다음으로 필리핀을 많이 찾았고 삼미겔을 함께 마시며 인생을 희망적으로 바라보는 시간의 주인공이었다.

그런 그도 인생 70고개를 조금 넘어 불귀의 객이 되었다.

진실한 삶의 주인공

H사장님!

첫 인연을 맺은 후로 멀리 사는 친형제보다도 더 도타운 인정과 사랑으로 살아온 세월이 40년을 넘습니다. 사람이 살아가면서 남다른 인연을 맺고 오래도록 그 관계를 유지하게 되는 데는 그 나름대로 합당한 이유가 있다고 봅니다. 불교도들 사이에는 이를 두고 전생에 이미 서로가 업으로 연결 지어진 결과로써 그것이 선이든 악이든 간에 이승에 와서까지도 얽힌 삶을 산다고 하지요.

되돌아보니 H사장과 첫 인연을 맺은 것은 저 나름으로 한참 의욕적인 삶을 살던 40대 초반이던 W회사의 공장장 노릇을 하고 있을 때로 기억됩니다. 1980년대 초 한국경제가 전반적으로 활기를 찾게 되면서 정밀화학 분야의 회사들도 성장을 거듭하면서 새로운 상품 생산과 그 수요가 늘어나게 됨에 따라 그에 따른 설비투자도 과감히 뒷받침이 필요했던 시기였습니다.

그 당시만 해도 중소기업에서 1억짜리 정밀화학 기계를 발주하는 것도 대단히 의욕적인 투자이었지만 문제는 해당 기계를 외국에서 수입하려면 엄청난 자금이 필요했고 게다가 달러를 조달한다는 것도 수출 비중이 적은 중소기업으로서는 버거운 일이었습니다.

그래서 고육지책으로 국산화라는 엄청난 도전을 시도하게 되었는데 과연 우리나라 기술로써 가당한 일인가를 두고 고심하지 않을 수 없었습니다. 환율도 엄청난 차이로 기계 대금은 2.5배 정도가 넘고, 관세마저 100%에 이르니 기계를 수입한다는 것은 도저히 엄두를 내지 못할 지경이었습니다.

그렇게 고심하는 시간이 길어지는데 외국 구매자들은 언제쯤 제품공급이 가능한가를 물어오게 되자 경영진에서는 생산설비의 국산화 추진에 힘을 실어 주었습니다. 그래서 지역사회에서 인증도 받고 제작능력과 경영 사정 면에도 가능성이 있는 M중기와 J중기 두 회사를 선택해 현물도 보이고 생산원리와 제작 설계도를 제시하고 절차에 따라 계약을 하면서 완전한 제품생산 성공에 한해 인수한다는 엄격한 조건을 달았는데도 아무런 반대가 없었던 것은 그 당시로는 단일 기계로는 고가이고 기술능력을 실현해 보겠다는 제작사들의 명훈과 사활을 건 경쟁력이 치열했던 것으로 짐작되었습니다.

3개월의 제작 기간과 1개월의 설치 및 시험운전 기간은 중간검사를 거치면서 단계별 중도금 지급이라는 계약이 정확히 이뤄져 나갔고, 드디어 비슷한 날짜에 기계설치와 시험운전에 돌입하게 되었지요.

그런데 계약기간이 만료되는 시점인데도 양 회사의 시험운전은 정상제품을 생산하는 데 실패라는 판정이 내림으로써 그들 제작사는 물론 발주처인 당사도 곤경에 처하게 되어 큰 충격에 빠지게 되었습니다. 어떻게라도 성공시켜 보리라는 뜻에서 수십 번의 기술적 지도와 작동원리 설명을 거듭하면서 가능한 문제점을 수정 보완하는 과정이란 그야말로 힘든 시간이었음이 기억됩니다.

그런 과정 중에서 두 회사의 업무 기질이 나타나게 되고 그에 따라 그들 직원까지도 같은 사고와 행동을 나타내는 것을 보았습니다. 자칭 재벌이라 여기는 M중기는 하다 안 되니 설계도면대로 제작했고, 기간도 어기지 않았다며 대금청구를 요구하는 데 반해 J중기는 기술과 제작을 책임진 H부장이 앞장서서 밤낮을 가리지 않고 당사 생산기술자들의 의견을 들어가면서 수정과 개조를 반복하면서 보름쯤 더 지나서 드디어 시험생산에 합격하는 쾌거를 이뤄 양사에 기쁨을 안겨주더군요.

그래서 J사는 얼마간의 시험생산을 거쳐 대금결제를 받게 됨으로써 정밀한 중기의 국산화 성공을 이룬 기술을 인정받게 되었고, 한 달이 가도 개선은 도외시하고 돈타령만 하는 M사와는 신경전을 벌이면서 차일피일 시간만 보내야 하는 안타까운 시간이었지요. 논쟁이 길어질수록 거액을 투자한 당사만 큰 손해라는 것을 인식하고 이미 성공한 J사에 맡겨 겨우 정상적인 기계를 탄생시키는 선에서 끝내게 되었지요.

그 성공을 이끌어 주신 분이 J사의 생산부장이었던 바로 당신이었습니다. 그렇듯 한 회사가 100% 가능성을 보장할 수 없는 사업에 과감한 투자를 한다는 것은 도박처럼 무리수로 어쩌면 회사의 사활이 걸린 문제일 수도 있었습니다. 그런데 이 일에 책임자로 일하면서 H부장이 나에게 일깨워 준 바는 '집행하는 주체는 결국 사람'이라는 결론을 얻게 되었고, 그 회사가 갖는 인적 자원이야말로 성공의 열쇠라는 것을 배우게 되어 훗날 임하는 기업체의 책임자로 성장하는 과정에서 반드시 갖춰야 할 덕목으로 '인사가 만사'라는 기업관으로 삼는 계기가 되었습니다.

아무튼, 그런 인연이 계기가 되어 H사장과는 한 시대를 살아오면서 서로 보조를 맞추고 공존해야 하는 산업분야에서 공동의 이익을 창출하는 책임 역할을 하는 파트너로 삼는 데 주저함이 없었습니다.

물론 옆에서 지켜본 결과지만 사업가로 변모해 가는 과정에서 성공으로 가는 데는 꽃길만 주어졌던 것은 아니라는 것을 누구보다도 잘 아는 사실입니다. 하지만 첫 만남이 심어준 인상과 기대에 어긋나지 않고 성공을 향한 절차를 밟는 과정이라는 것을 알고 스스로 잘 감내할 수 있었다는 것도 본인의 능력이었다는 점을 높이 사고 싶었지요.

정말 감사했습니다.

▌후기

돌아다보면 만남은 소중한 것이다. 친형제 이상으로 세상을 살아가면서 허심탄회하게 허물없이 산다는 것도 쉽잖은 일이고, 기업을 경영하는 처지에서도 선후배의 견해를 공유하면서 당기고 밀며 지나오는 과정 또한, 예사로운 인연이 아니라는 생각을 지울 수 없다.

인생의 잔고가 얼마 남지 않은 지금 서로가 불제자로서의 도반의 길을 함께 걸어오면서 이제 인생이란 버거운 모든 짐을 내려놓는 뜻에서 바라보는 H사장님의 삶은 예나 지금이나 법 없이도 살아갈 어진 마음 그대로였다. 게다가 지금에 와서는 보살의 궁극적 목표인 자리이타의 삶을 사는 모습 그대로이고, 그가 닦아 이룬 복밭에서 그와 더불어 사는 모든 사람이 행복을 누리는 근원이 되고 있음에 찬사를 드린다.

오늘 금혼식을 맞아 한 인생의 동반자가 되어 훌륭한 성품을 자비로 성화시켜 가화만사성을 이루신 A여사님과 더불어 어버이의 훌륭한 가르침을 받아 효도하는 자제분들에게도 축복이 영원히 함께하기를 기원하면서 두 분의 만수무강을 두 손 모아 진심으로 축원 드린다.

뜻 깊은 금혼식을 축하드리며…

봄날이 오듯

L형, 북녘 38선 철책 사이를 넘나드는 싸늘한 기운은 아직도 여전할 것 같소. 그러나 남녘은 봄기운이 완연하다오.

시끄러운 도심을 벗어나 김해쪽 교외로 나가 보았소. 공항으로 가는 길 10여 리는 샛노란 개나리로 물들었고, 야산 들녘에는 봄의 전령사인 진달래가 피어나기 시작하더이다.

뚝길 강변로를 따라 손에 손을 잡은 아베크족들이 그리는 풍경에다 달래, 배뿌쟁이, 쑥이랑 하여 봄나물을 캐는 여인들도 드문드문. 먼 신어산 모롱이를 감돌아드는 춘심을 일구는 아지랑이 물결하며…. 그것은 한 폭의 그림이었소. 내 어린 시절의 때 묻지 않은 마음의 고향ㅡ 그것이었소.

이제 무겁던 어제까지의 허울을 벗어 던지고, 한결 홀가분한 차림새로 이 계절의 여인 앞에 나서고 싶소. 정작 1981년의 겨울은 그렇게 고운 여인처럼은 아니었소. 어쩌다 만난 헤어질 시간이 빠를수록 좋은 비린내 풍기는 여인 같았소.

그렇듯 그 여인도 옷자락 질질거리며 저 계절의 언덕을 넘어 사라져 갔소. 텅 비우려 하는 내 기억의 방구석엔 그녀가 머물던 시간에 남겨놓은, 후회도 미련도 아닌 낡은 옷가지만 걸려 아롱거리는 것 같소.

마치 황급히 도망질쳐 가는 여인네를 바라보며 가냘스런 연민을 느낀다오. 옛 속담처럼 도망가는 여인이 보리쌀 찧어놓고 달아날 리 만무하듯이 뒤따르는 무정함이 야속하오만, 어찌 그게 다 그 미운 노라의 탓으로만 돌릴 수 있겠소.

긴 시간 동안 살을 섞어 살면서도 사랑의 손길이 둔한 채, 지아비로서의 정성이 헤픈 탓이 아니겠소. 여인은 다독거려야 사랑의 샘이 솟는다는데, 이젠 돌이킬 수 없는 지난날의 일이고 마오.

이제 다시 시작하는 거라오. 정말 눈부신 계절에 새로이 내 앞에 다가서는 여인은 화사한 옷차림으로 팔 벌리고 나서오. 정갈한 마음과 몸으로 예쁘고 고운 여인을 맞으리라.

처가 말뚝 보고 절하고 싶은 심정으로 이 여인을 맞으리라.

1982년의 새봄을 맞으며 꿈과 사랑이 듬뿍 담긴 멋있는 수채화를 그려 갑시다.

❙ 답글

P형, 계절의 여왕 5월이 언제 지나갔는지 모르게 잠시 머뭇거리는 사이에 6월이 왔소.

신록의 6월, 이 계절에 푹 파묻혀 살고 싶어지오. 어제 그제 이틀간은 비가 오는 듯 마는 듯한 어정쩡한 날씨가 마음 약한 놈 우물쭈물하도록 하더니, 오늘은 화창하게 개이면서 물 머금은 잎새들이 싱그러움을 자랑하며 한결 상쾌한 기분을 안겨 주는구려.

'거지발싸개 같은 것'의 작가 김재영 여사가 아들을 군에 보내고 나서 부대장인 내게 글과 그의 저서 한 권을 보내 왔소. 소설가의 어머니나 자갈치 시장의 생선 장수하는 어머니나 자식을 생각하는 마음은 한결 같을진대, 나의 현 위치가 혹시나 많은 어머님의 염려를 벗어날까 봐, 노심초사하며 부하를 보살핌에 허점이 없나에 열심이라오.

그러함을 누가 알아주든 말든 내 할 일에 충실함을 당신께만 전하고 싶소. 당신이 지난 번 글에서 전해 준 것처럼 내가 눈감는 날에 슬퍼해 줄 사람이 많은 인생을 사는 자세로 말이오.

세상은 늘 시끄럽구려. 다 사람들이 하는 일이 말이오. 항간에 세상을 떠들썩하게 했던 장영자라는 간 크고 손 큰 여자하며, 사람 목숨을 파리의 목숨만큼도 아닌 양 하찮게 여기고 살인극을 벌인 우범곤 순경도 알고 보면 짐승이 아닌 인간의 탈을 쓴 사람이었소.

세상 그러함을 탓하기보다는 같은 오류가 거듭되지 않도록 동반자로서의 잘못이 없나를 생각해 보는 자세가 필요해지는 시간이오. 모두가 생각하고 싶잖은 일들로 범벅인 순간들이오. (…후략…)

∎ 후기

육군 장교 L은 한 때 나와 가까웠던 여인의 삼촌뻘 되는 동갑내기 친구였다. 그가 군생활을 하는 동안 둘이서 주고받은 편지가 많았다. 한 번은 그가 영전하여 서울 근교에서 근무할 때, 그의 사무실에 초대를 받아 방문한 일이 있었다. 그가 제일 먼저 보여준 것이 개인 사물함이었는데, 그 사물함 속에 나로부터 받은 편지들을 모아 철한 몇 권의 파일이었다.

 언젠가 시간적 여유를 가질 수 있을 때쯤 한 권의 책으로 펴내겠다는 소신을 밝혔다. 그렇듯 독서와 사색을 즐기는 인정 많은 친구였기에 우정은 날이 갈수록 도타워갔다. 그처럼 많은 서신을 주고받고 사는 삶이 드물다는 것은 인생의 꿈을 키워나가는 데 큰 도움이었다.

IV
단편 소설

벌거벗은 나를 바라보라

가죽 잠바

*『한국불교문학』(2021년 여름호) 신인상 당선작

이달에는 완연한 봄기운도 즐기고 움츠렸던 신심도 달랠 겸 야외에서 모임을 갖기로 했기 때문에 일요일인 오늘로 날을 잡아 금정산을 오르는 길목에 있는 광명사 입구에서 오전 10시에 모이기로 했었다.

오늘따라 화창한 날씨라서 등산을 즐기는 사람들이 줄을 잇는다.

"누가 아직 안 왔니?"

"심심풀이 땅콩이 안 왔네."

"이 친구 오늘도 약속 안 지키네."

단체생활에서 시간을 지키는 것이 남을 배려하는 기본적인 예의라는 것을 잘 알면서도 지각하는 한두 사람으로 인해 예정된 스케줄에 차질을 빚기 일쑤이기 때문이다. 그런 것에 공감대를 이루다 보니 우리 모임에서도 지각하는 자에 대해서는 회비보다 많은 벌금을 부과키로 회칙에 아예 못을 박아 놓았다.

그래서인지 오늘도 모두가 정시에 도착했는데 유일하게 P사장네만 늦는다.

다들 기다림에 짜증이 날 즈음 P사장이 혼자서 외톨이로 도착한 시간은 정한 시간보다 30여 분 뒤였다.

그는 특유한 제스처를 곁들여 먼저 온 회원들에게 일일이 손을 잡아 미안하다고 절하고는 외톨이로 늦은 사유를 다음과 같이 말해 선참객들을 웃긴다.

P사장은 입이 걸다. 그래서 그와 자리를 같이하는 일행은 늘 배꼽을 잡고 웃는다.

늙어 가면서 입으로 양기가 올라 그런다면서 놀리는 재미가 깨소금이지만, 워낙 비위가 좋고 입심이 좋아 어떤 자리에도 구애받지 않고 너스레를 떤다. 부부들끼리 모이는 곗날에도 그러기는 마찬가지였다.

"자네들 아시다시피 오늘은 주일 아닌가?"

일요일이면 성당에 나가는 그들 부부는 오늘따라 아침 시간에 특별미사가 있어 참가하지 않을 수 없어 다른 날보다 서둘러 갔었단다.

"이 친구야! 오늘 모임이 있다는 것도 몰랐단 말이가?"

물론 오늘이 1년에 한두 번밖에 없는 야외 모임이라는 것을 계산에 넣고 서둘렀지만, 그들 부부가 안팎으로 다 같이 성당 일에 감투를 쓰고 있어서 미사 도중에 도망치듯 중간에 빠져나오기가 여간 어렵지 않더라는 것이다.

그런 정도까지는 친구들 간에도 알고 있는 사실이라서 이해를 해 주고 있는 편이다. 그래서 오늘도 반 시간 정도는 느긋하게 기다려 주는 아량을 베푼 것이다.

"우리 집사람, 지금 내 찾는다고 야단났을 거구만…."

다들 귀를 쫑긋 세우고 그를 바라본다.

"자네들 생각해 보레이!"

뭘 생각해 보라는 건지 갈수록 의문표가 따라붙는다.

"우리 내자가 기도를 끝내고 눈을 떴을 때, 옆에서 열심히 기도를 하고 있겠거니 생각했던 남편이란 작자가 이미 온데 간데 없이 증발되어 버렸음을 알면 어떤 느낌이겠노?"

간다 온다는 말없이 홑바지 방귀 새듯 날라버린 남편의 행방은 대충은 알겠지만, 모두가 조용히 고개 숙이고 기도하는 중에 삼십육계 줄행랑을 치고 말았으니 같잖게 생각할 것이 뻔하다.

모두들 히죽히죽 웃는다.

"야! 이 친구야! 너는 천당 갈 생각일랑은 아예 꿈도 꾸지 마라!"

누군가가 한 말 거들자 그의 꼬심한 얘기에 귀를 기울이고 듣던 동료들이 그의 농담 아닌 참말에 배꼽을 잡고 깔깔대며 웃었다.

"자네가 그러는 것이 어디 한두 번이겠나?"

"그래, 전과자지."

모두들 '허허' 하며 웃어댄다. 그를 가까이서 보며 살아오는 과정에서 평소에도 늘 생각해 온 일이지만, 모두들 그 성격에 교회를 다니는 것만으로도 용하다고 여기는 판이다.

그는 골프를 무척 좋아한다. 일요일이면 친구들과 어울려 골프 칠 생각에 성당에 나가서 기도는 제대로 될까 싶잖다. 마음은 늘 콩밭에 가 있을 게 뻔하기 때문이다.

아무튼 아직도 성당에 갇혀 있을 P사장 부인의 마음을 헤아려 보지만, 앞서 누군가가 말한 것처럼 이미 이런 일에는 이골이 나서 으레 그런 사람으로 낙인을 찍어 둔 처지임은 불을 보듯 훤한 일이다.

그런 웃기는 수작으로 웃음꽃을 피우며 일행은 산행을 시작했다.

산중턱에 앉아서 땀을 식히는 자리에서도 그는 한시도 입을 닫아두지 않는다. 다른 사람들은 밑천이 짧아서도 저토록 자불자불 재잘거리지는 못할 것이다.

등줄기에는 땀이 흥건히 배었어도 그렇게 웃고 떠들면서 제법 가파른 산마루까지 지겹지 않게 올라왔다.

등산객의 왕래가 많은 길목이라서 늙수그레한 아줌마가 파전과 막걸리를 곁들여 간단한 음료수를 파는 곳에 이르러 잠시 숨을 돌리기로 했다.

P사장은 감주를 사서 마시다가 옛날 생각이 도지는지 바튼 기침을 두어 차례 하고서는 서두를 꺼낸다.

"야! 친구들아! 내 옛날 이바구 하나 할낀께 들어봐라! 6.25 전쟁 이후 한창 못살 때 얘긴데…, 아마 내 나이 또래는 잘 알 거야!"

"자네 몇 살인데?"

P사장이 하는 말꼬리를 또 누군가가 물고 늘어진다.

"이 자리에 너보다 나이가 적은 사람이 어디 있노?"

몇몇이 덩달아 시비쪼로 말꼬투리를 단다.

"남의 얘기에 티들이지 말고 들어나 봐라."

"그래, 또 시시콜콜한 허파 바람 빼는 소리겠지 뭐?"

"단물이 뭔지 아나?"

단물, 그 시절만 하더라도 귀한 손님이 찾아오는 날이면, 찬물 한 사발에 정제가 덜된 까만 흑설탕이나 사카린을 타서 한 그릇 안기는 것이 최대의 접대였다는 실감나는 얘기로 모두들 동감을 갖게 했다.

아닌 게 아니라 그런 시절이 있었다. 설탕은 제법 행세깨나 하고 사는 부잣집에서나 구경할 수 있을 정도였고, 구차한 가정에서는 대체로 단맛을 내는 사카린이 조미료 역할을 다했다.

"그래 맞아, 그런 시절이 있었어."

설탕얘기를 빌미로 모두들 6.25전쟁 때 어려웠던 피난시절의 추억을 더듬고 있었다.

그때 P사장은 갑자기 생각나는 게 있다면서, 길 가던 등산객들이 돌아다볼 정도로 큰 소리로 자기의 재밌는 이바구를 들어보라는 식으로 주의를 끌었다. 또 무슨 시금털털한 얘긴가 싶어 모두들 입을 반쯤 벌리고 그의 우스갯소리를 기대하는 눈치다.

"이건 실화인데…."

침을 한 번 꼴깍 삼킨 그는 주변을 주욱 돌아보고서는 얘기 주머니를 풀어 놓기 시작한다.

"2년 전까지 나하고 가까이 지내던 60대 중반인 C 모씨가 있었는데, 이미 고인이 된 그 어른의 과거사를 끄집어내는 것은 조금은 미안한 일이지만, 사실은 사실이니까 한 번 들어봐라."

"야! 뜸 좀 작작 들이고 어서 보따리나 풀어라!"

그분이 돌아가시기 몇 년 전에 골프를 치고 나서 술자리를 같이하는 자리에서 들려준 실화라면서 다음과 같은 얘기로 한 시절을 기억나게 만들었다.

6.25전쟁이 발발하자 항구도시 부산은 전쟁물자를 공급하기 위한 미군들의 군수기지창이 많았다. 수년 전까지만 해도 미군기지로 되어있던 서면의 하야리야 부대가 그 중심 역할을 하고 있었다.

전쟁이 한창 종반전에 들면서 치열한 공방전이 벌어진 1952년 초가을쯤이었다. 이 얘기의 주인공인 C씨는 경남의 내륙지인 함안, 산청에서 가난하기 이를 데 없이 살았다.

70대 정도의 나이가 지긋한 분들은 알고 남을 일이겠지만, 그 당시에는 모두가 가난에 찌든 생활을 하는 것이 일반적인 농촌의 모습이었다. C씨네라고 해서 별반 다를 게 없었다. 부모가 품 팔아 벌어오는 곡식으로 겨우겨우 연명하며 사는 처지였는데, C씨는 그래도 자식만은 공부를 시키겠다는 좋은 부모를 만난 덕으로 나이 많아서 중학교 문턱을 밟던 중이었다.

하긴 그 당시는 장가를 간 나바구리 학생도 있었으니까 그도 댕기를 딴은 열아홉 살짜리였지만, 그래도 놀림감은 되지 않았다.

그런 와중에 전쟁이 터지자 학교도 문을 닫게 되었고, 그렇다고 농사나 짓고 있을 형편도 아니라서 도시로 돈벌이나 간다면서 집을 나선 것인데 이것이 한 인생의 운명을 바꾸는 계기가 될 줄은 누가 알았겠는가?

부산에는 친척이라 해 봐야 이모님 한 분이 계시는데 어릴 때 모친을 따라 한 번 와본 것이 고작이었다. 난리통에 세상인심이 각박해진 터라 친척을 찾아왔지만, 핏줄을 따지며 좋아서 반길 리는 없고, 그렇다고 군대나 지원해 갈까 해도 망설여지던 때였다.

　그래서 서너 살 아래인 이종사촌 방에 꼽사리 끼어 묵는 둥 마는 둥 눈칫밥 먹으며 지내는 것으로 만족해야 하고, 아침밥 외에는 숫제 굶는 것이 예사였다.

　전쟁으로 피난 나온 사람들로 북새통을 이루는 부산 시내는 어디를 가나 난리통에 모여든 사람 천지였고, 모두 다 입에 풀칠을 하기 위해 간도 쓸개도 빼 던지고 눈이 시뻘겋게 달아 있을 때라서 마땅한 일자리를 얻는다는 것은 하늘의 별을 따기보다 더 어려운 때였다.

　그런 처지라서 C씨도 막상 밥벌이라도 할 마땅한 자리를 찾는 것이 매일의 일과이었지만, 빽 없고 돈 없으면 배가 고파 길가에 쓰러져 죽어도 어느 한 사람 거들떠보지도 않는 상황이었다.

　그런 기약 없는 생활로 지겨운 나날을 보내던 어느 날, 여느 때와는 달리 미군들이 주는 구호품이라도 하나 얻는 기회가 있을까 싶어 사람들이 복작거리는, 코쟁이들이 주둔하고 있는 미군부대 주변을 어슬렁거리고 있었다.

　서면에 있는 하야리아 부대였다. 완전 무장을 한 한국인 경비들이 철책을 삼엄하게 지키고 있는 저편 막사 주변을 희고 검은 키 큰 양키들이 부지런히 움직이고 있었다. 한국 노무자들이 무거운 짐을 들고 드나들고 있는 모습도 보였다.

　자기도 저들처럼 일을 할 수 있었으면 우선 꿀꿀이 죽이라도 실컷 먹고 배곯지 않아 좋겠다는 생각을 수십 번 해 보았다. 할 일 없이 철조망을 따라 몇 차례 오갔을 무렵, 난데없이 철조망 안쪽으로부터 한 경비병이 불렀다.

　"야! 너 취직하고 싶으냐?"

　그 소리에 눈이 번쩍 뜨였다.

"예, 아저씨."

"이리 가까이 와 봐!"

그래서 그와 경비병은 철조망을 사이에 두고 운명적인 대치를 한 것이다. 그는 먼저 자기가 이 부대 안의 한국인 경비대장이고, 한국인 노무자를 골라 일을 시키는 실력자임을 역설하고는 C씨가 입고 있는 가죽잠바를 자기에게 벗어주면 그 대가로 내일부터 당장 이 미군부대에서 일할 수 있도록 해 주겠다는 것이었다.

"정말인교? 농담이지요?"

"싫으면 관두고, 날 한 번 믿어 봐!"

군복 입은 사람답게 대답도 시원스러워 결코 손해 볼 장사는 아닌 것 같았다. 그래서 뒷갈망은 생각하지도 않고 그가 입고 있던 가죽잠바를 얼른 벗어주고 돌아서는데도 기분은 째지게 좋기만 했다.

물론 그 경비대장에게 약속이행을 하라고 수십 번을 다짐하고 나서 뒤돌아섰지만 막상 담판이 곁길로 새버린다면 가죽잠바만 날리게 될 터인지라 당장 게워낼 방법이 없다는 걱정이 머릿속에 똬리를 틀기 시작했다.

그날따라 약간 싸늘한 날씨라서 이종사촌 방에 걸려 있던 이모부가 입던 가죽잠바를 살짝 몰래 걸쳐 입고 나왔다. 우선 보기로는 감색 가죽잠바가 값나가 보였고, 옷걸이가 좋은 건장한 사람이 입으면 폼이 나 보일 정도로 보통 부자가 아니면 걸치기 힘든 때였다.

나중에 안 일이지만, 그 가죽잠바의 출처는 이모부의 삼촌 되는 이가 재일교포인데 그가 구호물자처럼 보내온 것이라 들었다.

'왜 이리 잠이 안 올까? 어째서 그 경비대장이 내가 입고 있던 가죽잠바에 탐이 났을까?'

그는 몸을 이리저리 뒤채며 마음대로 유추해 본다. 오전 나절부터 양손을 잠바에 푹 찔러 넣고 부대 철조망 주위를 어슬렁거리고 있는 젊은이의 거동을 눈여겨 본 한국인 경비대장이 철조망을 따라 순시를 하다가 그가 입고 있는 가죽잠바에 눈독을 들인 나머지 묘한 제안을 해온 것이리라.

덫에 걸린 듯 엉켜 드는 초조감에 제대로 잠을 이룰 수 없는 C씨에겐 그 날의 하룻밤은 자기의 일생에 있어 가장 긴 밤이 아닐 수 없었다.

모든 행운은 다음날로 찾아왔다.

'내가 용꿈을 꾼 기라. 황토밭 여시가 돌본 기라.'

'아부지, 어무이요. 내 돈 많이 벌게 되었는 기라요.'

그런 생각을 하니 갑자기 부모님 얼굴이 떠올랐다. 장독대나 부뚜막에 찬 물 한 그릇 올려놓고 두 손 비비며 기도하던 어머님의 정성까지 생각났다.

눈물까지 흘리며 하느님, 부처님, 천지신명을 다 찾으며 감사드리고 만 세까지 부르고 싶었다. 천하에 쓰잘데기 없는 실업자로 취급받아온 그에 게 하늘이 준 최대의 선물이고, 성공으로 가는 디딤돌이 될 기회로 삼겠다 는 굳은 각오에도 단단히 못질을 해댔다.

"이모님예! 내 돈 벌어서 더 좋은 것으로 갚아드리겠심니더."

이모님을 설득해 가죽잠바를 담보로 팔자를 바꾸게 된 계기가 된 점을 설명함과 동시에 용서해 줄 것을 허락받고서는 다음 날로 직장 출근을 하 게 되었다.

지정된 시간에 약속한 장소로 갔더니 경비대장께서 정했던 시간에 맞추 어 정문까지 나와 미리 준비해 온 노란 출입증을 목에 걸게 하고는 부대 안 으로 데리고 들어갔다.

'야, 세상에 우째 이런 복이 내한테까지 오노?'

그는 꿈인가 생시인가 당체 감이 잡히지 않아 스스로 꼬집어보기도 하고 흥감해서 눈물까지 날 지경이었다. 촌놈 치고는 후진 두메산골 촌놈, 그는 낯선 이국땅에 온 기분이었다. 한국 땅 안에 있는 미국이었다.

희고 검은 키 크고 덩치 큰 양키들이 무섭기도 했지만, 설마 사람이야 상 하게 하겠느냐는 뚝심으로 아랫배에 힘을 주며 임시로 지어진 커다란 막사 안으로 따라 들어갔다. 왈 꼬부랑글자로 기록된 많은 상자들이 발디딜 틈 없이 가득히 쌓여 있고, 한 켠에 몸집이 좋아 보이는 흑인 여자 병사 하나가 책상을 타고 앉아 불쑥 나타난 이방인을 쩨려보고 있었다.

그와 동행한 경비대장을 알아본 그녀는 아는 체를 하고서는 그를 곁에 세워두고서는 자기들끼리 몇 분 동안 애기를 나눠쌓더니만, 그녀의 입에서 'OK'라는 말을 끝으로 대화는 끝이 났다. 그 당시로는 그가 자력으로 들을 수 있는 영어 실력이라고는 'Yes, No, OK' 정도가 고작이었다.

계급이 무엇인지는 몰라도 이 창고동의 책임자라 소개해 준 여군은 하얀 이를 드러내 보이며 '헬로! 미스터 초이!' 하며 악수를 청해 왔다. 깜둥이 치고는 그다지 새까맣지는 않았지만, 그래도 난생 처음 맞상대를 하는 흑인이라는 선입감에 이질감을 느끼며 어색하게 손을 잡았다.

그런 절차를 밟아 우리 땅 내에서 외국인의 고용살이가 시작되었다.

그에게 처음으로 맡겨진 업무가 설탕창고에서 청소하는 일이었다. 이틀 간은 500평 남짓한 큰 창고 안에서 노무자들이 미군 트럭에다 설탕을 싣고 떠난 후에 창고 바닥을 쓸고 가셔내는 일이 주된 업무였다.

아무튼 그 일을 신나게 하다 보니 그녀는 기분이 좋은지 얼굴이 마주칠 때마다 엄지손가락을 펴 보이며 '굿'이나 '베리 굿'을 연발하며 하얀 이빨을 드러내며 웃었다.

사흘째 되는 날에서야 그녀의 이름이 '데니'이고, 계급이 여군 중사라는 것을 알았다. 그녀는 보기보다는 순하고 친절히 대해 주었다.

그러구러 두어 주일이 후딱 지났다. 이제 그녀가 씨부리는 꼬부랑말을 열심히 듣고 대충 감을 잡아 눈치껏 행동함으로써 반벙어리 노릇을 하기에 이르렀다. 또한 혼자서 양변기를 이용할 줄도 알게 되었고, 양키들이 우글거리는 식당에 들어가 줄을 서서 음식을 타 먹을 줄도 아는 정도에 이르렀다.

그렇듯 별 부담 없이 충실히 일을 하고 있던 어느 날 오후의 일이었다.

취직자리를 마련해 준 경비대장이 불러서 갔다.

"최군! 어때? 일할 만해?"

그는 고마워서 죽겠다는 온갖 시늉을 해 가며 굽신거렸다. 그는 하는 일에 익숙해졌느냐고 묻고서는 대뜸 이제부터 본전을 뽑아야 되지 않겠느냐고 밑도 끝도 없는 아리송한 말을 했다.

무슨 말인지 말귀를 몰라 꿀 먹은 벙어리처럼 눈만 껌벅거리고 있으려니까, 내일부터 출근할 때 실진 고무줄을 넣은 풍덩한 팬티를 입고 오거나 바짓가랑이를 실지게 옭아맬 고래심줄같이 질긴 노끈을 미리 준비해 오라고 일렀다.

"누가 옷을 벗겨 갑니까?"

"임마! 누가 그 누더기를 벗겨 가겠어?"

경비대장은 대번에 앙칼진 목소리로 멍청하다는 듯이 핀잔 섞인 말투로 대했다. 그러다가 금세 얼굴색을 바꾸고는 그 속에다가 설탕을 가득 넣고 퇴근을 하라는 왈 양생이 모는 짓을 가르쳐 주는 것이었다.

"그러다 들키면 총살당하는 것 아닙니까요?"

"임마! 내가 누구야?"

그래도 믿기지가 않았다. 그래서 그래도 되는 것이냐고 재차 물었더니 자기가 경비 책임자임을 과시하고, 수위실 통과는 무사할 테니 안심하라는 것까지 일러 주었다.

'조선 놈들은 하는 수 없다더니 이만큼 도와주는 것도 고마운데….'

혹시 그런 짓을 하다가 어렵사리 얻은 직장을 쫓겨나는 게 아닌가 싶어 무던히 겁도 났지만, 실행에 옮기는 데는 그렇게 긴 망설임이 필요 없었다. 정문을 나설 때는 경비대장이 서있는 앞으로 해서 미꾸라지처럼 살살 용케 빠져 나갈 수 있다 보니 이제는 '아나 날 잡아 잡수소' 할 정도로 간이 커졌다.

매일매일 최대량을 운반할 수 있는 최선의 방법을 강구해 가며 개미처럼 열심히 날라다 모았다. 제법 양이 모였을 때쯤, 경비 책임자는 그 설탕을 사줄 사람까지 소개해 주었다.

지금도 학교 앞에 가보면 간혹 보이지만, 어린 학생들이 좋아하는 뽑과자를 만드는 사람들이 있다. 즉 약한 숯불에 단 철판 위에다 주전자에 녹인 진한 설탕물을 부어 새, 물고기, 자동차, 총 등 코흘리개들이 좋아하는 갖가지 모양의 과자를 만들어 내는 판떼기 장수인 셈이다.

그 당시로는 밑천이 별로 많이 들지 않는 그런 장사치가 판을 치던 때였다.

"하긴 그 당시에는 학교 교문 앞에 그런 장사치들이 쭉 진을 치고 있었지."

얘기에 심취해 있던 동료들이 그 때를 상기한다.

"그래, 활동사진처럼 눈에 선하구만."

C씨가 날라다 모은 설탕을 그런 사람들에게 설탕을 대어주는 중간업자에게 적절한 흥정으로 팔아넘김으로써 짭짤한 수입을 올리는 운 좋은 사람으로 변모해 갔다. 물론 수입의 상당 부분을 경비대장에게 상납하는 것은 잊지 않았다.

"사람 팔자 시간 문제라더니만 너 대운 텄다이?"

"개천에서 용 난다고 하는 말이 맞는 말이구만."

주변 사람들이 그러는 말에 아랫배에 힘을 줘가며 그는 무한한 행복감에 도취되어 날마다 하는 일이 사뭇 즐거울 뿐이었다. 스스로 생각해 보아도 하늘이 도와준 일이었다.

'어무이요, 내 돈방석에 앉았는기라요.'

그는 땀에 절어 고달프게 살고 계실 고향의 부모님 생각을 해 본다. 지난 수개월 동안 주변에 일어났던 일들이 정말 꿈만 같다.

퇴근 시간마다 마치 우주복을 입은 파이로트처럼 어기적거리며 문을 빠져 나가야 하는 제 꼴을 보고 웃기도 했는가 하면, 어느 비 오는 날에는 운동장이 미끄러워 넘어져서 일어나지를 못해 끙끙거리던 일도 있었다.

바늘도둑이 소도둑 된다고 그런 비행이 몸에 배이면서 생긴 돈으로 깜둥이 여군 중사에게도 환심을 삼으로써 어느덧 그 여자도 동업자로 끌어들이는 데 성공할 수 있었다.

오후 다섯 시 퇴근 무렵이면 아예 그녀와 둘이서 그의 바짓가랑이나 속옷을 동여매는 일에서부터 옷 속에 설탕을 퍼 넣는 것이 일과처럼 되어버렸다. 남녀노소, 그리고 동서와 흑백, 아래와 위를 막론하고, 돈 좋아하지 않는 족속이 없다는 사실을 터득한 것이 그 무렵이었다.

그런 식으로 잘 나가던 어느 날, 그렇게 좋던 일거리를 다른 사람에게 넘겨주고, 영내의 다른 부서로 이동하라는 경비대장의 구두 명령이 내려졌다.

"미스터 초이!"

이제 그는 이 캠프 안에서는 '미스터 초이'로 불리는 처지였다.

"한 곳에 오래 머물면 지겨우니까, 내일부터 자리를 옮기는 게 좋겠어!"

내일부터 당장 목욕탕 청소 담당자로 가라는 바람에 한동안 넋을 잃고 앉아있을 때, 대물림을 해준 전임자가 찾아와 들려준 얘기로는 새로 옮겨가는 일터가 설탕을 퍼 나르는 일보다 몇 배로 더 수입이 나을 것이라는 설명에 눈이 뻔쩍 뜨였다.

그 당시 미군부대에 근무해 본 사람들의 얘기를 들어보면, 전투에서 후송되어 온 미군들은 샤워를 하고 내벗어 던진 옷은 절대로 두 번 다시 입지 않고 새 옷으로 갈아입었다는 것이다.

그렇듯이 새로운 일터에서 그들이 입다 버린 군복들을 대충 빨아 말려서 모아두었다가 적절한 시간에 한 번씩 리어카로 실어다 자기가 거처하는 하꼬방에 차곡차곡 재어놓고 적절한 값에 팔면 거금이 되었다.

이것이 그 시절에 동이 나게 팔려나갔던 유명한 사지 카키복으로 군복에 검정물을 들인 일류급 신사복이었다. 수입원은 그것뿐만이 아니었다.

목욕탕 청소를 하면서 탕 속의 물을 갈기 위해 마개를 뽑노라면, 양키들이 흘린 동전이나 심지어는 금붙이로 만들어진 귀중품도 수월찮게 흘려 있었다. 이것 역시 도랑 치고 가재 잡는 횡재로 꿩 먹고 알 먹는 식의 짭짤한 수입원이 되었다.

그래서 서면 바닥에 하나뿐인 금방을 뻔질나게 드나들면서 금붙이를 팔게 되었고, 그 수입으로 목에 힘주며 VIP대접 받는 신바람 나는 생활을 할 수 있었다.

아랫도리에 단물 묻혀가며 똥싼 놈처럼 어기적거리며 설탕 운반하던 때와는 비교가 안 되는 목돈이 생겼다. 물론 경비대장께는 최고의 예우를 해드리며 오래도록 근무할 수 있는 영광을 부탁드리는 데 게을리 하지 않았다.

사람이 여유가 생기면 한 계단 높게 차원을 달리해 생각하는 법이다.

"땅에 투자를 해 보는 게 좋을 걸세."

"그게 나중에 돈이 될까요?"

"이 사람아! 언젠가는 전쟁이 끝날 것 아닌가? 그러면 반드시 땅값은 올라가기 마련일세."

아닌 게 아니라 산골 두메에 살았지만 손바닥만한 밭 한 뙈기도 없던 어려운 시절의 희망사항이 그랬다. 후제 커서 돈을 벌면 우선 땅마지기나 사서 제 논에 농사지어 보는 것이 소원이었다.

"이제는 촌보다는 도시에 투자하는 것이 나을 거구만…."

생각이 앞서가는 사람들의 자문이 그랬다. 그래서 심심찮게 부동산을 사들이게 되었다.

사실 그 당시로는 세상이 어떻게 바뀔지 모르는 전시라서 땅에 대한 투자를 한다는 것은 바보들이나 하는 짓으로 생각했었지만, 세월이 흐른 지금에사 서면 일대의 목이 좋은 땅은 평당 수천만 원을 호가할 줄 그 누가 알았겠는가?

지금은 유명을 달리한 그 어른이 살아생전에 겪은 인생사라며 마치 옛날 애기처럼 들려준 젊은 날의 회고담이 P사장의 입을 통해 이렇게 끝났다.

40여 년 전의 암담했던 시절에 그런 연유로 밑천을 모아 자수성가한 그 어른도 죽음이라는 태산을 넘을 수는 없었다. 그 어른의 유복자가 유산을 대물림 받아 사업이라고 벌이더니만, 그 많은 재산도 하루아침에 물거품처럼 되고 말더라는 흔히 있는 참 애기도 곁들였다.

제 애비 살아생전에 자주하는 말이 '개같이 벌어 정승처럼 쓰라' 고 옛날 어른들이 남긴 말씀을 몸소 따르고 가르쳐 쌓더니만, 그것도 멀리 못 가는 것이 사람 팔자라며 애기를 끝맺는 P사장의 찰지고 집진 우스개 같은 C영감의 인생 스토리를 듣다 보니 땀도 식고 시간도 제법 지체가 되었다.

"인생이 다 그렇고 그런 것 아니겠어?"

누군가가 그렇게 섭섭한 말투로 마무리를 지으려는데, 등산대장을 맡은 K교수가 늦었으니 어서들 일어나라고 채근질이다. 마치 비극영화를 한 프로 본 뒤처럼 아쉬움이 남는 기분으로 자리를 털고 일어나는 동료들의 엉덩이가 무거워 보인다.

벌써 해가 중천에 떠 있었다.

이야기 속에서 또 다른 이야기를
찾아가는 기법 돋보여

일본의 작가 무라카미 하루키는 '오리지널리티'(Originality, 독창성)는 단기간에 알 수 있는 것이 아니라고 말한다. 문학이 아닌 가수로서 비틀즈나 BTS(방탄소년단) 또는 블랙핑크처럼 대중음악계에 등장과 함께 전세계적으로 각광을 받는 경우도 있지만 대개의 경우 기존의 틀을 깨는 작품은 탄생 직후에는 별다른 주목을 받지 못하다가 어느 순간 재평가를 받게 된다. 피카소의 그림 역시 그런 과정을 거친 것으로서 사실 처음에는 기성세대로부터 저급하고 보기조차 불쾌하다는 반응을 받았지만 현재는 미술 분야 최고의 고전으로 추앙받고 있는 것이다.

작가가 아무리 '내 작품은 오리지널'이라고 소리쳐 본들 그런 소리는 그 즉시 바람 속에 날려 흔적 없이 허공 속 메아리로 사라져 버린다. '작품성'과 관련한 판단은 작품을 받아들이는 사람, 곧 독자 소관이며 합당한 만큼의 시간이 경과한 뒤에 평자들이 생성해내는 평설이 축적됨으로써 가치를 인정받게 되는 것으로서 '작품성'의 성패는 이들에게 맡길 수밖에 없는 것이다.

작가가 할 수 있는 일은 자신의 작품이 적어도 연대기적인 '실제사례'로 남겨질 수 있도록 전력을 다하는 것밖에 별 다른 방법이 없음을 인지하고 납득할 만한 수준의 작품으로 축적시켜 의미 있는 몸집을 만들고 자기 나름의 작품계열을 입체적으로 구축하는 것이다. 소설가라면 꾸준하게 소설을 씀으로써 작가 나름의 작품계열을 이룰 정도가 되어야만 나중에 그만의 작품세계의 독창성을 인정받게 된다는 것으로 단순히 한 방을 노리고 쓴 작품 한 편으로는 독창성을 평가 받을 수 없다는 사실도 각인시키는 것이다.

박경기 단편소설 〈가죽잠바〉는 이야기 속에서 또 다른 이야기를 찾아가는 독특한 기법을 지닌 사실주의의 소설로서 산행멤버가 '가죽잠바'를 보고 어린 시절 참으로 의미 깊은 '가죽잠바'를 회억하며 담담하게 기술한 것으로서 소설 구성의 기본 단계라고 하는 '발단 → 전개 → 위기 → 절정 → 결말' 과는 다소 거리가 있어 보이지만 군더더기 없이 단단하게 끌고 가는 담론이 독자들로 하여금 잔잔한 감흥을 불러일으킨다.

아무튼 "제 애비 살아생전에 자주하는 말이 '개같이 벌어 정승처럼 쓰라' 고 옛날 어른들이 남긴 말씀을 몸소 따르고 가르쳐 쌓더니만, 그것도 멀리 못 가는 것이 사람 팔자라며 얘기를 끝맺는 P사장의 찰지고 집진 우스개 같은 C영감의 인생 스토리를 듣다 보니 땀도 식고 시간도 제법 지체가 되었다"는 결말처럼 "인생이 다 그렇고 그런 것 아니겠"는가.

인생후반기에 수필과 시를 쓰시면서 틈틈이 써 모은 소설도 10여 편에 이른다니 삶이 더욱 풍요로워진 박경기 작가님께 소설가로도 대성하기를 기원 드린다.

(심사위원 : 김태호 · 양창국 · 정선교)

노령화시대에 퇴색되어 가는
인간성 문제 다루고 싶어

우리 또래에도 글 읽기를 즐겼던 소년 시절을 보낸 사람들이 많다. 그러나 시골에서 살았다면 읽을거리가 흔치 않았기에 어쩌다 문학잡지를 접할 기회는 가뭄의 단비처럼이었다. 지금처럼 책이 흔하지도 않았고 설사 읽고 싶은 책이 있어도 월사금도 못 내어 전전긍긍하던 시절이라 돈을 주고 사서 책을 읽을 엄두는 아예 꿈같은 얘기였다.

그 시절에는 시골의 학교나 공공시설에서 도서관을 제대로 갖춘 곳은 찾아보기 어려웠고, 오직 수업 시간에 선생님이 소개하는 작품이나 그 줄거리에 심취했던 것이 고작이어서 꼭 읽어봤으면 하는 충동심만 부추기는 바람에 애만 닳았다.

물론 어릴 때부터 남달리 책 읽기를 좋아했기 때문이지만 교과서 이외 만화책이나 잡지 등을 친한 친구나 가까운 친척들로부터 잠시 빌려 보는 정도가 유일한 기회였다. 그마저 몰래 읽다 선생님께 책을 빼앗기거나 벌을 섰던 기억이 새롭다.

철이 들어 독서에 대한 환경이 바뀌고 문학작품을 탐독하면서부터 단편소설이란 장르가 갖는 영역에 관심이 커졌다. 짧은 사연을 통해 인간의 본질 그 자체를 심층적으로 탐구할 수 있는 문학적 수단이란 점에 흥미를 갖게 되었다. 특히 인간적인 특징이나 인간의 조건, 속성, 사상과 문화 등 광

범위한 인간의 영역을 사고하고 표현함으로써 삶의 바른길을 찾고 영과 혼을 소중히 여기는 참된 길을 깨달을 수 있기 때문이다.

그래서 이 분야에 관심을 두고 현실사회에서 실제로 일어나는 현실이나 들은 풍월을 약간은 각색하고 조금은 픽션화하여 사실적으로 느껴지는 교훈적 문학의 장르를 통해 독자들에게 자신의 삶을 되돌아보는 계기가 될 수 있겠다는 견해가 생겨 단편소설에 관심을 가진다.

이제 작가로서 주어지는 남은 시간 동안에 즐겨 쓰고 싶은 작품의 배경은 주로 소외되고 늘어만 가는 노령화 시대를 맞아 퇴색되어 가는 인간성 문제를 다루고 싶다. 지금과는 달리 열악했던 문학적 필드에서 보고 들은 경험적 대상을 잣대로 하고, 몸에 밴 인식을 기준으로 글을 쓴다는 점에서 모든 연령층의 독자들이 공감하기를 기대할 수 어렵다는 점도 안다. 그러나 우리 세대가 겪은 소중한 역사적 사실을 그냥 잊고 외면할 수는 없다는 점에서 의미 있는 작업이기도 하다는 생각이다.

아무렴, 글을 쓰는 무딘 붓이나 자판을 두드리는 시간만이라도 내가 늙었다는 사실을 잊게 해준 『한국불교문학』의 단편소설 신인상 당선이란 영광에 깊은 감사를 드리면서 독자들의 따가운 채찍과 사랑으로 성숙한 삶을 향해 함께 길을 걸으려 한다.

다시 한 번 모든 분들에게 감사와 사랑으로 구원의 정토를 이뤄 가시길 기원하며….

박경기 합장

어설픈 인생 상담

정말 무더운 날씨다. 에어컨이 있어도 제 기능을 발휘하지 못할 정도로 후끈거린다. 부산역 앞의 큰 도로까지는 그런대로 잘 왔는데 거기서부터는 차들이 밀려 움직이지 않으니 짜증이 더 한다.

'괜스레 차를 몰고 왔구나' 하는 생각이지만, 이런 정도로 붐빌 줄은 미처 예상하지 못했다. 마침 기차에서 내린 손님들이 쏟아져 나오는 시간과 맞물린 탓인지 택시들이 손님을 골라 태우느라 아수라장을 방불케 한다.

예전처럼 줄을 서서 차례로 타면, 타는 승객이나 태우는 기사들이 오죽이나 편할 텐데 서로가 먼저 타려고 야단법석이니 질서는 물 건너간 얘기다.

올림픽을 전후로 한동안 거리 질서가 잡히나 싶더니만, 그것도 어느 날게 눈 감추듯 시들해져 버리고 말았다. 우리 국민의 단점이 바로 이런 데 있다고 보는 게 옳다는 생각이 든다. 어떤 일에는 불같이 쉽게 달고, 또 그런 일이 언제 있었던가 싶을 정도로 쉽게 잊어버리는 것이 우리나라 국민성이 아닌가 싶다.

여하튼 이 무더위에 차를 몰고 나선 자체가 잘못이지 이미 실종된 지 오래인 시민의식을 탓해 봐야 무슨 소용이겠는가?

그런 불평을 뭉개고 앉았으려니 등줄기에 땀이 줄줄 흐른다. 오도 가도 못하는데 뒤에서는 클랙슨을 눌러 젖힌다. 환장할 노릇이다. 욕설이라도 한 차례 해줬으면 싶어 백미러를 들여다보니 낯익은 얼굴이다.

S군이다. 그는 지난봄까지 현장에서 근무하던 사원이다. 많은 종업원 중에 유독 그에게 관심을 가졌던 것은 그 당시 그의 신변에 여러 가지 복잡한 문제가 있어 같이 속을 썩이던 터라 지금도 쉽게 알아볼 수 있었다.

최근에 그가 택시기사 노릇을 한다는 얘기를 들은 바 있다. 다시 한 번 눈여겨보니 틀림없다. 이럴 때 아는 체를 한다는 것이 서로 입장이 곤란하겠기에 앞만 바라보고 앉아서 앞차의 꽁무니를 따라 움직이는 수밖에 별도리가 없었다.

그와의 사이에 있었던 지난 일을 돌이켜 보니 사람이 살아가는 데는 정도가 없음을 새삼 느끼게 한다.

샛노란 개나리가 한창 흐드러지게 피어 봄기운을 풍기고 있던 두 해 전 어느 봄날 퇴근 무렵이었다. 어떤 낯선 여인으로부터 전화가 걸려왔다.

"초면에 이렇게 전화를 해서 죄송합니다 예."

"공장장님 밑에서 일하고 있는 생산과 S씨가 제 남편이라 예."

말투에서 그녀는 남편과는 달리 경상도 출신임을 알 수 있었다. 그렇게 자기를 소개한 여인의 주문에 따라 퇴근 후에 그녀가 나와 달라는 다방으로 나가 마주 앉게 되었다.

30대 초반쯤 되어 보이는 젊은 여인은 둥그스름한 얼굴에 상당히 미모를 갖추고 있어 예쁘다는 생각이 들었다.

서로가 초면이라 수인사를 나누고, 가족 사항을 비롯해 월급쟁이 생활이 어려울 것이라는 염려를 포함한 상사로서의 심적 배려를 곁들인 일반적인 얘기들로 분위기를 바꾸어 나갔다.

S군이 입사한 지가 3,4년은 되었지만, 별로 대화를 나눌 기회가 없는 위

치라서 사적인 문제에 대해서는 아는 것이라고는 전연 없었던 참이라 그들 주변의 얘기들을 묻는 일방적인 질문식의 대화가 될 수밖에 없었다.

네 살배기 아들 녀석이 소아마비에 걸려 정상아가 아니라는 사실과 그래서 그 아이의 장래 문제로 고민스럽다는 얘기도 처음 들었다.

"공장장님께 어려운 부탁을 드려도 되겠습니까?"

"말씀해 보시죠. 저 힘으로 도와 드릴 수 있는 일이라면 최선을 다해야지요."

그렇게 해서 털어놓는 용건은 이러했다.

"작년 4월에 있었던 일인데요. 공장장님도 아시다시피, 가정주부들이 아침에 남편을 직장에 보내고 나면 설거지나 청소를 하는 일, 그리고 빨래나 애 보는 일 밖에 별로 할 일이 없잖습니까?"

"그럴 테지요."

"하루는 오전에 애를 재워놓고 누워 있는데 앞집에서 쿵쿵거리는 전축 소리가 요란해서 뭘 하는데 저렇게 신나는 음악을 틀어놓고 그러나 싶어 살짝 담을 넘겨다봤지 예."

그랬더니, 남녀가 어울려 춤을 추고 있더라는 것이다. 처음에는 잔칫집도 아니고 대낮부터 부부도 아닌 남녀들이 어울려 저런 짓을 하면 되는 건지, 하고 버럭 의심이 갔다. 그러나 흔한 일도 아니고 해서 무슨 특별한 일이 있어서 그러겠지. 여겼던 그런 행동은 다음 날도 같은 시간에 계속되는 것이었다.

그래서 입바른 이웃 아줌마들에게 귀동냥하니 사사로 사교춤을 배운다고 저러고들 있다는 것이었다. 그러고 보니 미남형의 선생이 다른 사람들의 춤추는 자세를 가르쳐 주기도 하고, 직접 여자들의 손목을 잡고 빙글빙글 돌기도 하는 모습이 기억났다.

며칠 후에는 평소에 가까이 지내는 이웃 아줌마들도 그 속에 끼게 되고, 취미가 있는 몇몇 젊은 아낙네들이 구경삼아 그곳을 찾아가게 되었다.

남녀가 몸을 부둥켜안고 춤을 춘다는 것이 우리 사회에 인식되고 있는 바처럼 못내 부정적인 시각으로 비쳐 왔고, 지금도 그런 관념으로 바라보는 것이 사실이다.

그런데 가까이서 보니 음악에 맞추어 격식대로 신나게 움직이는 것을 보니 꼭 부정한 행위라고만은 단정할 수 없는 학창 시절에 배운 그런 율동이었다. 그렇듯 심심풀이 삼아 눈요기만 하며 이틀을 보낸 후, 같은 집에 세 들어 사는 옆방 순이 엄마가 마음이 동했는지 동참 여부를 물어왔다.

"석이 엄마, 우리도 춤 배웁시다."

"그래, 한 살이라도 젊어서 배워두는 게 좋겠는데…."

그래서 며칠을 망설이지 않을 수 없었다.

"춤을 배운다는 사실을 두고 이웃에 소문이 나더라도 해당하는 사람이 여럿이니까 별 탈 없이 무마될 수 있는 일이겠지만, 우선 남편에게 허락을 받을 수 있는 일이 못 되는 데다 우리 형편에 5만 원이란 교습비도 거액이라는 생각이 앞서 선뜻 나서기가 어렵데요."

그때의 솔직한 심정을 이해할 수 있을 것 같았다.

물론 허가를 받은 교습소에서 정식으로 가르치는 것이 아니라는 점이 춤을 배우고 싶어도 사실 살림 사는 주부가 따로 기회가 없고, 또한 춤방을 드나들면 좋잖은 소문이 날까 두려워 배우기가 힘든 주부들의 심리를 이용한 상술인 셈이다.

그들은 적당한 가정집을 골라 사사뼤기로 가르쳐 주는 것이니까 절반 값에 가능한 일이라고 꼬신다더라는 설명도 잊지 않았다.

"그렇지만, 5만 원이란 시세로 쳐서 쌀 반 가마니 값으로 꼬마를 포함한 우리 세 식구의 한 달 양식 값인 데다 연탄 수백 장 값과 맞먹는다 생각하니 마음이 선뜻 내키지 않았어 예."

그런 마음의 갈등도 하루가 다르게 늘어가는 아줌마들의 춤솜씨를 보니까 못 참겠더라는 변명이다.

우선 이웃 아줌마들 축에 빠지는 것이 제일 마음에 걸렸다. 올해 봄에도 작년처럼 이웃끼리 야외로 놀러 갈 것인데, 그들이 이번에 배운 춤솜씨로 신나게 뺑뺑이를 돌고 있을 때 뒷전에 처져 어깨 장단이나 맞추고 앉아있어야 할 것을 상상하니 좀이 쑤시고 배알이 꼬여 거금의 선금을 내고 춤을 배우기 시작했단다.

약속한 열흘간의 교습이 끝날 즈음에는 배운 춤 중에 몇 가지는 누군가가 리드만 해 주면 따라할 수 있을 것 같다는 자신이 생겼다. 춤선생조차도 다른 여자들보다 운동신경이 발달해서 그런지 춤에 대한 감각이 뛰어나다고 칭찬해 주기도 했다.

그리고 2,3일 후의 일로 이웃에서 신고가 들어가 몰래 개설했던 춤방이 문을 닫아야 하는 상황이 되었고, 그 다음 날로 경쾌한 음악소리로 쿵작거리던 비좁은 골목 안은 예전처럼 조용해졌다.

"아무튼 그렇게 해서 춤을 배웠는데 한 열흘 전부터 석이아빠가 그런 사실을 알고서 요즘 하루가 멀다고 다그치고 그것을 시작으로 가정 분란을 일으키는지라 숨이 막혀 못살 것 같아서, 공장장님께서 좀 도와주시라고 이렇게 부끄러움을 무릅쓰고 말씀드립니다 예."

"내용을 들어 짐작건대, 그 친구 처지에서는 충분히 그러고도 남을 겁니다."

아닌 게 아니라, 쉽게 풀릴 문제는 아닌 것 같다. 그의 성격은 내성적이고 온순하다. 강원도 깊은 산골이 고향이라는 것도 안다. 왜냐하면 명절 때는 휴가를 남보다 하루 더 신청하는 사람이기 때문이다.

그는 돈벌이하려고 객지에 나왔으니 남이야 뭐라 하든 열심히 일해서 남부럽지 않게 살겠다는 각오로 성실히 일한다는 것을 그의 상사들의 보고를 통해 잘 알고 있다. 그래서 몸은 꼬장꼬장하지만 잔업은 도맡아서 할 정도로 바지런하다.

공술도 자주 마시면 버릇이 된다면서 이런저런 핑계로 술자리도 가까이

하지 않는다고 동료 간에 소문이 나 있을 정도다. 아무튼 그런 성격의 소유자인 S군에게 예상치도 않은 일이 생겼으니, 아무리 상사라 하더라도 이해를 시킬 수 있을는지가 의문스러웠다.

난감하기는 하지만, 순한 사람이니까 설득해 보겠노라는 대답을 준 후, 제과점에 들러 양과자를 사서 들려 보냈다. 몇 번이나 인사를 하고 멀어져 가는 그 여인의 뒷모습에서 S군에게는 걸맞지 않는 상대처럼 어떤 매력이 졸졸 흐르고 있음을 느낄 수 있었다.

다음 날 아침, 마침 그가 야근하고 나가는 때라서 조용한 회의실로 불러들일 수 있었다.

대체로 지시한 작업이 매우 잘못된 일이 있을 때나 다른 사고를 저질렀을 때만 공장장의 부름을 받는 법인데, 오늘따라 난데없이 공장장께서 부른다니 평소에 드나들 일이 없는 사무실로 들어서는 그의 왕눈이 더욱 크게 보일 수밖에 없었다.

따끈한 차 한잔을 대접하고, 건강은 괜찮은지 물어본 다음에 가정에 무슨 문제가 있냐고 넌지시 물어보니 그는 토끼처럼 놀라면서 의아한 눈으로 바라본다.

"죄송합니다."

하며 그는 고개를 떨구었다.

"왜, 무슨 어려운 일이라도 있는가?"

"예, 그래서 어젯밤에도 다른 동료들 몰래 살짝 집에 다녀온 것인데, 이렇게 공장장님까지 아시게 될 줄은 몰랐습니다."

도둑이 제 발에 저리다고 그는 제 입으로 전혀 예상하지도 않던 잘못을 실토한 셈이다.

세상에 비밀이란 없는 법이다. S군이 마누라의 행동이 의심스럽다고 여기기 시작한 것은 그의 마누라가 말한 것과 비슷한 시기였다. 이웃에 사는 누군가가 마누라가 춤바람이 났으니 마누라를 조심하라는 귀띔을 해 주었다.

처음에는 설마 그럴 리가 하고 자기 귀를 의심했지만, 주변으로부터 몇 차례 그런 소리를 듣고부터는 부쩍 의심이 가지 않을 수 없었다. 그런 일로 가정의 평화가 깨어지기 시작했는데, 아직도 마누라가 정신을 못 차리고 그러는 것 같다는 의심에서 현장을 목격하려고 야간에 작업장을 빠져 나가 집에 다녀왔다는 얘기였다. 일이 그렇게 되었음을 알고 그의 아내가 부탁한 밀사 노릇의 보따리를 끄르기 시작했다.

"그래, 그렇다면 이번만은 용서해 주겠네."

"그런데 말이야, 자네가 생각을 한 번 바꾸어 보는 게 어떨까?"

"어떻게 말입니까?"

그래서 어설픈 인생 상담이 시작된 것이다.

"인생은 길다고 여겨지지만, 나 역시도 50고개를 넘어 살고 보니 삶이란 그렇게 길지도 않은 것같이 여겨진다네."

그를 바라보니 진지한 표정이다.

"물론, 젊을 때 열심히 일해서 나이가 들어 하고 싶은 일을 하기 위한 밑천도 장만하고, 자식들 교육을 포함해서 노후문제까지도 생각하는 것이 옳은 일이지."

물 한 모금을 마시고 다시 이어간다.

"그러나 지금도 중요한 법일세. 젊음이란 영원하지도 않다고 보네. 그러니 너무 악착같이 돈벌이하는 데만 매달리다 보면, 몸도 늙고 인생은 재미없이 가버리는 예도 있으니 적절한 휴식과 부부가 호흡을 맞춰 즐기며 사는 것도 한 방법 아니겠는가?"

얼른 본론으로 들어가기가 민망해서 이렇게 긴 서론으로 시간을 메꾸어가다 보니 끝을 맺기가 어렵겠고, 게다가 야근을 하느라 배고픈 사람을 붙들고 더 앉아 세뇌하기가 민망해서 그냥 본론으로 들어갔다.

"물론, 열심히 벌어서 잘 살아 보려는 남편의 심정도 모르고 춤을 배웠다는 것이 나쁜 일이지만, 자네도 그걸 이해해 주는 긍정적인 방향으로 생각해 보게."

"……."

"여자들이 온종일 집에 갇혀서 애들하고 씨름하다 보면, 차라리 일하러 나온 남편보다 더 피곤하고 스트레스를 많이 받을는지도 모를 일 아닌가?"

"……."

"그러다 보니 춤이라도 배워보자는 심산이었을는지 모르지…. 그러니까 너무 마누라를 닦달만 하지 말고, 자네도 아직 젊은 현대인이니까 언젠가는 써먹을 날이 올 텐데 나쁜 시각에서만 보지 말고 이 기회에 사교춤을 배우는 계기로 삼지 그래?"

그는 나의 엉뚱한 애기에 어리둥절한 느낌이다.

"그러다 보면, 종일 자네만 기다리며 사는 마누라도 한 달에 한 번쯤은 그런 곳으로 데리고 가서 둘이서 맥주도 마시고, 마누라의 근지러운 발바닥도 긁어주는 여유가 있는 남편으로 보일 것이고, 그것이 밑천이 되어 더 행복한 가정이 될 게 아니겠는가?"

대충 그런 애기들을 주섬거려 그의 부인이 부탁한단 불끄기의 노릇을 한 셈이었다.

그리고 두어 달이 지난 어느 날이었다. 창밖에는 신록으로 우거졌던 나무들이 청청히 물들어 가고 있음을 보며 세월의 빠름을 느끼고 있던 오후였다. 누군가가 문을 노크해서 돌아다보니 어젯밤에 야간팀이던 S군이었다.

이번에는 제 발로 나를 찾아든 셈이다. 밤 열 시에 출근할 심야조인데 왜 이렇게 일찍 나왔느냐고 물으니, 가정문제로 한 번 더 조언을 받고 싶어서 일찍 나왔다는 것이었다. 그동안 말이 없기에 잘 되어 가는 방향으로 여겼고, 오늘 역시도 그런 입장이 되어 왔겠지, 하는 조바심으로 그를 맞았다.

"공장장님, 면목이 없습니다."

"아니, 무슨 소린데…."

그는 상기된 얼굴에 원망하는 눈빛을 보이더니 큰 눈망울에 이슬을 머금는 것이었다.

"공장장님 말씀대로 그날로 모든 것을 용서할 테니 이제부터는 가정에 충실하자고 서로가 굳게 다짐했었지요."

그리고 그달 월급날을 기해 어린 것이 일찍 잠자는 틈을 타서 실로 결혼 후, 아니 인생을 살면서 처음으로 마누라의 뒤를 따라 카바레라는 곳을 가 보았다. 그러기까지는 대단한 용기와 결심이 필요했다는 부언이다.

"어서 오십시오!"

검정 무도복을 차려입은 웨이터들이 굽신거리며 인사하는 문을 들어서 자 담배 연기가 자욱한 어두컴컴한 넓은 홀이 나왔다.

휘황찬란한 조명등이 현란하게 반짝이고, 고막이 째질 듯한 음악소리에 맞추어 뭇 남녀들이 뒤엉켜 빙글빙글 돌아가는 양이 마치 별천지에 온 느 낌 그대로였다.

'세상에 이런 곳도 있었던가?'

강원도 산골에서 이곳으로 와서 밤낮 한길로만 왔다 갔다 하면서 살기에 급급했던 그의 생활과는 너무도 거리가 먼 세상이 있음에 새삼 놀라지 않 을 수 없었다.

웨이터가 이끄는 테이블로 가서 자리를 잡고 앉으니 맥주 세 병과 안주 한 접시를 날라왔다. 선불이라며 돈을 달라기에 술이 약해 한 병만 시키면 안 되느냐고 물으니, 이곳에서는 이것이 기본이라면서 제값을 챙겨 갔다.

결혼 이후 실로 오랜만에 서로가 따라준 맥주를 한 컵씩 받아들고 쨍그 랑 소리를 내며 잔을 부딪쳐 건배를 올리며 둘은 멋쩍은 기분으로 씩 웃기 까지 했다. 맥주잔을 입에 대고 주변을 살펴보니 홀 안은 온갖 열기로 가득 했다.

한 곡이 끝나고 끊기나 싶으면 여전히 다른 음악은 흐르고, 거기에 맞춰 부둥켜안은 남녀는 넓은 무대 위를 빙빙 잘도 돌아갔다.

'이들은 얼마나 잘 살기에 이러고들 즐기는 걸까?'

'저 여자들은 대체 무엇을 하는 여자들이기에 초저녁부터 이런 곳에 나와 춤추고 있는가?'

S군은 시간이 갈수록 어리둥절해 눈망울이 커지는 기분인 데 반해 아내는 여유작작해 보이는 그런 느낌을 받으니 마음에 동요가 인다. 즐거운 표정으로 어깨를 들썩거리며 신나게 춤추며 미끄러져 가는 커플들의 스텝을 바라보고 있는 아내가 미운 여인으로 비친다.

"저기서 춤추는 사람들은 다 부부간인가?"

"아니라 예, 여기에 오면 누구나 파트너가 될 수 있어 예."

"저 보이소! 여자들이 많이 기다리고 있지 않아 예."

그러고 보니 뒤편에 많은 여인이 앉거나 서 있다.

"그럼, 생전 처음 보는 사람하고도 춤을 춘단 말이야?"

"술값은 누가 내는데?"

그는 궁금한 것이 많았다. 여자들은 입장료가 없고 술은 시켜도 되고 안 시켜도 된다는 설명이다.

'이 여우 같은 년!'

내용을 잘 아는 것으로 미뤄 봐 그동안 자기 몰래 이런 곳을 숱하게 드나들었으리라 생각하니, 이전에 용서해 주리라 다짐했던 아내의 부정이 자꾸만 되살아나는 그런 기분이었다. 그런 생각에 젖어 마음 속으로 비릿한 갈등을 빚고 있을 때였다. 한 낯선 젊은이가 테이블에 다가와 고개를 숙이며 부탁을 한다.

"부인하고 한 곡 춰도 되겠습니까?"

환장할 노릇이었다.

키도 멀쑥하고 잘 생긴 놈이다. 아내는 반가운 눈빛으로 자기의 동의를 구하고 있다.

'이를 어쩐담?'

'오늘은 어차피 마누라 서비스하러 왔으니까 별일이야 있겠는가?'

순간적인 마음의 갈등을 느끼다가 쉽게 대답이 나왔다.

"해 볼 테면 해 봐!"

아내는 기다렸다는 듯이 집에서는 하지도 않던 아양을 떨고서는 그 사내를 따라 무대 중앙으로 나가더니 한 손은 남자의 손을 잡고 한 손은 어깨 위에 걸친 채로 빙글빙글 돌기 시작한다. 제법 빠른 템포에도 남자가 이끄는 대로 격식에 맞추어 춤을 추는 아내를 보니 온갖 잡념이 인다.

두 남녀가 적당한 거리를 두고 밀고 밀릴 때는 젖가슴이 닿는 것 같고, 때때로 허리를 마구 잡고 돌고 돌리는 것을 보니 전신의 피가 역류하는 기분이다. 저렇게 되기까지는 그리 쉬운 일이 아니다.

'백여우 같은 년!'

맥주 한 컵을 냅다 들이켠다. 춤을 출 줄 아는 남자는 제 여편네에게는 절대로 춤을 못 배우게 한다는 얘기의 뜻을 이제야 알 만하다.

많은 춤꾼의 속에 묻혔다가 다시 되돌아 나오기도 하고, 또 헤집고 들어가서 보이지 않을 때는 저 연놈들이 어쩌나 하는 의구심도 생겼다. 빠른 템포의 경쾌한 음악이 느슨한 곡으로 바뀌면서 몇 쌍의 춤꾼들이 제자리로 돌아오는 데도 남편 곁으로 돌아올 생각도 않고 그 미남과 계속해서 춤을 추는 여편네가 몹시도 열 받치게 했다.

어둠 속에 묻히고 춤꾼들 속에 가려 잘 보이지 않는 아내를 찾다 보니 이번에는 아예 남녀가 엉겨 붙은 형태로 춤을 추고 있다. 당장 무대로 뛰쳐나가 이 여편네의 팔을 비틀고 나올까 싶은 충동도 일었다. 생각할수록 눈이 튀어나올 지경이었다.

'남편의 존재마저 잊고 춤에 몰두하는 맛이 어디에 있는가?'

'춤 그 자체인가? 상대편 남자인가?'

울화통을 삭이느라 못 마시는 술을 혼자서 연거푸 마신 탓에 정신마저 이미 몽롱해졌다.

'이게 내 인생이 아닌데. 어차피 오늘 있었던 일은 잊자. 죽이고 싶도록 얄미운 마누라의 행위였지만, 그래도 어쩌겠는가? 그런 별천지에서 밤낮을 재밌게 살 수 없는 내가 바보일 뿐이지.'

술기운을 못 이겨 아내의 팔짱에 매달려 집으로 돌아드는 밤하늘에 달이 걸렸다. 마치 비웃는 듯한 모습으로 가까이 다가와 비친다.

'세상에 쓸모없는 머저리 같은 놈!'

'그래, 그럴 거야.'

혼자 생각하고 답하며 중얼거린다.

"뭐가 그래요? 여보 정신 차려요!"

"그래, 내 정신은 말짱하다, 왜?"

이미 말투가 시비조로 바뀌어 가고 있었다. 휘청거리는 남편을 부축하는 아내의 기분이 어떨까를 생각해 본다.

'지금도 그 남자와 춤추던 기분에 젖어 있지?'

'이렇게 팔짱을 낀 놈이 내가 아니라 그놈이라면 좋겠지?'

갑자기 역겨움이 인다.

"야! 이 팔 놔!"

버럭 고함을 질렀지만, 혼자서는 몸을 가눌 길이 없다.

그런 일이 있고 난 후에도 아내의 간청에 못 이겨 두어 번 더 같이 가 주었다. 그러나 아내는 그런 정도로 만족하지 않는 눈치였고, S군 자신은 전과 같은 갈등과 초라함을 느끼기는 마찬가지였다.

변화가 있다면, 다른 파트너와 어울려 춤을 추는 아내의 춤솜씨가 더 늘어가는 것으로 보여 아내에 대한 의구심만 더 증폭되어 갔다. 남자의 오기로 당장 춤을 배우려 들려 해도 막상 시작하려니 그리 쉬운 일이 아니었다.

우선 마음에 여유가 있어야 하고, 무엇보다도 그 일에 취미가 있어야 하는데 남 앞에 나서서 노래 한 곡 제대로 부를 줄 모르는 음치라서 춤 역시 음악적인 율동에 기초를 둔 것이라 몸짓이 둔할 것 같은 선입감이 언뜻 나서고 싶은 생각을 오그라들게 했다.

그런 망설임과 의구심 속에 몇 개월이 지났다.

춤바람, 그건 봄바람을 타고 한 차례 건듯 부는 일시적인 바람이 아니었다. 아내가 춤바람이 났다는 소문을 풍문 결에 들을 수 있었다.

상대가 춤꾼인 제비라는 얘기도 들렸다. 그것이 사실인지 다그치기도 해보았지만, 그런 사실이 없다고 극구 부인하는 데에는 어쩔 수도 없었고, 그것이 밤에 이뤄지는 일이라서 부정의 꼬리를 잡기에는 어려운 일이었다.

주간반 근무할 때에는 일주일 동안을 저녁 시간대에 집에서 같이 머물기 때문에 가정에 충실한 아내 역할을 다 하는 눈치였으나 야간 근무할 때가 문제였다.

여하간 단서를 잡기 위해 갖가지 수단을 동원하지 않을 수 없는 상태에 이르렀음을 직감했다. 어느 날 하룻밤에는 작업반 동료들에게 집에서 가져올 것을 잊고 왔었기에 집에 들렀다가 오겠노라 동의를 구하고 경비하는 직원들 몰래 담을 넘어 집으로 향했다.

제발 헛소문이기를 바라는 심정으로 조용히 문을 따고 집으로 숨어들었다. 아닌 게 아니라 그건 사실이었다. 아내의 품에 잠들어 있어야 할 꼬마만 세상 모르고 잠들어 있을 뿐 아내의 행방은 묘연했다.

'이 죽일 년!'

아무리 화가 나도 당장 어쩔 수 없는 노릇이었다. 어느 동네의 어느 카바레로 갔는지 알 수 없는 처지라서 회사로 돌아올 수밖에 별도리가 없었다. 밤새도록 속을 썩이다가 아침에 서둘러 퇴근해서 닦달해 보았지만, 이웃 동네 친구 집에서 화투놀이를 하며 놀다 왔다고 잡아떼는 데는 다른 방법이 없었다.

그런 일로 신경전을 벌이며 나날을 보내다 보니 회사 일도 능률이 오르지 않고, 당장 눈에 표가 나지는 않지만 가정생활도 점차 엉망이 되어 갔다. 가정불화는 잦아지기 마련이고, 된소리가 오고 가다 보면 홧김에 튼튼하지도 못한 가재도구가 박살이 나는 소란으로 분위기는 험악해졌다.

그 후에도 못 미더워 서너 차례 야간순찰을 했었고, 그럴 때마다 아내는 늘 부재중이었다. 어떤 때는 회사로 돌아가야 한다는 생각마저 잊은 채 쓸쓸한 방안에 앉아 많은 시간을 보냈다. 그런 물정도 모르고 잠들어 있는 어린 자식의 모습이 가련해 보여 괴로움은 더 했다.

전생에 무슨 죄가 있어 성치 못한 몸으로 태어나서 어미의 사랑도 받을 수 없는 운명인가를 생각해 보니 눈물이 앞을 가렸다.

'차라리 저 소아마비 걸린 병신자식이라도 없다면 깨끗이 이혼이라도 해 버릴 텐데.'

그런 것이 하나의 바람에서 사실로 나타난 것은 그리 먼 훗날의 얘기가 아니었다. 역시 춤을 가르쳐 준 그놈의 제비와 배가 맞아 멀리 날아간 것이었다. 이미 멀리 날아가기로 작정한 터라서 사전에 치밀한 계획을 세웠겠지만, 그래도 병든 자식을 봐서라도 제 위치로 돌아와 줄 것을 한 번 더 부탁해 보겠노라고 몇 날 며칠 밤을 카바레가 있는 주변 동네의 번화가를 돌아다녀 보았지만 그건 사또 떠난 후의 나팔 불기로 허사였다.

그래서 포기하고 말았다는 얘기였다.

"이제 회사 동료들 보기도 민망하고 당장 애를 돌볼 사람이 없어 회사를 그만둬야겠습니다."

그렇게 말하는 그의 눈에 이슬이 고였다.

"이 사람, 그렇다고 당장 회사를 그만두면 생활 문제는 어쩌려고 그래?"

"그동안 조금 벌은 것 갖고 손수레를 사서 채소 장수라도 하며 살렵니다."

그래서 그런 것을 의논하러 공장장을 찾아왔다는 얘기다. 춤바람은 일시적이니까 마누라를 찾는 노력을 더 해 보는 것이 좋지 않겠느냐니까 그는 도리질했다.

수천 번을 생각해 보았단다. 물론 그랬을 것이다.

"보기에는 착한 사람이던데. 남편과 자식을 가진 여자가 그럴 수 있을까?"

타인의 처지에서 봐도 너무 심한 것 같아 그 전에 만났을 때 보조개가 움푹 패게 웃던 그녀를 다시금 생각해 본다. '열 길 물속은 알아도 한 뼘 사람의 마음속은 모른다' 더니 속과 겉이 다른 게 여자의 마음인가?

"그런데 말입니다. 이런 이야기는 안 하는 게 옳은데 말씀입니다만."

그리고 미간을 찌푸리며 침을 한 번 삼키고는 말을 잇는다.

"그 여편네는 천성으로 바람기를 타고났나요."

"완전히 색골인 기라서요."

그는 예까지 들어가며 그 여인을 발가벗겨 돌팔매질해댄다.

밤 동안 고단하게 일하고 아침에 녹초가 되어 퇴근하고 돌아오는 피로한 남편에게 음식을 제공할 생각은 하지 않고 잠자리부터 편다는 얘기였다.

키는 크지만, 갈비뼈가 성성해 보이는 그의 약한 체질과 지난번 한 차례 만났던 그 여인의 체구를 비교해 보며 강한 자와 약한 자를 상상해 본다. 더러는 마른 장작이 화력이 세다고들 얼버무리지마는 S군의 경우는 자기가 솔직히 시인했듯이 그의 아내를 충족시키는 데는 역부족이라는 말에 짐작이 간다.

여하간 그런 이야기로부터 시작하여 지금까지 자기 머릿속에 기억된 아내에 관한 모든 것들을 털어내어 버리려는 필사적인 노력을 하는 것으로 보아 재결합의 여지는 없는 듯했다. 그렇다고 감정적으로 처리할 일이 아니니 안정이 되는 시점에서 회사를 그만두는 것이 좋지 않겠느냐고 구슬러 보냈다.

그래서 그는 동요하지 않고 힘든 한 해를 보낸 후에 조용히 회사를 떠났다. 지금 생각나는 일이지만, 마누라가 줄행랑치고 난 반년쯤 되었을 때의 일이었다. 회사에서 가을 야유회를 갔었는데 그때 그가 보여준 춤솜씨가 대단했었다.

'마누라 잃고, 춤 한 번 잘 배웠구나' 하는 생각이 들 정도로 춤꾼이 되어 있었다. 아닌 게 아니라 그때 누군가가 그렇게 말했고, 그런 사정을 아는 동료들은 모두 다 웃었다.

지금도 그때 그 일을 생각하노라면 인생은 참으로 역설적이구나 하는 느낌이 든다. 한 사람의 앞일을 두고 어드바이스한다는 것은 참으로 어려운 일이다. 역경에 빠진 사람은 누구에게나 자문하고 그 길을 좇아보려고 안간힘을 쓴다.

그때 상담을 맡은 사람이 누구냐에 따라 많이 변화한다는 것은 짐작이 쉬운 일이다.

S군을 볼 때면 그를 두고 어설픈 인생 상담을 한 것 같아 늘 죄지은 기분이다.

죗값

"죄는 지은 데로 가는기라."

순복이 어멈의 얘기를 자초지종 죄다 귀담아 들은 후에 도사님께서 내뱉은 말이었다. 부처를 모셔 놓았다 하면 굽신거리는 순복이 어멈으로서도 응당 그럴만한 사연이 있어 그렇겠지, 하고 생각은 하면서도 잘 이해가 되지 않았다.

그래도 낮에 본 색시가 겪고 있는 고초가 너무도 측은하게 느껴져서 풀었던 얘기 보따리를 도로 싸기가 아쉬웠다.

"무슨 악한 죄를 지었는지는 모르지만, 그래도 청춘이 만리 같은데…, 도사님이 선처를 해 주시몬 안 되겠심니꺼?"

"무슨 소리고?"

"인과응보라 안 카나?"

"제발 내 앞에 데리고 올 생각은 아예 말거라이!"

그러고는 대화가 단절된 채 방 안엔 한참 침묵이 감돌았다. 오늘따라 기도하러 온 신도들이 없어 조용한 방 안에는 적막감마저 느껴진다. 민망한 생각에다 무안한 느낌이 들어 얼른 자리를 뜨고 싶었다. 막상 도사님의 대답이 그렇고 보니 좋은 방법이 없을 것 같다.

단상에 모신 좌상의 돌부처를 올려다보니 시무룩한 표정이다. 조용히 일어나 불상 앞에 3배를 올리고 슬그머니 뒷걸음질 치며 인사를 한다.

"도사님! 저 갑니다 예."

숫제 대답도 없이 실눈을 감았는지 떴는지 모를 상태로 그저 그렇게 앉아 있었다. 산길을 내려오며 순복이 어멈은 복잡한 생각에 젖어 들었다.

'죄는 지은 데로 간다고 했겠다.'

'그 젊은 새댁이 전생에 무슨 큰 죄업을 졌기에 그런 고충을 당하는 것일까?'

도사님도 그렇지, 언제는 속세에서 괴로워하는 사람들을 데려와 심신을 치료하여 마음 편하게 살게 해 주는 것이 자기가 천지신명 대왕님으로부터 이임 받은 일이라며, 신도들을 많이 데려오는 것도 한 가지 보시라고 하더니만 오늘따라 왜 그러는지 도통 알 수가 없다.

'퉤' 하고 침이나 한 번 뱉을까 생각하다가 도사님께서 미리 알고 벌을 줄까 봐 겁이 나서 그런 생각을 거둔다. 아닌 게 아니라 그 순간 까딱 잘못했으면 돌부리에 걸려 나자빠질 뻔했다.

'죄짓고는 못 산데이……'

퍼뜩 그런 생각이 스쳐 갔다. 순복이 어멈 생각으로는 그동안 자기뿐만 아니고 도사님을 소개해서 신병을 고친 사람이 여럿이라서 도사님 말처럼 한 사람이라도 편케 해 주는 것이 복 받는 일이라 여겨 가능하면 여러 사람에게 도사의 신통한 영험을 전해 주고 있는 터다.

'혹시라도 새댁이 찾아오는 날이면 어쩔꼬?'

'물에 빠진 사람은 급해서 지푸라기도 잡는다는데…. 괜시리 도사님 자랑을 했구만.'

입맛을 쩝쩝 다시는 순복이 어멈은 마음이 편치 않은 하루였다. 평소에는 새벽녘에 일찍 자갈치 시장으로 가서 건어물을 받아오는데, 오늘은 군에서 첫 휴가를 나온 막내가 귀대하는 날이라서 치다꺼리한 후 늦게사 집을 나섰다.

다 늙은 터이지만 그래도 얼굴에 크림이라도 좀 찍어 바르고 나서다 보니 한낮이 되었다.

예전에는 닷새에 한 번씩 동해남부선 기차를 타고 생산지인 월내나 대변 등지에까지 직접 가서 사 오던 건어물을 요즘은 지하철이 생겨 교통이 편리한 자갈치 시장에서 도매금으로 사 오기 때문에 매우 편리해졌다.

한낮이라서 그런지 찻간은 여느 때처럼 그렇게 복잡하지는 않았지만, 그렇다고 홀빈하지도 않아 얼른 앉을 자리가 눈에 띄지 않았다. 온천장에서 지하철을 타고 두어 정거장 갔을 때 빈자리가 생겨 걸터앉았다.

막 앉고 보니 젊은 새댁이 아기를 안고 섰다. 옆자리를 넓혀서 새댁을 앉게 하고는 보자기에 싸인 아기를 껴안는 데 편하도록 거들어 주었다. 보자기에 싸인 채 새록새록 잠들어 있는 어린 것을 내려다보는 순간 깜짝 놀랐다.

어린 것의 얼굴 반쪽이 온통 상처투성이다. 언뜻 느끼기로는 흔히 보아온 검은 얼룩 반점처럼 보였지만, 자세히 보니 그런 게 아니고 피부병 같았다.

"이 어린 것이 와 이런교?"

"글쎄 말이예요."

서울 말씨다. 고개를 돌려 그렇게 말한 새댁을 바라보니 굉장히 미인이다. 차려입은 옷매무새도 그렇고, 헌칠한 키에 꾸민 얼굴이 영화배우나 모델 같다는 생각이 들었다. 어린애만 안고 있지 않았다면 미혼녀로 보겠다.

"어린 것이 얼마나 고생이겠노?"

"퍼뜩 나사 주지 않고 와 이리 놔 두는교?"

순복이 어멈은 자기 외손자라도 되는 양 혀를 껄껄 차며 마냥 언짢아 고시랑거린다.

"언제부터 이런교?"

"……."

"병원에서 뭐라카는교?"

귀엽게 잘 생긴 얼굴이다.

"아이구, 이 귀여운 것을!"

남의 입장은 아예 생각지도 않고 따발총 쏘듯이 연이어 물어 재낀다.

"글쎄요, 나서부터 지금껏 그런데요. 좋은 병원은 다 돌아다녔는데도 별 효험이 없어요."

새댁은 이 일로 완전히 지친 말투다. 순복이 어멈은 자기 큰아들 녀석의 팔뚝에 난 상처를 생각한다. 어릴 때 상을 덮치다 뜨거운 국물에 덴 상처가 흉측스러워 지금도 여름철에는 긴 소매 옷을 입게 하는 판인데 하필이면 얼굴이라니. 얼굴은 그 사람의 간판이라 하는데, 나중에 상처가 완전히 낫는다손 치더라도 흉터가 클 것으로 보여 더욱 안타까운 생각이 들었다.

하기야 요즘은 성형수술이 잘 발달해서 얼굴을 뜯어고치는 것쯤은 식은 죽 먹기처럼 힘 안 들이는 일이라고들 하니 그건 다음에 걱정할 일이고, 우선은 딱지딱지 구덩이 살이 앉은 피부병부터 고치는 것이 선결문제이겠다.

"세상에 이럴 수가…."

마치 말귀를 알아듣는 듯이 눈을 감은 채 얼굴을 붉히며 한 차례 긴 기지개를 켠다. 아기를 감싼 옷가지나 새댁이 꾸민 차림으로 봐서는 부잣집 자손임은 틀림없어 보이는데, 어린 것이 이 지경인데도 그냥 둘 사람들이 아니고 보면, 혹시 피부암과 같은 난치병이 아닌가 하는 방정맞은 생각이 들기도 했다.

요즘은 의학이 발달해서 현대설비를 갖춘 실력 있는 의사만 만나면 쉽게 나을 수 있을 법한데 애쓴 만큼 좋은 결과가 얻어지지 않는다니 믿기지 않는다. 여남은 정거장을 가는 동안에 이것저것 궁금한 사항을 다 물어보았지만, 그동안 남들이 좋다는 것들은 다 해 보았으나 별 신통한 방법이 없더라는 얘기였다.

순복이 어멈은 매우 다른 것을 생각하고 있었다.

'도사님에게 데려다 보이면 어떨까?'

밑져 봤자 본전이라는 생각까지 해 본다. 그렇다고 병원에서처럼 많은 돈을 요구하는 것도 아니고, 또한 아이의 병만 낫는다면야 새댁이네! 입장으로는 시주도 많이 할 것이고, 모르긴 해도 어쩌면 그 이상의 대가도 지불할 수 있으리라 여겨져 도사님께 칭찬도 듣겠다 싶으니 누이 좋고 매부 좋은 일로 판단되었다.

그래서 우선 색시에게 운을 띄워 보았다.

"새댁! 병이라는 게 꼭 다치고 병균이 옮아서만 생기는 것이 아니더구만…."

"아주머니 무슨 말씀이신데요?"

요즘 젊은 사람들에게는 씨알이 먹혀 들어 가지도 않을 얘기라서 한참을 망설이다가 그래도 이왕지사 벌인 춤인데 싶어 권유해 본다.

"새댁의 처지가 딱해 보여서 그러는데 약으로 잘 낫지 않는 데는 영험이 있는 도사가 한 분 있어서 한 번 찾아가 보는 게 좋을 것 같아서 그러는데."

새댁의 얼굴에 웃음인지 비웃음인지를 헤아리기 힘든 표현이 재빨리 나타났다.

"우리는 기독교인이라서 그런 것은 믿지도 않고 그런 곳에 가지도 않는데요."

순복이 어멈이 은근히 기대했던 것과는 달리 부정적인 대답이 나왔다. 하기야 예수 믿는 사람들이 절간이나 산신각에 찾아가 절을 할 이유가 없는 노릇이라고 수긍은 하면서도 꼬리표를 단다.

"아기 엄마, 혹시라도 생각이 달라져서 그렇게라도 해 보려면, 내가 구서동 시장 앞 난장에서 장사하고 있으니 그쪽으로 찾아오면 언제든 날 만날 수 있구만."

"누가 아나? 혹시 효험을 보게 될는지?"

그러고는 두 정거장을 더 가서 그들 모녀와 헤어져야 했다. 시장을 들러서 집으로 돌아와서도 그 어린 것의 얼굴을 지워 버릴 수가 없었다.

"연때가 맞으면 언제 그랬냐는 식으로 효험을 보던데…."

그것은 순전히 순복이 어멈 혼자 생각일 뿐이었지만, 그래도 불쌍한 어린 것을 생각할수록 애가 타서 하는 말이다.

오후 늦게라도 시장에 나가 전을 펼까 하다가 오늘은 아들 덕에 억지로라도 편하여지자는 생각에 그냥 주저앉았다. 벽에 붙은 사진틀 속의 영감이 비시시 웃는 느낌으로 다가든다.

"망할 놈의 영감탱이! 자기만 먼저 가고…."

마치 산 사람에게 하듯 입을 삐쭉거린 순복이 어멈은 갑자기 허전한 생각이 들었다. 늦게사 점심을 먹는 낮잠이라 잘 가 하다가, 마음도 뒤숭숭하고 해서 뒷산 중턱에 자리한 도사를 찾아갔던 것이다.

그는 부처님을 모셔 놓고 염불은 하지만, 진짜 중은 아니다. 바로 말하자면 신이 들린 남자 무당이라는 것이 옳을 성싶다. 그래서 설법을 할 때도 부처님이 아니고 대왕님이나 용왕님을 찾기 일쑤고, 한창 읊을 때는 수십 명에 달하는 천지신명을 들먹거린다.

처음부터 염불은 서툴러 보였고, 관상이나 점을 잘 쳐서 스님이 아닌 도사님이란 칭호를 얻은 것 같다. 순복이 어멈이 절에도 뻔질나게 드나들지만, 이곳에도 심심찮게 찾아오는 데는 나름대로 이유가 있어서다. 마흔아홉에 영감을 잃고 오륙 년 동안 자식들 뒷바라지하느라 고생깨나 하고 산 셈이다.

영감 살아생전에 큰돈 모아놓은 게 없었던 처지라 세 자식을 대학교까지 추스르다 보니 아침저녁으로 허리 한 번 제대로 펴보지 못하고 힘겹게 살았다. 그러다 보니 식사도 제대로 챙겨 먹지 못해 속병도 나고, 시장통 앞 난장에서 전을 벌이는지라 한데서 더위와 추위를 번갈아 가며 사철을 살자니 젊을 때와는 달리 삭신이 쑤시고 만신이 아픈 데는 나이를 이길 장사가 없다.

오늘 첫 휴가를 다녀간 막내놈을 재작년에 대학에 입학시켜 놓고서야 이제부터 두 다리를 뻗고 자도 되겠다 싶었는데, 마음을 놓아서 그런지 잔병치레가 많아졌다. 병에는 약도 많았다. 도사님을 만나게 된 것도 그런 병타령을 하다가 영험이 있다는 소문을 듣고 찾아간 것이다.

도사님의 치료 방법은 달랐다. 그렇다고 별다른 약을 주는 것도 아니고, 복채 받고 써주는 부적을 몸에 지니고 한 주일에 두 번씩 도사님네 법당에 모신 불상 앞에서 '나무아미타불'을 외며 마음 내키는 대로 수십 배씩 절하는 것이 처방 전부였다.

순복이 어멈은 법당을 찾아가는 날에는 불상 앞에 단돈 천 원이라도 얹어놓거나 시장에서 사 간 왕초에 불이라도 밝히는 것이 정성인 줄 알았다. 부지런한 사람들은 사흘들이 절에 가 불공도 드리는데 두어 달 등산 삼아 법당이 있는 뒷동산 오르내리는 것쯤이야 별로 힘들지 않은 일이라서 게으름을 피우지 않고 열심히 다녔다.

이유야 어찌 되었건 간에 작년 여름부터는 몸이 가뿐해졌다. 그래서 지금까지 기분이 좋으면 좋은 대로, 짜증스러운 일로 짜증이 날 때는 그런 연유로 찾아와 불상 앞에 엎디어 절하는 것으로 마음을 달랜다. 간혹 시간이 나면 도사님을 채근해서 사람이 사는 도리에 관해 설법을 듣는 것도 낙이 되었다.

사실 순복이 어멈으로서는 50평생에 매달렸던 명줄도 이제 몇 가닥이나 남았는지 모르는 판에 나름대로 인생살이를 계산하고 산다. 이악스럽게 아등바등 이를 악다물고 나부댄다고 더 얻을 것도 없다는 심산에서다. 또한 그래봤자 제 육신만 고단할 뿐이라는 것도 듣고 보고해 봐서 안다.

사람은 태어날 때 복을 잘 타고나야지 뒤늦게사 서두르고 악바리 노릇을 한다고 해서 없는 복이 찾아오는 것은 아니라는 운명론을 굳게 믿게 되었다. 그래서 요즘은 장사도 소일거리로 심심풀이 삼아 한다. 세상에서 제일 번잡스러운 데가 시장통이라고, 하루에도 뭇사람을 만나고 사귄다. 그리고 그들의 인생을 보고 듣고 느끼며 그들과 어울려 사는 것에서 살맛을 찾는 셈이다.

그러다 보니 세상 돌아가는 물정도 알고 조석으로 변해 가는 인심도 안다. 세상은 참 빨리도, 그리고 많이도 변했다. 특히 세상인심은 조변석개라고 했듯이 하루가 다르게 변하는 기분이다. 장사라 해 봤자 건어물 몇 가지 받아다 파는 반태기 장사에 불과하지만, 그것조차도 비위가 상하는 일이 많다. 가진 사람이 더 무섭다는 얘기를 실감하고 산다.

사실 돈푼이나 있는 여인들이 물건 값을 더 깎자고 대들고 양으로 불리려 든다. 돈도 남지 않는 마른 멸치의 경우가 많은 시비를 불러일으키는 경우가 많다. 어쩌면 사람들의 심성을 아는 데는 마른 멸치 장수 노릇을 해 보라고 권하고 싶을 정도다. 멸치 한 부대를 풀어 헤쳐 놓고 낱되로 파는 경우라서 되질을 하는 데 따라 어떤 때는 손해를 보는 경우도 허다하다.

마릿수를 일일이 헤아려 파는 것도 아니고, 그렇다고 무게를 달아 파는 것도 아니다 보니, 작은 됫박에 두서너 마리가 아니라 여남은 마리가 더 또는 덜 들어갈 수도 있어 어차피 축이 나기 마련이다. 그런 사정도 모르고 사는 처지에서는 십중팔구가 수북이 쌓인 됫박 위에 몇 마리씩 더 얹어 달라고 조른다.

그러다 보면 장사꾼과 손님 간에 밑진다느니 인심 사악하다느니 밀고 당기는 흥정 아닌 시빗거리가 된다. 으레 그러는 것이 시장의 생리라고 쳐도 때로는 비위에 거슬리고 역겨울 때가 많다. 정말 더러워서 이 꼴 저 꼴 안 보고 장사를 때려치워야겠다고 흥분할 때도 더러 있었다. 되돌아보면 낯 붉힐 일도 많았다.

그런 세월을 살면서 인생 공부를 많이 한 셈이다. 요 몇 년 새 어느 정도 마음을 비우고 사는 것이 편하게 사는 것임을 터득했다. 물론 수시로 절을 찾고 도사님의 법당을 찾으면서부터 더 신실한 불제자가 되겠다는 마음을 가지게 된 데도 그 원인이 있다.

스님이나 도사님의 설법을 들으면 한결같이 '죄는 지은 대로 간다' 라는 논리였다. 또한 시장바닥에 앉아서 듣고 보면 인간 만사가 너나 할 것 없이 얼추 그런 결과로 매듭지어지는 것으로 보였다. 그래서 그 가르침이 순복이 어멈의 늘그막 인생에 생활철학으로 자리를 잡다시피 되었다.

만사는 마음먹기에 달렸다. 종전에는 한 푼이라도 남길 양으로 멸치 새끼 몇 마리를 놓고 많으니 작으니, 싸느니 비싸느니 입이 아프도록 시비를 하는 경우가 많았으나 요즘은 약간 되질에 축이 나더라도 한두 번 말 상대를 하다가 넘겨주고 만다. 그것도 먹을 사람에게 베푸는 작은 보시다 싶기도 해서다.

아무튼 순복이 어멈은 그렇게 산다. 그런 일이 있은 지 보름쯤 지난 어느날이었다. 순복이네 식구들은 큰댁 조카가 시집가는 날이라서 시간에 맞춰 예식장으로 갔다. 처녀로 늙는가 해서 걱정이 태산 같더니만, 고무신도 제짝이 있다고 나이 서른에 늦게나마 시집을 가게 되었으니 다행스러운 일이었다.

한창 꽃다운 나이 때는 뭇 사내놈들이 줄을 지어 따라다녀도 안 가는 이유가 많더니만, 막상 나이가 목에 꽉 차서는 시집을 못 가서 안달이었다.

'사람도 물건도 다 때가 있고 시세가 있는 법이라고 오죽이나 권하던 일이든지?'

순복이 어멈은 과년한 딸 가진 부모의 마음이 오죽할까 하는 생각으로 식장에 들어섰다.

"아주머니! 안녕하세요?"

"이게 누꼬?"

신부 대기실에서 뜻밖에 그전에 찻간에서 만났던 애엄마인 색시를 만났다. 오늘 결혼하는 순복이 사촌언니와 친구라는 것이었다.

"세상 참 좁제이?"

"그렇네요, 아주머니."

이렇게 대화를 주고받다가 식이 시작되어 모두 제자리로 돌아갔다. 이것이 그녀와 두 번째 만남이었다.

다음날 도사님을 찾아갔을 때 도사님의 기분을 살펴 가며 눈치껏 물어보았다.

"한 보름 전에 말씀드린 그 일인데 예, 그 젊은 색시에게 전생에 무슨 큰 죄업이 있던교?"

"전생이 아니라 이승에서 지은 죄가 더 큰데 우짤끼고?"

순복이 어멈은 눈이 휘둥그레졌다.

'아니 그 젊은 색시가 사람이라도 죽였단 말인가?'

"그 처자 때문에 머슴아가 목매달아 죽었으니 간접살인인 거라!"

"그래서 어린 자식을 통해 고통을 받는 거라 그 말입니까?"

"내 인과응보라 했제, 이 세상에서건 저 세상에서건 자기가 지은 죗값은 어떤 형태로든 다 업보를 받는 법이라니까는 그러네."

순복이 어멈은 합장하고 '나무관세음보살'을 외었다. 도사님은 더는 말 없이 휑하니 밖으로 나가 버렸다. 도사의 얘기도 100% 다 옳다고 믿는 견해도 아니지마는 그렇다고 미신이라고 얼버무리고 말 처지가 아니다.

지난번에도 도사를 찾아왔던 한 젊은 여인의 고민도 당장 알아맞히고는 적절히 처리해 준 것을 아는지라 이번 일을 두고는 '설마 그럴라고?' 하는 의문이 덜하는 기분이다. 그때의 새댁도 젊기는 이 색시와 비슷했었다. 다만 사는 처지가 달랐다. 남편이 공사판에서 날품팔이하는 가난하고 덜 배운 사람들이 주인공이었다.

그녀는 시골서 가난한 처지로 살다가 도시로 뛰쳐나온 가출소녀였다. 변두리의 허름한 식당에서 일자리를 얻어 한두 해를 보내다가 지금의 남편과 눈이 맞아 동거생활을 시작했다. 그리고 자식이 생겨 첫돌을 몇 달 앞둔 때였다. 대체로 첫 자식이란 태어나면서 부부간의 사랑과 정을 더욱 야무지게 묶어주는 역할을 한다는데 그게 아니었다.

이 여인의 경우는 아들을 낳아 귀염을 받을 줄 알았는데 그와는 반대로 남편의 구박만 늘어갔다. 자식을 귀여워하기는커녕 원수처럼 생각하는 처지로 돌변하는 남편의 입장을 도저히 이해할 수가 없었다.

시간이 갈수록 외박도 늘어가고 생활비도 제대로 챙겨주지 않았다. 그런 것을 두고 시비를 벌이는 날이면 주먹세례가 빗발쳤다. 요즘 들어서는 다른 것으로 짜증이고 신경질이다. 7,8개월 동안 잔병치레 없이 낮과 밤을 구별해서 잘 자라던 아들 녀석이 갑자기 밤과 낮을 혼동하고 거꾸로 지새는데다 밤에는 어른들이 제대로 잠도 못 자게 울어재끼는지라 성질머리 사나운 제 아비의 불만이 이만저만이 아니다.

언젠가는 그 못된 제아비 성깔 탓에 포대기에 싸인 채로 방바닥에 내동댕이쳐 죽을 뻔한 적도 있었다. 그게 하루 이틀도 아니고 밤마다 그러는 데는 어미로서도 감당하기 힘든 지경이라 필시 무슨 사연이 있어 그러려니 해서 도사를 찾아온 터였다.

도사는 어린 자식이 그러는 것이 모두 다 제 아비의 비행에 대한 죗값이라 했다. 밖에서 나쁜 짓을 하고 있으니 제 자식을 통해 잠 못 자는 벌을 받는 것이란다. 필시 딴 여자가 있어 그러는 것이니 잘 챙겨 보라는 것이었다.

아니나 다를까? 그날로 당장 뒷조사를 해 보니 가까운 술집에 이쁘장한 접대부하고 그렇고 그런 사이라고 소문이 쫙 깔려 있었다. 그래서 하루도 빠짐없이 그 술집을 들러야 하고, 술값에다 몸값까지 보태줘야 하는 판이니, 자식새끼나 마누라는 뒷전일 수밖에 없고 빚까지 잔뜩 안고 있었다.

행실이 못된 인간에게는 무식한 행동이 최고의 약이라고 했던가? 그날로 당장 끝장을 보자고 이판사판으로 육탄전을 포함해 대알지게 덤벼들어 속고 산 여자의 최대 발악을 했었다.

며칠 낮과 밤을 그러고 나서야 남자는 자기의 비행을 인정하고 두 손을 들게 되었고, 한 가정의 풍파를 몰고 왔던 거친 전쟁은 잠잠해진 것으로 알려졌다. 세상을 살다 보면 믿지 못할 일이 하도 많다. 어째서 어른들의 죄업이 어린 자식들을 통해 나타난단 말인가?

배운 것이 그리 많지 않은 순복이 어멈으로서는 보통 사람들의 상상을 초월하는 일들과 도사의 초능력을 함부로 무시할 수 없다는 생각을 굳혀 간다. 정말 인간만사가 부처님 손바닥 안에 있다는 느낌이다. '관세음보살'이 절로 되뇌어진다.

그리고 나흘 후에 신행에서 돌아온 신랑·신부와 친척들이 모여 식사하는 자리에서 조카의 입을 통해 궁금했던 그 친구의 과거사를 들었다. 도사는 역시 도사였다. 조카도 처음에는 발설하기를 꺼렸지만, 숙모인 순복이 어멈이 그녀 때문에 죽은 총각 얘기를 도사에게 들었노라고 하니 조카는 그 새댁의 처녀적 행실을 더듬어 가며 궁금증을 풀어주었다.

조카는 새댁과는 대학 동기로 같은 과 학생이었다. 제법 행세깨나 하는 집안에서 모자람이 없이 컸다. 타고난 미모처럼 발랄한 성격에 귀염둥이 노릇을 하며 성장했다. 사춘기를 지나면서 주변에 남자 친구들이 몰려들었다. 그녀를 두고 남자애들끼리 다투다가 상대가 휘두르는 칼에 불구가 된 가련한 친구도 있고, 사랑을 받아주지 않으면 그녀 앞에서 극약을 마시고 죽겠다고 엄포를 놓다 정말로 병원신세를 진 사내아이도 있었다는 얘기다.

막상 졸업하고 혼기에 접어들었을 때의 일이었다. 상당한 기간 그녀와 사귀던 성실한 남자가 있었는데 둘 사이는 결혼까지도 약속한 것으로 들었다. 그런데 그들의 의사와는 달리 부모의 견해는 또 달랐다. S대학을 나와 고시합격을 하여 사법연수원을 곧 졸업하게 될 미래의 법관 지망생을 사윗감으로 밀고 나왔다.

열애에 빠져 있던 두 젊은이의 '죽느냐 사느냐' 하는 문제는 그 두 사람만의 문제일 뿐, 실제로는 결혼을 위한 모든 준비는 제삼자들에 의해 순서

대로 착착 진행되고 있었다. 결혼 일자가 정해지고 청첩장을 준비하는 단계에서 죽기 아니면 살기로 나서던 총각은 그녀에게 마지막 결단을 촉구하고 나섰다.

결국, 부모의 마음에 들지 않는 결혼을 해 봐야 무얼 하겠느냐는 그녀의 변심에 그 젊은이는 사랑의 패배와 배신의 잔을 함께 들어야 했다. 어느 날 아침 그는 가까운 야산 중턱의 소나무 가지에 목을 맨 싸늘한 시신으로 발견됨으로써 또 하나의 순애보는 끝을 맺었다.

이런 비련의 사실이 알려지면서 진행중이던 혼사는 금이 갔고, 결국에는 헌 여자 취급을 받고 파혼에까지 이르렀다. 부모들은 부모들대로 당사자는 당사자대로 고통에 찬 나날을 보내야 했다. 백말띠가 되어서 팔자가 세다느니, 운수소관이니 하는 별별 얘기가 그녀의 주위를 맴돌며 불운을 부채질했다.

그런 세월 속에 서너 해가 지나면서 다시 혼사문제가 거론되더니 지금의 남편과 짝이 되었다. 순복이 어멈은 그런 과거를 지닌 한 여인의 운명을 생각하며 '나무관세음보살'을 마음속으로 여러 번 되뇌고 있었다.

'죄는 지은 데로 가고 보시를 베푼 만큼 거둬지는 법이라 하니.'

도사의 말이 머릿속을 떠나지 않는다. 그날 찻간에서 보았던 강보에 싸인 어린 꼬마의 상처뿐인 반쪽 얼굴이 자꾸만 클로즈업되어 온다.

"나무관세음보살."

"나무관세음보살."

어느 여름날의 온천장 풍경

1

창밖을 내다보니 건너편 산이 한결 더 검푸르게 보인다.

이제 여름이 서서히 시작되나 보다. 오늘은 올여름의 무더위를 예고하듯 한낮에는 제법 대알 지게 열기를 뿜어대었다. 약 기운에 취한 파리처럼 식곤증에 시달린 낮이 꽤 길었다.

그러고 보니 낮의 길이도 어지간히 늘어난 셈이다. 오늘따라 유달리 착 가라앉는 기분은 변한 날씨 탓인가 보다. 콧구멍만 한 사무실에서 어서 탈출하고 싶은 생각에 시계가 붙어 있는 벽 쪽으로 눈이 자주 간다.

지겨울수록 더디게만 느껴지는 퇴근 시간이다. 그런 속에 일과를 마무리 지을 시간이 되었다. 문을 열고 네댓 명 되는 사원들에게 해방을 알린다.

"이제 마감들 하지!"

언제나 퇴근 시간이면 시든 푸성귀처럼 풀이 죽어 보이던 사원들의 행동이나 표정들에서 생기가 느껴진다. 일에는 거드름쟁이들도 퇴근하라면 굴레 벗은 말처럼 설친다. 그들 또랫적에는 나도 그랬으니 말이다.

막상 서둘러 일과를 마감했어도 갈 데가 마뜩찮다.

'이 녀석들! 어디로 싸돌아 다니길래 오늘따라 전화도 한 통 없냐?'

개똥도 약에 쓸려면 찾기 힘들다더니 제집 안방 드나들 듯하던 친구 놈들이 오늘따라 코빼기조차 안 보인다. 게다가 일주일 내내 귀찮게끔 많던 먹거리 약속도 오늘따라 비어 있다.

"에라, 어디 분위기 좋은 곳에 가서 생맥주라도 한잔하는 거다."

윗도리를 챙겨 들고 문을 나설 무렵 전화벨이 울린다.

"따르릉 따르릉….'

잽싸게 전화기를 집어 들었다.

"야! 퇴근 안 하고 뭣 하냐?"

아니나 다를까, 눈 빠지게 기다리던 친구 남 사장의 목소리다. 쓴 소주라도 한잔하자는 주문에 귀가 번쩍 뜨인다.

"텔레파시가 통하는 모양이구먼?"

"왜? 나를 기다렸냐?"

"그래, 이 친구야!"

세상을 살아가면서 언제나 마음에 부담 없이 터놓고 지낼 수 있는 너와 나의 관계를 유지하고 살 수 있다는 것은 그다지 흔치 않은 법이다. 내가 아쉬울 때 변소 간에 앉아 개 부르듯 하고, 제가 생각날 때 반가운 짝꿍이 되어 줄 수 있는 사이란 예사로운 관계가 아닐 게다.

아무튼, 친구를 만나게 되었다는 것이 마치 무겁던 마음을 훌훌 털어버리는 심정이다. 여간 다행스러웠다는 느낌으로 문을 나섰다. 온천장 어귀에서 차를 보내고 목욕탕 골목으로 들어섰다. 곰장어 굽는 냄새가 꿀짐한 뱃속을 동하게 한다. 약속된 C복국집은 문이 열려 있었다.

"어서 오이소!"

30대 초반쯤 되어 뵈는 낯선 여인이 반갑게 맞는다. 밉지 않은 인상에다 싱싱해 보인다. 단골이라고는 할 수는 없어도 제법 자주 드나드는 편인데 처음 보는 종업원이 있을 정도면 그간 뜸했다는 얘기다.

"오래간만이네 예."

돌아다보니 주인 노릇을 하는 아줌마다. 실제 주인을 알기 때문이다.

"자주 오시는 모양이지 예."

대꾸 없이 쳐다보니 곱상하게 생긴 아까 그 여인이 아는 체를 하며 뜸을 들일 새도 없이 물수건에다 냉수잔을 가져다 안기는 양이 이런 일에 꽤 이골이 나 있어 뵌다.

술꾼들에게는 아직은 이른 시간이라서 그런지 구석진 자리에 40대 남녀 한 쌍이 고작이다. 그들은 비밀스러운 말 나눔을 하다가 낯선 방문객을 보고는 얼른 톤을 낮추고 몸을 사리는 양이다. 음식을 주문해 놓고 기다리는 참인지 아직 탁자 위엔 민둥산이다.

온천장 목욕탕 거리는 야릇한 풍경도 많다. 남녀들이 목욕을 마치고 물기도 덜 마른 모습으로 이런 후미진 뒷골목의 구석진 음식점을 찾아드는 경우가 많은 것은 역시 관광지이기 때문일 것이다.

대체로 그렇고 그런 사이라는 게 단박에 푯대가 난다. 그들이 비정상적인 짝일 것이라는 선입관을 가지면서도 애써 태연한 척 다른 데로 시선을 보낸다. 사람들은 다 마찬가진가 보다.

일단은 흥미의 대상으로 삼아 잣대질을 해 보는 짓궂은 심보는 너나 할 것 없이 똑같으리라는 생각에 쓴웃음을 머금는다.

"내가 하면 로맨스고 남이 하면 스캔들인 거라…"

어젯밤 술자리에서 김 사장이 어떤 이바구 끝에 하던 얘기가 실감이 난다. 약속 시각이 어지간히 지났는데도 나타나질 않는 것으로 보아 퇴근길이 오지게 막히는 모양이다. 혼자 앉았으려니 멋쩍고 떨떠름한 기분이다.

"우선 시원한 맥주나 한잔 하시지 예?"

하긴 중요한 상거래를 나눌 비싼 자리도 아니고, 그렇다고 아기자기한 사랑놀이할 남녀가 만나는 터도 아니니까 우선 목부터 축이자는 뜻에서

곱장스런 아줌마의 서두르는 주문을 따를 수밖에 없다.

"요리는 뭘로 할까 예?"

손님이 없으니까 유다르게 조른다. 그녀가 내민 메뉴판엔 그럴싸한 복요리들로 메꿔졌는데 막상 요리의 종류를 고르려 드니 복어 종류가 많아 쉽사리 판단이 서지 않는다.

"배부른 놈은 다 복쟁인 줄 알았는데 와 이리 종류가 많노?"

복어가 예쁘게 그려진 유니폼을 입고 옆에 서 있던 여인은 객쩍은 소리에 가슴을 들썩거리며 히죽히죽 웃는다. 다 같은 복어라 여겨지건만 자주복은 값이 가당찮게 비싸다.

자주복이 맛있고 좋노라고 연신 입방아질을 해대는 여인의 이골난 장삿속에 솔깃해지다가도 세 곱절이나 비싼데 놀라 도리질을 하지 않을 수 없다.

"자주복 한 접시 값이면 까치복 세 접시 값인데 우리 같은 서민이 그렇게 비싼 것 먹을 수 있나?"

"아이쿠, 사장님도 엄살깨나 부린다?"

"허허, 요즘은 빚심에 산다오. 허지만 오늘은 맞돈 주고 먹을 거니까 안심하소."

"참복 수육으로 하이소."

"그렇게 비싼 것은 애인 데리고 목욕 와서 돈푼깨나 써대는 잘 나가는 사장님들한테나 팍팍 시키는 거라요."

옆 좌석의 남녀가 흘깃 건너다본다. 순간 말이 너무 헤펐구나 싶은 생각이 들었다. 메뉴판을 들고 있던 여인이 이를 앙다물며 실눈짓이다.

"와, 내가 너무 입바른 소리 했나?"

바쁜 머슴 세워놓고, 익은 밥 먹고 선소리 한다는 눈치다. 참복, 까치복, 은복 세 종류 중에서 빨리 고르라는 눈치다. 비싼 것을 알면서 남세스럽게 에누리를 하잘 수도 없는지라 맛이 있어봤자 제 놈이 복쟁이 맛이리라 자위하면서 말허리를 잘라 결정을 내렸다.

"까마귀복으로 해 주소!"

우스개 삼아 까치복을 까마귀복이라 했더니 허영허영 하며 웃던 여인이 제자리로 돌아간다.

"이 친구 오늘따라 왜 이렇게 늦지…?"

제아무리 늦는다고 해도 안주가 마련되어 나올 시간에는 얼추 맞게 당도 하겠거니 생각하며 시원한 맥주 한 잔을 들이켜며 주위를 두리번거린다.

벽에 야한 달력이 걸려 있다. 가슴과 허벅지를 드러내 놓은 미녀가 빤히 바라보며 웃는다.

"요새 소주 잘 팔리겠네."

국자로 요리를 뒤적거리던 그 여인이 입을 삐죽거린다. 홀 안 몇 좌석이 손님으로 채워지는 것을 보니 어둠이 깃드나 보다.

"이 친구 걸어서 오나?"

그렇듯 문이 열릴 때마다 주인공이 나타나는가 싶어 바라보건만 반길 사람은 아니다. 앞쪽 넓은 자리에는 방금 들어왔던 네댓 명의 젊은이들이 상사를 안주 삼아 급하게 소주잔을 돌리고 있다. 쌍ㅅ이 들어가는 욕지거리가 계속인 것을 보니 오늘 오달지게 욕을 얻어먹은 모양이다.

"요리가 다 되었어 예."

앞에 그득하니 음식전을 벌여두고 진득이 침만 삼키고 뜸을 들일 필요도 없거니와 음식에 보튼 성미도 가누기 힘들고 해서 상대 없이 두어 잔 홀짝 거린 술이 잽싼 걸음으로 위벽을 간질이며 주기를 살살 부채질할 때쯤 해서 민망스러운 표정으로 남 사장이 들어섰다.

"어이쿠, 오늘따라 차가 어찌 막히는지….."

'후래자 삼배' 라고 서너 잔 연거푸 안긴 뒤 겨끔내기로 술잔을 돌려가며 주고받다 보니 그의 얼굴에도 화기가 돈다. 배가 출출하던 김이라서 세설은 접어두고 둘이서 되알지게 먹고 마시다 보니 제법 얼큰해졌다.

"아, 이제 부자 눈 아래로 보인다."

"복쟁이가 친구 온 줄 알겠다야."

부지런히 움직이던 아줌마들이 씩씩 웃는다. 벽에 붙은 복쟁이 그림처럼 뱃속이 가당찮게 부푼 느낌으로 그 집을 나선 것은 그러고도 한참 후였다.

2

저녁 여덟 시경이다. 그 사이 어둠은 온천장 거리를 다른 모습으로 바꾸어 놓았다. 생기가 없어 보이던 거리도 어느새 형형색색으로 아롱진 네온의 불빛 아래에서는 활기가 넘쳐 보인다.

"온천장은 역시 온천장이구먼…."

"그래 말이야."

자주 찾아드는 외국인들을 모시고 이 골목에 와서 접대하는 남 사장은 삐가번쩍하는 온천장의 열기에 대해 외국인들의 인식을 피력한다.

막상 상담을 벌이는 자리에서는 한국의 어려운 경제 사정을 설명하다가도 그들과 어깨를 나란히 하고 이 거리에 나서면 말짱 거짓말처럼 믿으려들지 않는다니 말이다. 그야말로 불야성을 이루는 휘황찬란한 거리다. 멀쩡한 사람들도 얼이 빠져들 정도인데 하물며 한 잔쯤 걸친 사람들이라면 그냥 지나칠 수 없는 유혹에 이끌릴 만하다.

"어디 가서 차라도 한잔 하고 가자!"

아직도 초저녁인 데다 기분도 좋을 정도로 마셨는지라 그냥 헤어지기는 민숭민숭한 기분에서다.

"어디로 갈까?"

바로 길 건너 2층의 그럴싸한 간판이 눈길을 끈다.

"오랜만에 저 집으로 가볼까?"

2차는 늘 분위기 위주로 고른다. 양보다도 질쪽으로 저울질을 한 셈이다. 예전부터 시나브로 드나들던 곳이다. 카페 차림도 아니고 그렇다고 경양식 집도 아닌 어정쩡한 곳이라서 가뭄에 콩 나듯이 찾아가는 곳이다.

오늘따라 그런대로 손님들이 북적댄다. 빈자리가 얼른 눈에 들어오지 않는다. 홀 안을 죽 돌아보니 반백줄에 드는 우리 또래의 중늙은이는 없고, 대개가 젊은 쌍쌍들로 메워져 있다.

웨이터가 우리를 안답시고 앞장서서 안내한 좌석이 안쪽의 구석진 자리다. 테이블 두 개가 놓였는데 그중 한쪽은 선객이 자리를 차지하고 있었고, 반쪽이 비어 있었기에 망정이지 아니면 스탠드에 걸터앉을 수밖에 없는 처지였다.

비록 별도의 테이블이긴 하지만 옆자리를 차지하고 앉은 여자 손님께 실례한다는 인사를 하고 자리에 앉았다. 불청객이라기보다는 낯선 나그네들과 옆자리를 한 것이 계면쩍은 기분이 드는가 보다.

얼굴이 반드롬한 그녀 역시 우리의 행동거지에 신경이 쓰이는 눈치다. 자주 시계를 들여다보던 그녀는 기다림이 지겨운지 담배를 챙겨 문다. 언뜻 보기에 미처 혼기를 놓친 20대 후반이거나 30대 초반쯤으로 보였다.

"뭘 주문하시겠습니까?"

막상 대화를 잊고 여인의 행동에 신경을 쓰던 두 신사가 웨이터가 내민 주문장을 들여다본다. 자릿값을 하노라 칵테일인 '맨해튼'과 '진토닉' 한 잔씩을 시켜놓고 대화의 가닥을 찾는다.

서너 날 못 만난 사이에 있어 봤자 별일이 있을 턱도 없다. 주변 잡담도 아까 술좌석에서 어지간히 소진해 버려 재고가 바닥난 셈이다. 대화가 궁해지자 남 사장은 외톨이로 앉아있는 여인에게로 말머리를 돌렸다.

"아가씨! 친구를 기다리는 모양인데 심심할 텐데 동석합시다."

'심심하면 지들이나 심심할 일이지 참 별꼴이야' 하는 식으로 눈길을 보낸다.

그래도 남 사장은 여자들을 끄는 매력이 있어 던진 낚시가 헛방질을 안 할 것 같은 느낌이 들었다. 남자치고는 허우대가 좋고 음성도 굵직하니 점잖게 보여 우선은 여자들이 호감을 느낄 수 있는 첫인상이라는 게 온천장

술집 마담들 사이에 알려진 남 사장에 대한 평이다.

"그래도 될 점잖은 분들입니다."

마침 인사차 옆에 왔던 지배인도 거든다. 잠시 내색하지 않고 머뭇거리던 여인이 양쪽을 번갈아 보더니만 무거운 엉덩이를 미시거리더니 소지품을 챙겨 시부저기 일어나 남 사장 옆으로 슬며시 당겨 앉는다.

그녀에게도 달짝지근해서 마시기 편한 칵테일 한잔을 시켜 안기고 서서히 우스개를 섞어 호기심 어린 상대방의 신상 관계를 캐기 위한 전초전에 돌입하면서 좌석은 한결 부드러워졌다.

"오늘 데이트가 있는 모양이지요?"

"친구를 만나러 왔어요."

하기야 데이트하러 온 아가씨가 우리 곁으로 다가앉을 이유가 없지. 조금 있으려니 또래의 한 여인이 헐레벌떡 나타났다.

"너 많이 기달렸제."

"기다린 게 뭣꼬야? 얼추 한 시간이나 되는데…."

약속 시각을 어겨 미안스러워하던 여인이 좌석 분위기를 살피더니만 별 달갑잖은 표정으로 변한다. 다짜고짜로 우리와 동석한 것부터 못마땅한 눈치이더니 그래도 되느냐는 식으로 앞서 온 친구에게 핀잔을 주며 동석하기를 주저한다. 혼자 시투렁해 가지고서는 딴청이다. 빈자리라도 있으면 찾아가 앉을 그런 눈치다.

"아가씨, 괜찮으니 앉아 보소!"

'괜찮은 건 지 사정이지?' 하는 불만스러운 표정으로 머무적거린다.

입성 좋은 남 사장이 나서서 변명 아닌 너스레로 분위기를 조정한다.

"알고 보면 고만고만한 인물들이니까 안심 푹 공구고 좋은 말할 때 못 이기는 '척' 하고 앉으소!"

그러나 삐딱한 심사를 추슬러 제 자리에 앉히기까지 제법 뜸을 들인 후였다. 그렇게 되어 어설픈 만남이 시작된 밤이었다.

3

기왕지사 벌인 춤이라 식사를 겸한 안주에다 잔으로 마시던 양주를 아예 작은 병으로 청하면서 또 다른 사람과 사람 사이에 지랄 같은 인연의 모닥불이 타오르는 밤이 되었다.

술잔을 부딪쳐 즐거운 시간을 위해 건배를 외치고 나서부터 하룻밤 재운 고기 숨 죽듯 부드러운 대화의 물꼬를 트는 데 긴 시간이 걸리지 않았다. 처음부터 음전하게 미소를 띠고 무덤덤해 보이던 여인은 김 양이라 했다. 그리고 뒤늦게 온 여인은 박이라고 자기 소개했다.

어지간해서는 말 붙이기조차 어렵겠다 싶을 정도로 대꼬챙이처럼 뻣세 보이던 박 양은 끝까지 경계의 자세를 늦추지 않았다. 움푹 팬 큰 눈과 검은 눈썹 속에 강한 개성의 소유자임을 쉽게 읽을 수 있다. 예사말로 기갈깨나 있어 보이는 그런 인상이다. 관상학적으로는 팔자가 세겠다는 점괘가 나올 듯싶다.

그런 느낌을 남 사장이 들은 풍월 삼아 얼렁뚱땅 비유적으로 표현한다.

"내가 느끼는 감으로는 박 양은 남자로 태어났었더라면 여자 여럿은 거느릴 상이네요."

"대충 맞아 예, 안 그렇니, 너?"

박 양을 대신한 김 양의 대답에 자기들끼리 뜻 모를 눈짓이 오간다.

"어디 직장에 나가나요?"

"그런 복잡한 것 묻지 마세요!"

박 양이 야무지게 말허리를 자르는 바람에 잘못 했다가는 다 잡아 놓은 고기 놓칠까 봐서 수그러들지 않을 수 없다.

"아이구야, 말 한 번 잘못 했다가는 본 살도 못 찾겠네."

김 양은 직장인이라고 했다. 그러나 박 양은 소속을 밝히려 들지 않았다. 옷 입은 태와 화장기 없는 차림새에서 귀티는 풍기되 당차고 올곧아 보이는 첫인상에다 가리지 않고 상대를 무시하는 투의 얀정머리 없는 어투와 몸짓이 좀 삐등나게 빗나간 혼기 놓친 노처녀일 것이라고 생각하게 한다.

"자! 전국적으로 한 잔씩 합시다!"

분위기가 무거워질 때쯤이면 으레 원샷을 청해 가라앉히려 드는 게 술좌석에서의 통례다. 평소에도 여자들을 잘 다루는 남 사장은 두 여인을 두고 소쿠리를 태웠다가 챙이로 까불다가 때로는 음담패설로 약간 초를 쳐가며 50대 초반의 넉넉하고 든든한 여유를 심어 주었다.

"친구들끼리 만나면 주로 뭘 하고 놉니까?"

그게 궁금하다기보다는 대화가 궁해서다.

"식사하고 수다 떨다 기분 좋으면 노래방에 가기도 하고…. 왜 그런 거 있지 않아요?"

"우리 같은 쉰내 나는 사람들이 우째 아가씨들 노는 걸 알겠는교?"

"한참 나이신데요, 뭐?"

오랜만에 박 양이 입을 연다.

"젊게 봐줘서 고마운데 그런 뜻에서 한잔 더 하소!"

말은 해야 맛이고 고기는 씹어야 제맛이라던가? 새침데기처럼 풀이 죽어 뵈던 여인들의 세설이 살아나고 한결 분위기가 나긋해졌다. 복어 요릿집에서 두어 가지 술을 섞어 마신 데다 양주를 몇 잔 걸친 남 사장이 발동을 건다.

"이왕지사 이렇게 만나 남의 팔자 점쳐서 어쩌자는 것도 아닌 판국이니 노래방에나 가서 악이나 쓰다 갑시다."

악이나 쓰잔 말에 여인들은 까르르 웃고 남자들은 허영 웃었다.

"그래요, 그게 재미있겠어요."

말추렴에 시간만 까먹고 앉아있기보다는 예쁜 아가씨들 노래도 듣고, 우리는 고함이나 지르다 가는 것이 엔도르핀이 솟는 일이겠거니 싶어 마다하지 않고 따라나섰다.

꼬시는 남자들이야 늘 한패다. 서로 이견을 조율하던 여인들도 결코 해

코지를 안 할 사람같이 느꼈는지 '조금만 놀다 가자'라는 단서를 붙여 동의하고 따라나선다.

4

온천장 거리는 더욱 휘황찬란하게 깊어 가고 있었다. 가까운 M이라는 노래방으로 갔다. 지하의 홀 안은 수많은 인간과 기계들이 만들어 내는 오만 가지 잡음으로 시끌벅적하다.

"잘 아는 마담이 있습니까?"

웨이터가 묻는다. 호실마다 담당하는 주인이 있다는 얘기다. 남 사장의 얼굴을 알아보는 한복 입은 여인이 다가와 제 영역으로 안내를 한다. 네 사람이 들어가 앉으니 꽉 차는 기분이 들 정도로 작은 방이다.

"이 집 그림 한 번 좋다."

아닌 게 아니라 별스레 브라운관에는 야한 영상이 비치고 있다. 반라의 여인이 다 벗어젖힐 듯한 액션으로 비틀고 꼬는 섹시한 몸짓을 해댄다. 보아하니 주인공은 가수 마돈나였다.

"남 사장! 노래방은 참 잘 생겨난 것 같제?"

우리 국민의 목청을 틔우고 놀이 문화의 질을 높이는 데 큰 몫을 했다는 얘기들이 오갔다.

"그래 말이야, 우선 우리같이 늙은 사람들이 용을 써가며 가사를 외울 필요가 없으니 좋고….'

하기야 본디 노래판에 가면 음치이던 사람들이 노래방 덕을 톡톡히 보는 게 현실이다.

"자! 즐거운 밤을 위하여!"

맥주잔을 비워가며 별스러운 만남의 주인공들이 마이크를 붙잡고 목청을 돋우며 차례를 메꿔 간다. 역시 술이란 묘약이다. 어떤 사람에게는 자기 표현의 용기를 주고, 더러는 마음을 터서 비밀스러운 제 허울의 옷을 벗기도 한다.

박 양은 술의 힘을 빌리지 않고서는 자기표현이 어렵다더니만 술기운이 드는지 세설이 잦아지고 조금은 나긋해지는 모습이다. 그래도 어딘가 깊은 곳에 감추어진 어두운 그림자는 내숭을 뜨는 품새와는 거리가 멀다.

그녀가 부르는 노래 곡조도 듣기에 따라서는 어두운 그런 곡목들로 일관한다. 그녀에게서 술기를 느낄 즈음 소음 속에서도 자기방어에다 열심이다.

"이래 뵈도 아무 데나 치마귀 던풀대며 싸돌아다니는 그런 행티 나쁜 여자는 아니라고요. 아시겠어요?"

"예, 알아 모시겠습니다."

비록 처음 만난 남자들과 술을 마시고 노래를 부르고 어울리지만, 씨알머리 없는 짓은 않고 산다는 것을 강조하며 은근히 푼수데기 취급을 말라고 겁을 줘가며 제 할 얘기는 다 한다.

"그렇다면 한잔하세요!"

다분히 명령조다. 젊은 여자치고는 빈틈이 없이 옹골차 보이고 줏대가 있어 보이던 그녀도 술기운에 젖어들면서 제 딴에는 프라이드 있는 여인임을 강조하는 것으로 보아 어딘지 그 이면에 가려진 어두운 그림자가 드리워져 있는 느낌을 받는다.

시간이 흐르자 그런 반대 국부적 현상이 약간의 술주정으로 나타난다. 노래를 부르기보다는 입방아를 찧고 싶은가 보다.

"얘! 로마에 가면 로마의 법을 따르라고 했잖니? 기왕지사 이렇게 어울렸으면 실컷 까불다가 갈 일이지, 여기까지 와서 그렇게 해댈 게 뭐니?"

앞좌석에 앉아 남 사장과 노래 부르기에 한창이던 김 양이 문자를 써가며 공개적으로 그녀의 분위기 잡치는 행동을 나무라는 투였지만, 내 인생 내가 산다는 식으로 기죽거나 수그러들 폼이 아니었다.

"얘! 잔소리 말고 너나 똑바로 해!"

되려 친구의 나무람에 정면공박이다. 정말 토라지지 않는 꼿꼿하고 갈갈

한 성미다. 두어 시간 동안 관찰한 그들 둘 사이의 분위기는 사뭇 달라 보인다. 정서적인 분위기나 감정적으로 아귀가 맞지 않아 비끌리거나 뒤죽박죽 범벅이 되는 경우가 잦을 법도 하건만, 그래도 제 속을 알아주는 알짜배기 친구임을 강조하는 두 여인 사이가 무던해 보인다.

술기운이 들면서 박 양은 제 친구 자랑에 열을 올린다.

"저 친구를 만나면 그렇게 편해요."

"어떤 면에서 그래요?"

"왜? 친구 사이에도 못할 말, 할 말 가려서 해야 하는 친구가 있지 않아요?"

만나면 비록 한시적이긴 하지만, 모든 고뇌가 일시에 사그라지고 그동안 흐느적거리던 생활이 제자리로 돌아드는 청량제가 되어 좋단다. 그리고 그녀와는 학연으로 맺어진 인연이 아니라 사회생활을 하는 속에 친해진 사이임을 설명한다.

그녀가 열을 올리는 수정론을 들으며 남 사장이 부르는 노래에 맞추어 몸을 흔들고 있는 김 양을 바라본다. 어딘지 모르게 심신이 부대끼는 고뇌를 머금은 듯 겉으로는 안 되어 보이는 김 양이 그래도 새침데기는 아니라는 것을 느낀다. 자세히 보니 직업을 가진 여자답게 세파에 많이 시달린 듯이 느껴진다.

"얘, 세설 그 정도만 하고 신나게 노래나 불러라 예."

술기운이 더 할수록 데설궂게 말꼬투리를 달고 곱씹으려 드는 박 양에게 제발 분위기 깨지 말라고 꼬집기를 자주 한다. 어지간히 시간이 흘렀다.

시끌벅적하던 홀 안에 사람들의 고래고함도 많이 줄어들었다. 마담이 다가와 우리에게도 장사를 파할 시간임을 전한다. 계산하는 동안 상황은 모두 끝나 있었다. 밖으로 나서니 쏜살같이 택시를 잡아타고 뒤도 돌아보지 않고 내달리는 그녀들의 뒷모습만 보인다.

바람기 없는 온천장의 밤은 아직도 후텁지근하다.

벌거벗은 나를 바라보라

•

지은이 / 박경기
발행인 / 김영란
발행처 / **한누리미디어**
디자인 / 지선숙

•

08303, 서울시 구로구 구로중앙로18길 40, 2층(구로동)
전화 / (02)379-4514, 379-4519
Fax / (02)379-4516
E-mail/hannury2003@hanmail.net

•

신고번호 / 제 25100-2016-000025호
신고연월일 / 2016. 4. 11
등록일 / 1993. 11. 4

•

초판발행일 / 2022년 7월 15일

•

•

값 18,000원

•

ISBN 978-89-7969-853-4   03810